U0903130

闹城

苏丹

著

SPM 南方出版传媒 花城出版社
中国·广州

图书在版编目(CIP)数据

闹城 / 苏丹著. -- 广州 ：花城出版社，2020.6
ISBN 978-7-5360-9146-7

Ⅰ. ①闹… Ⅱ. ①苏… Ⅲ. ①散文集－中国－当代
Ⅳ. ①I267

中国版本图书馆CIP数据核字(2020)第057200号

出 版 人：肖延兵
策　　划：杨晓燕
责任编辑：李加联
特邀编辑：刘　早
技术编辑：薛伟民　凌春梅
封面设计：尚燕平

书　名	闹城 NAOCHENG
出　版	花城出版社 (广州市环市东路水荫路 11 号)
发　行	新经典发行有限公司
经　销	全国新华书店
印　刷	山东韵杰文化科技有限公司
开　本	880 毫米 × 1250 毫米　32 开
印　张	12.5
字　数	278,000 字
版　次	2020 年 6 月第 1 版　2020 年 6 月第 1 次印刷
定　价	69.00 元

迎泽大街全景（1959 年） 图片提供：城释® 历史影像鉴藏数据库

迎泽公园（1986 年） 图片提供：城释® 历史影像鉴藏数据库

迎泽大街大南门路口（二十世纪八十年代初） 图片提供：城释®历史影像鉴藏数据库

太原机车厂、矿机生活区鸟瞰（二十世纪八十年代末九十年代初） 图片提供：城释®历史影像鉴藏数据库

太原机车厂厂区鸟瞰（二十世纪八十年代末九十年代初） 图片提供：城释®历史影像鉴藏数据库

迎泽公园儿童合影（1974 年） 图片提供：城释® 历史影像鉴藏数据库

目 录

第四辑　空间往事

第五辑　老脸：八十年代群像

序　我们的“清明上河图”

一

苏丹的《闹城》以文章形式出现在公众号上的时候，就让读者如我惊讶他的记忆力之好。在先睹为快全部书稿的时候，我感叹他为我们贡献了一部个人成长史和社会变迁史的杰作。他能有如此精彩的自传得益于他的记忆力，他最早的记忆居然是一岁的时候。相比而言，很多人是从两三岁时才开始有记忆的；迟钝如我是四岁才开始有记忆的。

我在读本书时，不断对比这个同龄人笔下的人生画卷，那些画卷或场景清晰、丰富而有名字。而我自己，把儿时的乡亲、玩伴、小学的老师和同学们几乎忘得干干净净，我能记起来的，只是极为有限的场景和人物面相，那些曾经是自己生活世界里重要人物的名字、电影的名字、小人书的名字等，几乎全忘了。苏丹的回忆讲述唤醒了我的记忆，让我确信，尽管我们的童年、少年生活有天上地下的不同，但我们仍拥有共同的时代社会背景。是的，在天命之年写作自传，加上照相机般的记忆，苏丹叙述了半个世纪的历史。他在太原城长大，但他的成长经历，涉及的人物、场景足够丰富，个人、群像、众生相，足够超越局部的太原一地，而反映我们社会的变迁。

把记忆写下来，既需要作家之笔，也需要史家之笔，还需要艺术家之笔、思想家之笔、科学家之笔。苏丹是艺术家，又是评论家，他的文笔有多重属性，也有多重意义。我们常见的回忆多是出于乡土者所写，或多跟乡土有关。苏丹的成长也跟乡土有关，他也在乡村生活过，但他的乡愁是在太原城，跟一座“工业乐园”有关。

跟我们常见的文人回忆不同，苏丹笔下有专业眼光，空间意识更是他的当行本色。书中的乡愁虽然也有自然风光，但更多是工业化下的条块分割，是强烈的空间感而非自然感，是变动感而非岁月感。自传、回忆，尤其是在乡村成长的传记多跟时间相关，会有很多感叹时光的描述，乡村味道、田园风光虽然能给人出位之思，但更多流动的诗意。苏丹笔下的时间词汇也出现很多，统计下来有120处之多，但书中的“空间”一词更多，统计下来有近160处之多，如果算上社区、厂区一类的词汇，大概是时间词汇的数倍之多。这当然得益于他的专业，但也说明他成长环境的空间“大挪移”给他留下了深刻的印象。

那个年代的城市、工矿、学校、生活区，不仅是设计出来的，更是像螺丝钉一样随时可以拧紧拧松，可以像脚手架和砖一样搬来迁去。在其中的生活，就比乡村生活更记忆犹新，计划时代的全能社会体制比乡村自然给人性打上的烙印更深，因为它本质上是跟人性角力。这种角力使得作者少年时就有离开到远方的心思，这种角力还体现在作者感慨的亲人遭遇之中，“亲情的割舍和旷世离别，完全是普通人为一个时代做出的巨大牺牲。是政治争斗人为制造了这种意识形态和空间的对立，把一个国家、一个民族分成了相互猜忌、仇恨的两半。一对姐妹跨越这条鸿沟，居然经历了半个世纪之久，令人无限感叹”。

一般回忆录或自传多提供自然风光或风俗习惯，苏丹笔下则多是计划时代的工人和市民生活，他叙述的情景，无论自然和生活都有一种整饬、条理化的处理。这大概源于他生活在工业乐园里，养成了条理化的习惯；当然，还有一种叙述者在当下时间对历史过往时间的整理，如他笔下的“空间中的敌视”“社区空间结构和地标”等等，让人一目了然。很多叙述，都有一种人生岁月的兼容，如他说，医院和太平间的位置关系让人联想到太极图中的两只“眼”，“一只关注着人世的当下，一只眺望着未卜的征途”。

作者有文人的一面，在他条理化的叙述中偶尔可见他情感的抒发，如他说：“谁曾想，这竟是最后一别。我呀，真是个骗子！”但即使抒情，他仍有着钢铁的稳重和烈火的指向，在他的讲述里经常有这类总结或描述：“重工业生产的文化在生活中的反映就是这样壮丽的粗犷，沉重的奔放，到处都是对抗的痕迹，如锻造般频繁，像液压般无声的沉重，似铸造一样激烈而又规范。”我有时会忍不住想起乡下人沈从文先生，如果他读到作者的书，一定会感叹城市工人阶级子女成长环境的洋气和眼光。

二

苏丹的叙述既给我们提供了生动的个案，又提供了一个时代的类型。他笔下既有我们中国人都感同身受的亲情，如父亲、母亲、兄弟、奶妈，又有生命成长突围的限制，如楼群、社群、群山、方言；有生命对当下的逃离和对外界的好奇，如幼儿园的高墙、饥饿游戏、铁道的锁链、大学梦，还有空间场域变幻的记忆，如大澡堂、大操场、西马路、防空洞、电影院、工业乐园……这跟我的记忆相比就“高大上”了很多，我的记忆里以乡村风物居多，城市元素只是点缀，我随手写下的记忆关键词有：麦田、稻田、菜地、砖土、山坡、小河、猪、牛、羊、鸡、大十字街、供销社，等等。

在作者的回忆中，有社会治理和时代的风习，如乒乓球，“全国人民普遍迷恋乒乓球，我的社区里也有自己砌的水泥球台，小伙伴们整日里围着球台你推我挡不忍离去”；如照相，“照相在那个年代是一件非常隆重的事，它是绝大多数中国家庭经济计划中重要的列支”；如洗澡，“在一个自来水尚未完全普及入户、日常生活大多使用公厕的时代，洗澡是个生活中的大问题”。

人生社会的场景其实能反映一个时代的治道。如防空洞，“防空洞是一个时代留给历史的巨额遗产，在它渐渐淡出记忆后，我坚信未来的考古学会重新评价这一工程壮举。……据不完全统计，修建的防空洞总长度超过一万公里，堪称地下长城”；如电影院，“在物质上极端匮乏、全民处于饥饿状态的时期，电影是最廉价的安慰奶嘴，所以每天无论如何糟糕的片子上映，影院里依然座无虚席”；如操场，“过去中国社会的社区环境中大多没有真正意义上的广场，于是操场就替代了广场司职各种各样的社会功能”。有些是我熟悉的，比如他写的挖地窖，我们村里也是家家都挖有地窖，当年确是出于备战的需要，但村民们都用来储备物资了……城乡的差别使我这个乡下人对他们的成长环境有些想当然，比如说，我前两年还一度认为，在那个年代，幼儿园是城里人的福利，是孩子们的乐园，但作者认为："幼儿园的设置与其说是一项福利，不如说是工业制造业进一步控制工人们时间的策略。"

作者显然提供的不只是材料，他也给材料提供了形式。在近代以来的中国人都只能给外人提供材料的时候，在回忆、自传也多半是提供材料的时候，苏丹还给予了判词。如说到山西人的方言，作者感叹"方言即是壁垒，是对同语言族群的一种保护方式"；如说高考，"蔓延在考场内外的焦虑，还有骤然响起的冷酷铃声——这种由政策、制度、规则、格局、文化积习以及控制时间的道具共同营造的空间氛围炙烤着个体的身心，它是许多人一生都难以忘怀的"；还有，全能时代的成年人的终极关怀，"对成年人而言，蔬菜、肉、调料是他们关注的对象，'文革'后期的限量供应已经到了维持生存的极限"。甚至在工业乐园消逝之后，他看到遗民们已经成了孤魂野鬼式的遗老遗少，"人们的美学趣味依然如故。依然是高举着集体主义的大旗，依然是那么高昂洪亮大嗓门地表达，依然喜爱像打了鸡血一样的歌曲，欣赏浓眉大眼的五官。……空间消失之后，这种精神状态成了孤魂野鬼，若隐若现地浮现在那些工业革命的遗老遗少的脸上"。

这个自传或回忆录因此跟我们汉语学界同类著作有所不同，苏丹有他的理性和节制，但他更施行了叙述者的权利：审判，他不是让历史在回忆里仍处悬而未决的状态，他赋予其价值，他努力对叙述材料进行分别、进行研讨。如他注意到全能时代的社区是封闭型的，即使当时我这样的乡下人羡慕城里人，但他评判说那时的城里人依然生活在熟人社会，并揭示其本质——"内向型的防范"，只是他疑惑：

“内向型的格局到底是在防范什么呢？这是个复杂的学术问题，在中国，是一个普遍性的现象，从南到北，从地方到首都，比比皆是这样自我封闭的大院。在这种环视和被环视的空间里，与其说是防范来自外部世界的窥视，不如说是相互关注，因此这是一个压力重重的世界，依靠基层组织居委会的号召和街头巷尾的闲言碎语控制着秩序。”

我们知道，现代城市诞生之初有一金句，“城市空气使人自由”。陌生人社会、行业分工的丰富细密、行业组织的保护、迷宫一般的街头巷尾，都使得城市较之乡村更宜居、更能容纳多元异端。但到了现当代，城市的这一功能或价值已经被社会政策和技术手段摧毁。组织、单位对人的管控让少年时代的苏丹敏感地察觉到某种封闭性，不过，即使今天的城里人再度陌生化，但人被防范的问题已经变本加厉。全世界范围内人脸识别系统的发达、监控探头的无处不在，使当代的我们更无隐私，更是生活在“老大哥在随时及时地看着你”的世界里。这当然既有内心防范的一面，也有技术膨胀、扩张以至于殖民的一面。

三

读本书让我油然想到二十世纪八十年代的一句诗，“我在今夜做王，我在今夜实现审判”。苏丹是王者之名，他的这本书既是回忆，也是王的宣判。显然，从我的引述中也能发现，他回忆的价值既指向了当下，也指向了我们中国生活的未来。

实际上，作者的才思也让他贯通了历史，比如他说那个时代的热闹景观，太原西马路“犹如粗糙版的《清明上河图》”。作者解释说：“它的立面由最简陋的工业时代建筑和低矮的民房组成。工业化的食品包装和进城农民摆摊构成的自由集市，形成了它独特的商业气质，是灰色记忆中最有色彩感的地方。在理直气壮的计划经济时期，西马路如同挂在不苟言笑面孔嘴角的一丝微笑，具有几分嘲讽、狡黠的意味。它充满诱惑，从而生产了消费的快乐，同样也因此产生了危险。人们在这里用劳动和冒险来兑换生活，孩子们在装着糖果糕点的柜台前徘徊不愿离去，‘牛二’和‘时迁’们在这里游荡……”

这是一个非常有意义的贯通。作者比一般的回忆录或自传作者往前迈进了一步，那就是他把个人及家国史当作研读的材料。我最近研读清代思想家龚自珍的著述时，发现龚自珍对言论学问提供了一个标杆。明末清初的实学，顾炎武、黄宗羲、王夫之们的学以致用的思想在他那里大大向前推进了一步，即他提出了有名的“一代之治即一代之学”。他认为学术问题与治理国家紧密联系，如果研究者、写作者脱离社会实际，“重于其君，君所以使民者则不知也；重于其民，民所以事君者则不知也”“王治不下究，民隐不上达”，这种脱节，到头来必定使国家遭受祸害。

如果我们宽泛地理解“一代之治即一代之学”，它就是新文化运动以来中国人争论的“问题与主义”中的“问题”，是曾经的“科学与玄学之争”中的科学实证。如果用传统中国的话语，或者用中国文化的方法论来理解，它就是近取诸身，是俯察品类之盛。因为历史上的中国人多重视远取诸物，仰观宇宙之大。形格势禁的中国史使得一代又一代的中国人不敢直面现实，中国人只能“目送归鸿”“游心太玄”，或埋头于考据，饾饤之琐屑，中国人只能关注宇宙之大、主义、诗和远方。

尽管“一代之治即一代之学”在近代以来开了风气，新文化运动的健将们也多注重田野调查、注重民生问题，甚至劝导周围人写自传、日记、书信，“立此存照”；但我们中国人还是多半失去了记忆，大多数人活得玄之又玄。这当然有环境原因，现代以来，文字禁锢的社会治理，使得中国人重理轻文，使得很多中国人不敢写日记，不敢留下只言片语。如果用黑格尔的话说我们中国人，就是我们什么也没有错过，我们什么也没有记住。

因此，现代中国的学术仍多有脱节。现代中国的学术多“拿来”、学步，甚至向壁虚构，不重视对日记、口述、回忆录、自传的研究和激发，对政治、经济、文化运作的“一代之治”缺乏梳理总结，从而使汉语世界至今迷失，进退失据。在这个意义上，龚自珍为现代学术确立了一个原则，这是今天的学术界都极为稀缺的学术品质。今天的知识人被网友们称为“砖家”，也是因为砖家们跟社会脱节，其言说、学问跟时代之治和大众记忆没有关系。

其实，不仅砖家跟社会脱节，就是我们普通人也跟社会脱节、跟人性脱节。如网友们提供的“立此存照”：嘲笑外国不安全的老大爷，到了时间就急急忙忙去学校接孩子，问他何以慌张，答曰，现在的社会多危险！有人感叹西藏、北极等地被人干扰污染的同时，自己在炫耀对这些地方到此一游的征服……如果我们中国人不是活得这么玄，而是实在一些，能够近取诸身，能够反求诸己，也许会不大一样。

因此，我看重苏丹的工作，他把回忆当作寻求意义的努力。不少言路、思路可圈可点，如果穿越到作者笔下的闹城里，当时人的面貌一定是主旋律或主旋律的副本，一定是以为生活在开天辟地的新天地里；苏丹为之定谳说，在悠久的中国历史上，那只是《清明上河图》的粗糙版。我相信这一定论或呈堂证供，它比主流的自证更有意义。

四

苏丹的王者之举还为我们提供了“老脸”系列，八十年代的群像。从工人、司机、劳模、老师、干部到售货员、运动员、采购员、放映员，从崩爆米花的人、游商、技术员、流氓到文艺工作者、公安人员、民兵、武术大师，等等，有二十多种人物类型。从八十年代走过来的人会对这些人物群像似曾相识，我们不一定记得其中某类人的名字，但一定能像苏丹一样记得他们的服装、道具、姿态。

苏丹的超凡之处是他记得个人的名字、记得群像的神情相貌，他怀着乡愁回到那个工业乐园时，“人们早已把我忘记，但我还是能准确辨认出故人的每一张脸。社会环境的巨变以及残忍的时光已经抹去了他们脸上社会性的浓妆，透出人性的底色。他们该秃顶的秃顶，该缩颈的缩颈，大家都在默默地接受岁月的宣判，等待宿命的来临”。

如苏丹所说，这个曾经的历史，这个八十年代跟《清明上河图》相比，显得是一个“粗糙版”，苏丹笔下的人物、社区、空间也多是全能社会中的角色而已，但我们仍能想象那些空间有序的运动，仍能想象其中人物的活力，他们脸上洋溢着朴素又真切的性情。跟当代的污染、过度相比，那个时代尽管匮乏，尽管受计划操控，但有其天真的一面，有其性情的一面。

回过头看这个国史上短暂的时代，那是传统社会的臣民、子民经过“解放”初为人民的时期。乡下人一度是人民公社的社员，社员如同乡土上的植物；城里人则多是单位、组织的群众，无论“社员都是向阳花”的说法，还是“群众的智慧是无穷的”这种说法，在初为人民时期，人民群众是被全能社会赋能了。人民群众纯真、向阳、简单。

造物主为每个时代、每个人分配了不同的面貌，这面貌跟心性互证。人心不同，各如其面；时代不同，各有面相。有人甚至说，造物主也为每个民族发放了不同的面具。无论表象如何，明见心性以呈诸相诸好是时代的任务，是民族和个人的使命。西哲为此感叹，一个人要对他四十岁后的长相负责。但对我们中国人来说，对面相的敏感仍只是艺术家们的事，如陈丹青发现的民国相貌，如苏丹在本书中为我们提供的一个时代的个人和众生相。苏丹用“闹城”来说明他成长时期的太原城，用山西方言“闹”来说明那个时代，也说明那个时代的诸相是呈闹态，是人民群众力争上游、积极努力的。

五

曾经有人在假日的长城回头随手拍下人头攒动的群像，人们发现，那些走到一起的同胞们没有一张脸是笑着的，不像八十年代那些有向往之心的神情相貌，不像欧美人、日人、韩人那些傻乐呵或有自信的神情相貌，在长城观光的人都呈现了疲惫、焦虑、复杂、无奈的神情。这是一个悲剧。而画家刘小东在海外的发现也印证了长城上的中国人，“无论走到哪儿，我一看眼神就知道他（她）是不是中国人，因为没有一个国家的人承受着这么复杂的生存境遇……这种不容易写在今天每个中国人的脸上”。

如果把今天的我们跟苏丹笔下的人民群众相比，可以说，人民群众虽然清贫，但给人的印象是跟“不容易”无缘的。人民群众虽然不必对自己的长相负责，但人民群众在其时仍有其朝气，有其道德是非。今天的人有了一定程度的财务或身份自由，但多已迷失，有瓜吃的今人已经从人民群众变成了吃瓜群众。吃瓜群众复杂、疲惫、迷茫，吃瓜群众什么也没有错过，什么也没有得到。

苏丹回忆的那个时代，尤其是八十年代，仍有一种人的气息，甚至有人的多样化。如苏丹说他自己对我国东南西北的空间感觉就是一个明证，在一般人都知道“孔雀东南飞”的时代，在东北人、西北人都希望到南方找机会的时代，苏丹说他对南方没有感觉，他考大学也是往东北的哈尔滨走的。苏丹说：“我在上大学之前几乎从未对南边开阔通畅的世界有过任何好奇，那一时段几次最重要的经历反而都是在对东、北、西三个方向的群山所进行的突破和对抗。……我读高中之前的一个强烈愿望就是想要一路向北，步行穿越卧虎山这片厚土的世界，去看一看山外之山，天外之天。”如果采访当代人，大概没有人想到对抗，没有人想什么“天外之天”，当代人会心里嘀咕，能否成功、能否变现？相比之下，我们当代确实“不容易”。

显然，对七十年代、八十年代的回忆是重要的，它是当下极为缺失的参照中重要的镜子之一，作者这本书就是明证。不过，对当代政治、经济、文化的叙述也同样重要，可能更迫切，“一代之治即一代之学”，没有对当代的真实的叙述、报道，我们就难以生产有效的知识学问。当代人在无意识中都难以呈诸相诸好，这是个人对自己不负责任，是时代之病，还是我们个人一起参与形成的业力？

我也算很早注意到个人相貌与时代社会关系的人，我曾经写过：“采访过欧洲主要国家首脑的麦考密克夫人曾将罗斯福与希特勒、墨索里尼等治国者的外貌作了比较。她发现后者为执掌政权付出了沉重的代价：紧张和焦虑在他们脸上刻下了深深的皱纹；艰难时世令他们面容憔悴，过早衰老；他们全神贯注于自己造成的令其精疲力竭、焦头烂额的时局，他们独处时显得疲惫而困惑。而罗斯福完全不同：总统职务在他身上留下的痕迹之少令人惊异，他在愉快而自信的神情背后保持着一份超然的宁静和安详……由此可以说，认同并参与构建哪一种体制，自己就会跟这种体制形成共生共荣的关系。”

遗憾的是，我们很多人对自己的相貌、时代的相貌、体制的相貌没有感觉，很多人对时代和个人面孔没有记忆，或只记其一不记其二。人民群众还未形成自己的面相就已经老了，吃瓜群众迷不自知，吃瓜群众甚至在或迷失或“合群自大”中日益粗鄙化，不知道自己的相貌（不容易）跟时代、治道的共生关系。比如说，很多人记得“60后”“70后”“80后”等代际不同的照相姿势，但不记得自己也在其中，很多人并不知道自己的面相已经定格在了某个时代。记得自己的相貌并努力完善它，记得人各有面并努力参赞它，是现代人的责任。

也因此，我乐意推荐这本书，也期待苏丹的八十年代以来的人生经历。它们能折射时代的光辉，其精彩、重要已经不需要我再饶舌。

余世存记于北京

2019 年 11 月 12 日

自序　龙城之“闹”

城市的起源始于贸易和军事的目的，而城市的兴衰变化得益于“闹”。“闹”是个中性词，褒贬各半，客观地表达着人类在生命和社会中的各种行动。“闹”在山西方言之中是个宠儿，它的含义几乎涵盖了人类的一切行为，就像我们今天口语中已上位的“干”“抓”一般。和“干”“抓”堂而皇之在国家喉舌中反复吞吐相比较，我发现“闹”着实有点憋屈，它始终没有实现自我超越，一直步履蹒跚于乡党的口中,带着浓郁的黄土气味。但若是表述和三晋大地有关的记忆，描述曾经发生在我视野中的各种人和事件，渲染早已逝去的时空氛围，还非“闹”不可。

除了其动词的词性，“闹”字还有形容词的词性，来比喻环境的热烈、喧嚣等感官刺激。记忆是一部压缩机、一套筛子，留下的都是大事、趣事、怪事，“闹”都是这些事的表象，要么惊世骇俗，要么震耳欲聋。在龙城的现当代历史中，“闹”的景象此起彼伏，二十世纪五十年代烟尘滚滚的工业建设，六十年代汹涌的红色波涛，七十年代末到八十年代初流变不息的时尚大潮。“闹”既是一个城市发展变化的动因，还是一个城市生命的迹象，它形象、生动，深入人心。

太原人喜欢用“闹”来表达一切，“闹”是一个基本的字眼，每一天它都会汇聚在鼎沸的人声中，合成这个庞大生命体的呼吸声；它亦如图像中的像素，永不停息地绘制着这个城市的历史肖像。但是如果改变时间的参数放大来看，每一个像素又是历史上醒目的一瞬之间，夹杂着世事沧桑，交织着人间的喜怒哀怨。

远景龙城

九朝古都太原古称晋阳，是唐李渊、李世民父子起兵之地，故自诩为龙兴之地。龙是兴风作浪的高手，事实的确如此。这座城市历史上多坎坷，历次被“闹”毁、历次“闹”重建，反复折腾。秦庄襄王二年（前 248 年），秦将蒙骜平定太原，次年初置太原郡。前 221 年，秦始皇废封建立郡县，分天下为三十六郡，太原郡治在晋阳县。晋阳城相传为春秋末年，赵简子家臣董安于所筑。宋太平兴国四年（979 年），宋太宗赵光义毁晋阳城。太平兴国七年（982 年），宋将潘美奏请在原晋阳城以北的唐明镇基础上，“闹”起新的太原城。

1949 年的那次攻城“闹”得最凶，太原老城巍峨的城墙在这个城市经历的最后一次战争中，被一千多门大炮集中的炮火摧毁了，我上高中的时候看过攻城士兵疾速掠过城垣的战时摄影图片，算是这个城市的前世在我记忆中残留下的仓皇而又匆匆的背影。随后太原城的城垣被陆陆续续拆除干净，没有留下任何物证，比拆除北京城的城墙更彻底更果断。

历史上政治更迭相伴的战争、内乱、外敌入侵造成这座城池在焚毁、荡涤、沦陷、膨胀中反复幻灭，不断重生。物质性的历史在物质的遗失、丢弃、销蚀、毁损中变得模糊，文本的历史在涂抹、篡改、修饰、掩盖下变得可疑。名义上的古都太原渐行渐远，形容越来越抽象，总体看上去几乎像个如郑州和石家庄这样的新城市，在我从小的记忆里就是这样，曾经巨大的物质存在只留下了一个个挣扎的地名："大南门""大北门""大东关""水西关""旱西关""小东门"等，其余的一切都已荡然无存。

如今的太原城，城市形态方面：一座被闹成了一摊，郊区闹成了城市，公园闹成了盆景，工厂闹成了住宅，宿舍闹成了小区，大马路闹成了立交桥，由地面闹到了地上，由地上闹到了地下；生活方面：面食闹成了米饭、比萨，白酒闹成了红酒、香槟，方言闹成了普通话，大浴池闹成了桑拿洗浴；文化方面：书店闹成了网吧，俱乐部闹成了会所；精神状态方面：闹革命变成闹钱。

龙城景中

《闹城》是一部图文对照的个人口述史，它的文化背景是中华人民共和国建立之后的强国梦和工业化建设。1949 年后，这个古老的城市被政权赋予了新的使命，在原有的基础上大力"闹"工业成了新时期的主要任务。1954 年的城市规划大纲中这样描述它的性质：太原市是山西省的工业中心，是全省政治、经济、文化、交通的中心城市。规划到 1958 年 66 万人，到 1974 年 80 万人；规划了北郊、城北、河西北部、河西中部、河西南部五个新工业区及相应的生活居住区；确定汾河和迎泽大街城市轴线，棋盘式路网。

很快，一条东西向的大街沿着旧南城墙根开拓了出来，这是一条新龙城的横向主轴，在景观上贯通了东山到西山的廊道，在交通上跨越了南北向的汾河。它和那条宽阔但断断续续的河床构成了新太原的架构，显然这是工业时代的气魄——天堑变通途，晋阳老城被甩在了一边。汾河是龙城的南北向轴线，上游修了水库之后，它成了一条宽大的泄洪通道。汾河的西侧闹成了一个地地道道的工业区，继续向西是煤田蕴藏丰富的西山。随着上游汾河水库的修建和龙城工业化进程，自然的河流也逐渐成为一条工业排污的渠道。河西、河东两岸的工厂将排污的管道直通汾河，每日里烟黄色或深灰色的、带着泡沫的工业废水会从粗大的管道中喷涌而出，为这条干涸的河床注入一股全新的活力。于是气象万新，一条色彩凝重的大河向南奔流而去，一如它焦灼的历史。

迎泽大街的宽度足以承载和通行世界上最大尺度的载重汽车，运输最巨大的工业制造。这条大街曾是太原人民的骄傲，骄傲的资本不是它和工业发展的关系，而在于它的宽度。的确，90 米的宽度让人必须用“坦荡”来描述才会觉得贴切。比长安街还宽 20 米的数据是确凿无疑的，这让至少两代的太原人自豪、自信，且想入非非。

工业空间的机理是粗大的，在古老的城区之内实在难以安放，于是北城区和河西区成为这些重工业和大型轻工业的分布区域，这些大型工矿企业一个连着一个，形成了城市新的机理，每一个工厂都是一个巨大的院落，里面莽撞地排布着一个又一个超大尺度的厂房，与老城中那些狭窄的街巷和细碎的院落形成鲜明的对比。位于老城东南角的明代永祚双塔寺中耸立的双塔，曾在长达五百年的时间里主宰着这个城市的天际线和景观。如今，工业区林立的烟囱直插云天，这些后起之秀一个个气焰嚣张，头顶冒着五彩斑斓的浓烟，逼视着那一对弹痕累累的双塔。

龙城在大公园这件事情上着实闹得不赖，这是一个现代性的概念，一个社会福利思想，是理想主义在现实中苟活的样式。但是当它的面积足够大的时候，的确会造成一种英特纳雄耐尔初步实现并既成事实的幻觉，即使它还在向你收取门票。迎泽公园是龙城最大的公园，由龙城的子孙们在二十世纪五十年代初以全民义务劳动的方式修建。原先公园的大门是新古典式的，简洁而又精致，颇具精神气势。而它的内部却试图再现一个中国传统理想中的天堂，在那里，湖水、垂柳、拱桥、亭台、假山、楼阁、转马、游船一应俱全。但人们并不在意它矛盾的美学，而是尽情地享受这个福利，每年的五一劳动节，各企业都会组织职工和家属来此游园，于是公园中人口密度陡增，一张张看腻了的熟人笑脸取代了风景带给人们的愉悦。此时，成年人之间面带微笑频频点头，孩童则追跑打闹，不亦乐乎。

近景社区

美国学者爱德华·奥斯本·威尔森在《社会生物学》中曾提出人类部落的理论,认为“部落”是人类聚集的一个社会单位,“部落意识”是人类以城市为聚集形态的八千年时间未能洗去的一种来自远古的记忆。《闹城》一书叙事背景中的近景，就是一个堪称“部落”的大型社区，一个地地道道的熟人社会。但是这个社会并非乌托邦思想一厢情愿希望铸就的那样整齐划一的共同体，它是一个复杂的集合，处处投射着人性的魅影和不同地方文化的烙印。社区空间系统中的核心，是由几何美学原则试图建立的理性，笔直的道路、明确的体量；外围则是松散的，曲折的小路、简陋的建造，以不了了之的方式衔接着尚不成气候的城市边缘。

故而龙城周边那一个个工业区和宿舍区，很像两种文明对抗早期的要塞和堡垒，首先它在形态上是突如其来的，和周边一切显得格格不入；其次它是侵略性的，它的建立是对原有农耕土地的觊觎和侵占。此外，文化上的异质性也非常明显，矿机厂的宿舍区像块工业文明主导的飞地，虽为这块土地的后来者，但它有规划、有实力、有行动，一下子把原来的主人“享堂公社”甩开了好几条街。矿机人俨然是一个新的部落，旌旗招展盔明甲亮地站在农业聚落身边，几座高大的现代主义建筑展示了天书一般的美学知识，如职工医院是直接拷贝了欧洲现代主义模板，蒙德里安抽象的几何美学在建构的技术语言中被转化成横平竖直的水泥构件的杂耍；工人俱乐部要稍微接一些地气，它是折衷主义的，落落大方地顶着小屋檐，举着带额枋的柱头。这种样式深入人心，把远大理想和历史经验巧妙地结合了起来；医院、澡堂、理发馆是现代社会料理人生的理性机构，在这些地方，人们都毕恭毕敬，接受着技术和知识主导下的清洁、检查、修理和治疗；俱乐部、灯光球场是构造精彩生活的文化设施，在聚光灯的投射下，幻象和现实交替作用，让人们飘飘然，轻而易举地步入理想的境界。

微观社会的形态以及人性是这个时代里社会景观中的一些凌乱的细节，它们和宏大的理想经常处于矛盾状况。人们一直在冲突中被和谐，在和谐中冲突着。本书描述了很多这样的空间关系和生动的故事，还有许多人物的言语肖像。感恩上苍赐予我特别的记忆能力，能让我精准还原那些曾经发生过的场景，再现那些喧闹和悲鸣。我希望自己的叙述表现这种矛盾性在生活中“闹”出来的荒诞，当我们嘲笑这些荒诞和错乱的时候，也会察觉这许多荒诞故事背后都渗透着的当事个体曾经经受的苦难。我们习惯于用时间否认这种“曾经的苦难”，也擅于用集体记忆覆盖“个体记忆”，这是一种比较消极性的文化，不利于清醒地回顾历史、面对问题。

许多社区故事以邻里关系为线索，再现了一个没有隐私的时代家庭和家庭之间相处的方式。“文革”后期“闹”社会主义大院的时候，居委会居然把社区组织的权力下放到了集体居住单元，每一个楼都被给予正气凛然的命名。社区的建设是全面的，从政治宣教到社区卫生的维护，还有精神食粮的生产，但歧视和冲突依然存在，并且那些辱骂和嘲弄经常紧紧伴随正面的赞美和讴歌，就像一枚硬币的两个面。但这社区的确又是一个共同体，人们共同的情感依托于那些引以为豪的事物之上，比如球队，比如建筑，比如汽水……集体的荣耀如同一种文身，制造了精神图腾和识别，让社区中的每一个成员感到温暖和亲切。那是一个已然消逝的社会存在，紧密的空间关系发酵了这种集体认同，到了1976年唐山地震期间，社区中的自组织性达到了登峰造极的程度，家长们轮流值班预报警情，关于地震的各种流言像闪电一般在集体中传递，我们变得像沙丁鱼和椋鸟一样敏捷。

最生动的故事是发生在邻里之间的，生动是因为具体，越具体就越发接近于人性。由于一个单元的人数和爱德华·奥斯本·威尔森所提到的“部落”规模相当接近，空间结构和社会结构就形成了高度重叠。记忆最连续和清晰的事件也多发生于此，它们甚至是连续的，像一部没完没了的电视连续剧。在这个集体居住单元中，人口的成分是多元化的，人们来自五湖四海，从偏远的乡村到大城市，从工人到知识分子，再到身经百战的老八路。“善”与“恶”的流露对邻里之间的交流有着至关重要的影响，于是社会性也会反过来约束人性。大多数人和家庭的交流方式都发生在狭小拥挤的空间中，高密度的社会把日常生活前置了，工业化的美学在缓慢吞噬农耕文明。这是一个非常难得的近距离观察微观社会的历史机遇，许多家庭样本就铺摊在我的面前，让我看到中国社会的伦理作用，看到文化背景对人们生活的影响。如今，这个空间容器依然存在，那个宿舍区已经变成了历史建筑群，它得到了应有的保护，许多故人依然住在那里，看到他们就想到了鲁迅笔下的“闰土”。

经常梦回那个社区，重温旧梦的感觉五味杂陈。记忆是一部挖土机，挖得越深就会触及更加细密的记忆神经，人性的恶和善也就会在这些细节的触碰中得以重现。我认为非常重要的一点是，在我的记忆中，善和恶一直都没有缺席，我一直在寻求一种超越了“爱”和“恨”的书写，在回忆中控制自己的情绪，把笔端变成镜头。龙城旧忆就是这样一幅既气势恢宏又一地鸡毛的历史图景，它的碎片经常浮游在我的脑海之中，拼合这些碎片是出于一种责任，对自己在于重新认识，对历史则是避免它被掩盖或篡改。在美术学院对壁画专业的认识，让我更擅于拼合这种杂七杂八的历史景观，东一榔头西一棒槌地把分属于不同视距和时间下的图像按照一种结构去排布，让它们既整体又各自独立着……

第一辑 人生序幕

二月羊

1967 年 2 月 25 日凌晨，在太原市中心医院的产房里，一声响亮的哭声划破寒冷冬夜，宣告一个新的生命离开温暖的母体，来到那个暴虐的时代，进入那个纷乱的社会。

有一天，我按照医学常识精准地推算了一下，惊讶地发现自己生命起点之特别。原来自己个体生命孕育的开始竟恰逢那场劫难的爆发，并与之相伴十年，艰难地生长、苦涩地体味。

自受孕到出生，生命体的生长便浸泡在一个歇斯底里的社会环境之中。这种体验虽然没有产生意识，但它的意义犹在，即我生长的起点即是一场浩劫运动的起点，而唯有自己的生命在和它的赛跑中获胜，才有可能摆脱这个魔魇。

人的生命一直在空间和时间的交合之中展现，空间是生命存在的形式，时间是生命形态的长度。空间在时间中拓展，而时间记录着变化的过程。在子宫里的日子，空间是恒定的，甚至可以看作是被压缩的，因为充溢的羊水黏稠、浑浊，母体外部的光线艰难地穿越层层阻隔，在羊水的扰动中摇曳。而时间却变得更加精确，身体每一天、每一时、每一刻都在生长。子宫——这个承载生命本体的空间，像一个在星际之间摆渡的飞船，随着孕期的延长，外面的世界越来越近了。

山西省的工业基础在当时的中国来看是处于前列的，因此在新中国建立之初的强国梦想中，它扮演着举足轻重的地位。因此这座城市的前世今生也在一段不太长的时间内形成巨大的扭曲，也造成了城市性格上的分裂。在那个时代，中国的重工业都掌控在国家的手中，一批又一批的有志青年来到这里发愤图强。

我的父母在工作中相识，他们都供职于一家国有大型重工业企业。这家企业以生产采矿机械为主，拥有 8000 名职工。工厂建于 1925 年，本为山西近代军阀阎锡山创办，后在新中国制定的第一个五年计划中得到了大力发展。这个时候，无论是训练有素的技术工人，还是有良好教育经历的工程技术人员，纷纷从全国各地汇聚而来。我的父母也是由于这次工业革命的良机才收获了姻缘，从此在这片热土上工作、生活、繁衍子嗣。

有人说过“生命不死”，其“生命”的寓意指的是平行于生理的意识，即哲学家说的“我思故我在”。投胎或许有一种在地性规范，即此地的亡灵寻找就近的肉身。我的父母原籍都不在此地，他们从天南海北来到这个古老的城市，带着自己顽固的记忆。而我却不然，似乎先验性的记忆全在此地。多年之后的而立之年，当我第一次踏入令当地人引以为豪的那些晋中豪商富贾的大宅门时，一种未曾谋面的气息扑面而来。当时，我像被电击一般地伫立许久并泪流满面。

我是这个家庭的第二个孩子，妈妈怀我五六个月的时候，爸爸和妈妈开始商量给我取什么名字。当时家里一直期望这个孩子是个女儿，但那时的技术又没有办法预知性别，所以他们决定给我取一个不管男孩女孩都适用的名字。

《我的心像山峰一样伟岸 4》 油画，作者：刘力国

父母给我大哥取名“苏芃”时，革命形势还没有进入高潮，所以那个“芃”字还保持了高调的文学性。当然，大多数革命群众别说理解这字面蕴含的诗意了，连发音都读不对。所以他们在给我取名的事情上汲取了教训，颇费了一番思量，最后取了一个关照两种性别又兼具革命意识的名字“苏丹”。

这个名字够响亮、够别致，不光革命烈士刘志丹的名字中有一个“丹”，更有甚者，亚非拉兄弟国家其中一个国名竟和我的名字一模一样。实际上，它还是反映出知识分子骨子里难以割舍的文艺气息，显得革命气质不够茁壮、开阔，具有表达上喜欢暧昧、行动上擅于妥协的特质。

小时候，我非常不喜欢“苏丹”这个名字，一是因为它太特别了，与当时反对突出个体的风尚显得格格不入；二是它太过文艺，缺乏那种革命的粗犷气质，不能暗示我在那个混乱的年代大刀阔斧地战斗，不知天高地厚般厮混，去革命的惊涛骇浪里叱咤风云。我在相当长的一段时间内惧怕在陌生的环境中、大庭广众之下的点名，那每每引发的哄笑和窃窃私语让我羞愧难当。我只想要一个极普通的，能让自己隐藏在芸芸众生之中的代码。

十月怀胎不易，又逢乱世，人性中凶相毕露，社会上杀气腾腾。我的生命在意识尚未萌发之前虽然接收不到那些汹涌澎湃、扑面而来的恶，但是环境中的恶行即使仅仅化作嘈杂，政局的动荡引发的环境败坏也还是会直接作用于每一个人、间接施加于每一个怀胎的母亲，因此作为母体着实不易。

妈妈由于出身不好，一直担心被同事们质疑和揭发家庭背景中的问题。幸运的是，这种事情最终竟没有出现，这或许是由于妈妈平日里的友善化解了人性中的锋芒，也或许任何劫难之下亦有避难的角落。

母亲精心呵护着体内的这个生命，慢慢等待着我瓜熟蒂落。临产的时间到了，社区医院条件有限，于是妈妈进了市属的中心医院等待临盆。但此时的我好像对即将面对的外部世界并未做好准备，我的身体在犹豫，不舍得离开那具温暖的子宫。临产的征兆反反复复多次，最终医生果断用剪刀剪破胎衣，羊水才破出。终于，2 月 25 日凌晨，我七斤的肉身带着由于压迫而产生的种种不适，赤裸裸地来到现实的社会空间。我号啕大哭，似乎是委屈，又好像是在抗议着什么。

1966 年、1967 年分别为丙午年和丁未年，历史上的这两年，时常伴随着天灾人祸降临人间。故阴阳家有言："丙丁属火，遇午未而盛，故阴极必战，亢而有悔也。"宋代柴氏四隐之柴望专著《丙丁龟鉴》并上书朝廷，将起自秦昭襄王以来的相关事件一一记录，而有"凡值丙午、丁未者二十有一，皆有事变应之，而归本于修省戒惧，以人胜天"。杨绛先生也著有《丙午丁未年纪事》，描述她经历的那段蹉跎岁月。"丙丁劫"因此被人看成一段艰难困苦岁月的预示。

而我却生在庚申日，这天干地支的阳金遇上丙丁交接之际的阴阳猛火，也预示着一段不同寻常的淬炼历程。丙丁之火，在古老的中国相类中，也是太阳与星火的象征，进而引申为文明气象。《西游记》中的孙悟空破石而惊天，最终护送玄奘向西方取经。而地支申金在古老的五行思想中，正是金猴、巨石与西方的象征。这股古老的东方文明力量，或可看作是我在四十多年后不断往返中国与欧洲，推动中欧文明互鉴交流的预兆。

从自然节气角度来说，二月降生对于羊羔而言，是一个残酷的时段。此时，漫长的冬季耗尽了秋夏攒足的水分和热量，万木枯萎，大地一片苍凉。凛冽的寒风像个强盗，它们劫掠大地，连那些残枝败叶都不放过。阴沉的天空像位判官，吝啬地度量着施舍的额度。冬云在北风暂时歇息的时候聚集，遮蔽着阳光，连深色的阴影都抢夺了过去。灰色的人间拉开了我人生初期灰色的序幕。

正月里，节庆一个接着一个，是人类在压抑中爆发的时刻，犹如末世的狂欢。这恰是烹牛宰羊的时节，羔羊成了餐桌上的上品、人类欲望的牺牲品。因此，按中国的习俗，此时降生的孩子面对的将是一段长长的难熬的岁月，直至春雷骤响，甘霖普降大地。

父亲

我的父亲出身书香门第。祖父北京大学数学系毕业，曾在陶行知先生主办的晓庄师范任教，后在南京即将被日军围困的时候逃离，经过铜陵，最终落脚于祖籍安徽省太平县岭下苏村避难八年。抗战胜利后，祖父在安庆、合肥、芜湖辗转几年，最后稳定在芜湖从事中学数学教学工作。祖母早年曾入学丰子恺先生创办的上海美专，后因家里认为当时学校里的人体绘画有伤风化而被勒令退学。祖母也是中国第一代拒绝裹脚的女性，三十年前，我曾看过她写的自述回忆录，其中有关于这段中国新女性顽强抗争经历的描写。

私塾里的启蒙霞光

父亲 1936 年出生于南京，一年后就随家人回到安徽。父亲姐妹兄弟五人，他排行老二。他五岁时先进了私塾，后因躲避日本人的轰炸而不断转学，从太平县到了万安镇，从徽州到了东松岭，五年级那年又转到繁昌县。

那个时代正是一个新思想和传统思想不断冲突的时期，一方面，现代性的学校逐渐取代传统的私塾教育；另一方面，新思想的流传如星星之火，在枯萎苍凉的旧荒野疾速传播着，即使是在岭下苏这样偏僻的山村里。

父亲和我说，他的人生观相当程度上受到了一名小学老师的影响。在小学三年级的时候，他遇到一位特别的老师苏绍丹，这位老师是浙大毕业生，也是因躲避战乱而偏居于此。在那个硝烟弥漫、兵荒马乱的时代，这位苏老师思考的竟然是如何树人的问题，强调的是要让学生们学会独立思考。这在今天看来实乃石破天惊的话语，在传统的儒教体系之中必定会引起非同一般的反响；亦如启蒙的霞光，刺透奴化教育的黑暗。这种教育理念在他心里埋下了种子，并很快破土而出、发芽长大。

在这种思想的引导下，父亲自我的意识开始萌发并自然而然地产生了一些反抗的行为。在他小学四年级的时候有一位名叫苏石磐的老师，经常读错汉字，父亲就带领同学嘲弄老师，把“别字先生苏石磐”几个字在村子里的墙上到处书写，搞得沸沸扬扬。这位别字先生的哥哥是当时的校长，叫苏石泉，有权依法体罚学生，因此就以冒犯老师尊严为借口惩罚父亲，让父亲下跪认错，被抵制后用戒尺抽击掌心直至红肿。

父亲引以为豪的另一次作为是和老师之间发生的辩论和妥协。五年级的时候，他转学到了繁昌县，在那里又遇到一位鼓励学生独立思考的语文老师苏强恒。一次，这位苏老师刚刚布置了下两节课的作文题目，父亲利用课间休息的短短时间就写好了，开始上课不久就拿着写好的文章提前交卷，老师觉得他不认真，很恼火，拒绝接受并严厉斥责他。这个时候，父亲义正辞严地反驳道：“苏老师，你不是鼓励我们独立思考么，为什么你不看我的文章就武断地评判呢？”他聪明绝顶地用老师的观点反击了老师，令老师尴尬，令同学们震惊。但姜还是老的辣，老师看了几眼文章后，又说：“你这篇文章写得不错，但若是能多用些时间完善一下，岂不更好么！”

投身工业强国梦

父亲的专业是机械制造，在中华人民共和国建立之初，这算是一个炙手可热的紧俏专业方向。1956年大学毕业，在留校半年参加肃反专案组工作之后，他响应国家号召，毅然从江南鱼米之乡来到北方重工业城市太原，投身中国现代化工业的基础建设。

父亲被分配在太原矿山机器厂，这是中国三大矿山机械制造企业之一，是以阎锡山开办的育才机器厂为基础，后在“一五”期间扩建的项目，属于第一个五年计划中156个限额以上的项目。他们这一代人是满怀豪情壮志参加国家建设的，饱经战乱的土地终于得到了短暂的休养生息，毛泽东在开国大典之前的全国政协会议上最重要的一句话就是：“中国人民从此站起来了！”

在政治上站起来容易，但一个尚处于农耕文明的国家在工业时代站起来却并非易事，这个理想和现实存在着巨大的差距。毛泽东也有具体的理想，那就是建立我国自己的工业体系。面对翻滚的人群和飘扬的旗帜，他在开国大典上还有一句话就是：“今天我看到的是红旗的海洋，希望在不远的将来看到烟囱的海洋！”无疑，那一代人无论领袖还是普通人，工业梦就是强国梦。

父亲总在抱怨祖父给他选的专业不够恰当，他始终认为自己更适合学习文科。但是现在看来，祖父的选择实乃不幸中的万幸，在那个动荡的非黑即白的年代里，父亲因为专业的缘故远离了思想，专注于技术，一直埋头苦干从事技术攻关，避免了更多的是非。尽管他一直认为机械设计专业有悖于自己的兴趣，但条理性和结合实际的工作方法还是令他在枯燥的机械设计领域成绩斐然。他是中国液压润滑领域的专家，担任过华北润滑研究所所长，后出任太原矿山机器厂副总工程师一职，退休前是设计院院长，一直都在机械设计的第一线工作。

饥饿岁月里的美食家

父亲是长子，但遗传在他身上只体现了一半的力量，因为我在他身上看到了一些这个家族血液中少有的东西。比如身高，他在这个家族是个奇迹。爷爷奶奶和姑姑叔叔们都是身材矮小的南方人，唯独父亲的身高不断突破家族的想象力而疯长，最后停留在一米七八的高度上。所以每次看父亲在南方的全家合影时，那种鹤立鸡群的样子稍微有点喜感。

这样的身高打破了既有的成长节奏，加之那一个时期的普遍营养不良（人们的口粮65%以上是粗粮）和对待革命工作的高度热情，刚入职后不久他的睡眠状况就出现了严重的问题，体重也因此急速下降到了九十斤，成了典型的成人版“豆芽菜”。很快，父亲就进了疗养院，进行为期三个月的疗养。他在风景如画、古风浓郁的著名景区晋祠疗养，这一段疗养充分体现了社会主义早期福利制度的优越性。从家里影集中数量不小的照片中，可以看到他那个时候度过的幸福时光，钓鱼、游泳、郊游……最幽默的一张照片是他和几个同期疗养病友的合影，几个刚游完泳瘦骨嶙峋的年轻人并排挺立，沐浴着阳光，照片上的题字是："友谊之花开在晋祠湖畔"。

据说刚入疗养院的时候，父亲很苦恼，才刚刚二十岁就因身体健康问题疗养，精忠报国的锐气严重受挫。而失眠这种症状很难找到具有明显疗效的方法，但是办法总比问题多，经过反复揣摩，他终于找到了一个窍门。他发现对于失眠，最有效的治疗手段就是拼命去玩儿，把精力全部消耗掉，晚上睡觉就不成问题了。父亲创造的疗养方式带动了另外几位病友，他们整天疯玩儿得不亦乐乎。但是这种自我解放的疗养行动打破了疗养院的传统秩序，因此招来院长的严厉批评。

不久，在贯彻落实毛泽东"双百"方针的活动中，《山西日报》一位著名的严姓记者来到疗养院并召开座谈会，父亲在这个座谈会上发表意见，以自己的遭遇来批评院方的教条主义和官僚主义作风。不久《山西日报》发表文章，报道并评价了父亲介绍的疗养院管理情况。在这种舆情的干涉下，院长取消了对他钓鱼的禁令，于是父亲就每日肆无忌惮地在汾河边的池塘边疯狂垂钓。那个时候，山西本地人吃鱼的还不多，钓鱼者寥寥无几，因此他每天收获颇丰，出院时居然积攒了几十斤鱼干带回单位，身体也得以康复。

从父亲晚年的身体状况来看，那一段疗养经历功不可没。然而这次疗养似乎也为他的身体状况留下了不良的口碑，在他的意识里形成了永久性的自我评价。在我的印象中，父亲总是把自己放在一个需要关照的位置上，而那时关照他的只能是家里人。因此，家里最有营养的食物总是优先给他，此外还要有麦乳精、蜂乳、阿胶之类的补品辅佐。他每天晚餐之后就要躺在床上片刻，用他自己的话说叫“静卧”，据说这是防止胃下垂的妙招。这样他也就逃避了餐后洗碗、清理桌面等繁杂的工作，当他惬意地在床上哼着陈词旧调的时候，就是幼小的我在厨房清洗碗筷的时刻。

更令人难以容忍的是，他竟然以治胃病的名义喜欢上了啤酒，且几十年如一日从不间断。在那个人人营养不良的时代里，没什么人会对啤酒这种喝起来苦苦的东西感兴趣，山西人普遍认为啤酒的口味和马尿差不多。每当我拎着塑料桶奔赴一公里开外、位于河北省境内的一个饭店给父亲打散装啤酒回来时，都会在宿舍楼门口遭受同伴们坏坏的嘲笑。

父亲对生活的兴致充分体现在饮食方面，我猜想这也许缘于他对自身健康的危机意识和对食补的深信不疑。在我的记忆里，他一直在为寻找食材和提升烹饪技巧而不懈努力，即使在人人身处困境的年代。他擅烹饪，在苍白的岁月里依然可以凭着智慧和热情熬制出催人泪下的“鸡汤”。在食品供应匮乏的时期，他竟然可以深入到山西人饮食习惯的盲区，钓鱼、捕虾、捉泥鳅和青蛙，甚至在汾河河滩抓蛇以补充营养、打牙祭。这些在山西本地人眼中怪诞的举止，曾在邻居中造成不小的轰动，北方人对南方人的食谱之宽广、欲望之强烈除了惊愕还是惊愕。

那时，父亲单位在干涸的汾河河滩拥有一大片农场，他们会定期去参加农业生产。每一次他高卷着裤腿回来的时候，都会带给整个单元惊喜。尤其是孩子们，他们欢呼雀跃来到我家的厨房里，睁大眼睛、伸长脖子，等待父亲打开鼓鼓囊囊的蛇皮袋子。有时是活蹦乱跳的青蛙争先恐后向外涌，有时是裹挟着泥鳅的黑色淤泥成堆地倾倒出来，然后泥鳅们艰难地蠕动着，想摆脱光线和周围的目光。当青蛙被烹调完毕，香溢四下，最终本地人食谱的堡垒一个个失守。泥鳅的制作过程相对复杂，这些终日厮混在暗无天日黑泥中的家伙长相丑陋，身形邪恶。但泥鳅着实美味，用红烧鲫鱼同样的调料烹制，完全可以冒充河鲜。泥鳅钻豆腐一直是美丽的传说，它解放了我关于烹饪的想象力。

每逢佳节或家里来了重要客人，父亲就会大显身手，那也是他在我眼中最有魅力的时候。一个人在厨房里煎炒烹炸、烟熏火燎，乐此不疲。他烹制的菜肴大体上属于淮扬菜系，酱油和糖的用量大，且擅于使用花椒、大料、陈皮、桂圆等调味品，必要时还会用虾仁、海虹、扇贝等增加鲜味。因此他做的菜看上去总是一个颜色，但吃起来非常鲜美。貌似他自己也非常享受去市场买菜到回家烹饪的全过程，直至风卷残云、杯盘狼藉之后，他高涨的情绪才开始回落。

技术革新能手

父亲一直从事技术工作，他是液压润滑方面的专家。尽管他一直声称自己学错了专业，但凭着他严谨的工作作风和注重逻辑性的工作方法，还是在被命运安排的岗位上做出了不小的成就。这首先得益于做事情的态度，五十年代接受强国梦教育的人大多有着自强不息的精神和振兴中华的使命感，他们总是希冀把国家在特殊时期遭受的孤立变成一种动力，在铁壁前苦苦求索、在荒野中摸索前行。

印象中父亲总是早出晚归，经常还有夜班，出差也比较多。这种工作状况导致他根本无法周全地照料我和哥哥的生活，于是我们很小就开始分担各种各样的家务，从洗碗到做饭，从清扫房间到去煤厂拉蜂窝煤。那个时候样板戏《红灯记》里李玉和的一个唱段："里里外外一把手，穷人的孩子早当家。"就是我们少年时代的写照。

父亲的另一个工作特点就是经常去外地出差，几乎每个月都外出。在那个交通不便的时代，火车和公共汽车是他出差的主要交通工具，而且卧铺几乎是不可能的，因此每一次乘夜车回来之后，他都要拉上窗帘在家里蒙头大睡一天。对于孩子们来说，爸爸的出差是一种生活中的福利，因为他总能带给我们预料不到的快乐。

父亲的主要工作是机械设计，在我看来就是绘图，用各种标号的铅笔绘制复杂无比的机械图纸，图形的周围标注着数字和宋体工程字的说明。父亲的宋体工程字写得很漂亮，图也画得层次分明。他擅用铅笔，以至于中午吃饭的时候也常把两支铅笔倒过来作筷子使用。

父亲在工作中最显赫的成就都来自强调独立自主的年代，主要仰仗他出色的技术攻关能力，这种工作踏实能打硬仗的本事让他在同行和工人中获得了上佳的口碑。工人阶级的评价简单粗暴，往往是一看行动、二看结果。曾经有一个厂长指挥大家做了一个耗资巨大的废品，在拆除这个一动不动的巨大装置时，工人们把劳动号子"抓革命呀嘛呼嘿，促生产呀嘛呼嘿"直接改成了"蒋某某呀嘛呼嘿，草泥马呀嘛呼嘿"，算是出了一口怨气。

“臭老九”遭贬的年代父亲虽说没有春风得意，倒也没有遭遇革命群众的抵触，听说工人们对他的评价还不错。在科技攻关这件事情上有几件项目一直令他自豪，其中1968年低速大扭矩内曲线马达的自主研发就是他小试牛刀的开始。这个项目属于广西水泥厂高标号水泥进口设备，原产于捷克，后因中苏关系恶化而出现维修方面的问题，严重影响了生产。得到求援信息后，父亲主动请缨，多次奔赴现场查看问题寻找症结所在，最终经过反复研究和精心设计，在矿机厂的车间里自主研发生产出了这台马达。听说测试成功之时，整个车间一片沸腾，工人们把瘦弱的父亲反复抛向空中。

改革开放后的八十年代是他个人才华得到释放的黄金时代，这一时期政通人和、百废待兴，知识分子的价值得到了重视，个人价值得以体现。他先后主持了多个重大科研项目，包括当时一机部重点攻关项目——750液压泵、八十年代中期综合采煤机等。综合采煤机技术是引进英国安德逊公司的基础结合自主研发而成的，当时父亲去往苏格兰最大城市格拉斯哥负责谈判和监制工作，这第一次出国就走了近半年。

八十年代出国还真是个大事儿，政审、培训非常严格。临行前还给每一个人配发三百元置装费，以及灰色西服、深蓝色中山装各一套，外加劣质领带一条。后来在父亲从苏格兰寄回家的照片上看到，他在正式商务场合更多是穿中山装。那也是我第一次看到彩色照片，立刻感觉这些照片激活了死气沉沉的环境。直到近几年在和父亲的交流中我才获悉，他主持的技术攻关项目曾两次获得国家科技进步二等奖。

我的语文启蒙老师

由于从小教育环境不佳，我的学习习惯和基础都很不好，但是最终还是成为一名教师，这都得益于父亲从小的教育，主要体现在写作方面。父亲爱读书，那时候没有书架，他读过的书就放入纸箱堆在床底。这些纸箱就是我们幼时藏猫猫的掩体，也是老鼠的巢穴。每一次清理卫生从床底拖出这些纸箱，都会发现老鼠的踪迹。它们在诗集上排泄,留下地图一样的尿印和一粒粒黑色的粪便。另一方面，它们不识字，却爱啃那些书本，留下成堆的纸屑。比之老鼠，我也好不到哪里去。小时候风行用纸折的“元宝”游戏时，我发现了这些书的另一个用途，于是开始撕书，结果被他一顿胖揍。

父亲对我们的语文训练是从日记和书信开始的，也许他看不惯我们小时候模仿报纸口吻写作文的假大空风格，又不好干涉。于是就指令我和哥哥给远在芜湖的爷爷奶奶写信，甚至给表兄表弟们写信。父亲家风很好，父母与子女以及兄弟姐妹之间通信频繁，我和哥哥问候爷爷奶奶的信件就夹在他们的信中一起寄出。家庭书信的内容多了一些生活细节和情趣，少了许多“当前形势一派大好”之类的套话，显然生动鲜活了许多。每次爷爷奶奶也会回信夸赞我们，这种习惯一直保持到我大学毕业之后。

在知识方面，父亲是我最好的老师。在我们面前，他有随口就来的能力，但情节基本上都是森林里动物们的故事，在动物都被阶级斗争阵营分化的时代，他也没能超越这些俗套，狼、狐狸总是代

《灯下伏案工作的父亲》 素描，作者：王宁

表着反面角色，而大象则是正义的化身，当然最后的胜利属于百战百胜的猎人。就是这些无聊乏味荒唐的编造也引起我们浓郁的兴趣，想必这是想象力缺乏启蒙的缘故。《孙悟空三打白骨精》是动物演绎的升级版，“文革”时期“孙悟空”是正面形象，可以大讲特讲，父亲就趁势把故事延伸到其他章节，比如“火焰山”“大闹天宫”等。后来这些内容又变成了严肃一些的《三国演义》，他是一个三国迷，几乎熟悉其中每一个人物和每一段精彩故事。开始他只是每晚在我们睡着后讲给妈妈听，结果我发现了这个秘密，就开始偷听，“温酒斩华雄”“长坂坡”和“马跃檀溪”这几段简直太精彩了，感觉超过了当时所有革命英雄的叙事。听了一遍之后，我就能完整重复他所讲的，这让他吃惊不小。

父亲喜爱文学，尤其是中国传统文学，记得被我撕毁的书中就有一本宋词选，其中有几页插图我至今记忆犹新。一张应该是《前赤壁赋》的，湍流旋急中，一只长舟上载着几个把酒临风高谈阔论的人；另一张是张孝祥《念奴娇·过洞庭》的配图，清明朗月下，一叶扁舟空泛广袤无边的湖水之上；李清照那首《如梦令·昨夜雨疏风骤》的插图我也有几分印象，闺阁窗棂后，一个云鬓高挺、柳眉凤眼的女子探出半个身子来……这本宋词选颇有意境的插图令我对词这种不拘一格的文体产生了兴趣。

“文革”一结束，父亲便开始训练我们背诵唐诗宋词。他把这些诗词工工整整地写在信纸上，包括作者和朝代，然后逐字逐句讲解，把那些寓意和画面用他的语言表达勾勒出来。最终，他还会让我和哥哥进行背诵比赛，然后在间隔几天后进行检查。父亲为我们讲解的第一首唐诗是王之涣的《登鹳雀楼》，第一首宋词是苏东坡的《念奴娇·赤壁怀古》。父亲在为我们朗读“大江东去，浪淘尽……”时显然很是投入，脑袋晃着，手舞足蹈。

到五年级的时候，我已经能熟练背诵三十余首唐诗和几首宋词了，虽然拿当下的幼教标准去衡量都算不了什么，可这在当时还是比较少见的。自然主义、诗性的光芒虽然异样但迷人，它像吸铁石一样调动了我内心的情愫。这个转折对于我的一生都非常重要，让我对传统文学建立了情感上的基础，直到现在，我的案头还经常放着一本《古文观止》。《古文观止》对我的影响很大，就像欧阳江河谈到的个人词库一样，我书写中的相当一部分源自于它。

写作的爱好或许和血液里的东西有关，但父亲的启蒙是重要的、关键的，是他让我在心智、情感成长发育的重要时期得到了弥足珍贵的阳光和水分。

母亲

我的母亲出生于 1943 年，她的家庭背景相比父亲的要复杂得多，这曾经是她长达三十余年沉重的精神负担。妈妈的祖父是闯关东的山东人，从山东胶州到大连后，就一直在大连码头工作。她的父亲也就是我的外公，受雇于日本人的一家工程公司，主要从事市政工程建设方面的工作，后来全家迁居北平。在北平，妈妈一家住在南小街竹竿巷的一个院子里，妈妈在家里排行第二，有一个哥哥和一个妹妹。如今，那个二环内的院子早已在城市化的洪流中被荡涤得无影无踪。

1949 年新中国成立前夕，社会、家庭一切都在向变革的方向急剧发展，最终这个家庭在各种外力的作用下解体了，一家人各奔东西。外婆带着我不足两岁的姨妈随国民党空军去了台湾，外公则不知去向，留下两个尚在幼年的孩子（妈妈和舅舅），无奈之下，他们由妈妈的外婆带到山西太原投奔妈妈的舅舅。那个时候，舅姥爷是在生意场上混得风生水起的资本家，生活富裕，出手阔绰。但是他们不知道，革命的巨浪已经渐渐逼近，即将席卷这个“旧世界”。

寄居生活

舅姥爷一家本已人丁兴旺，有三儿一女共六口人，在富足的时候突然增加三口人还不成问题。作为山东人后裔的舅姥爷一家都生得人高马大，舅姥爷一米八五,三个表舅身高都在一米八五以上，其中大表舅和小表舅身高都接近两米。这使得他们一家人在当地非常引人注目。舅姥爷本人相貌不凡，眉宇间透着一股江湖气象。而实际上他也的确性格豪爽、乐善好施，在勤劳致富的日子里常有慷慨之举。

后来，他的处境每况愈下。在这样的情况下，他一个人的工资养活这样一大家子人口就显得非常艰难了。寄人篱下的生活难免会催生生活中的自理、自觉甚至敏感，同时也产生了较为强烈的自立意识。于是初中一毕业，妈妈就选择了太原师范这种公费学校，以减轻舅姥爷一家的经济负担，这对于一个有大学梦想的人来说是一个残酷的选择，为此妈妈哭了很多次。

在师范学校，妈妈的专业是音乐教育，她这方面的素质很优秀。据说妈妈从小的志向就是当演员，她能迅速用角色调动自己的情绪，收放自如。她也喜欢唱歌，擅长模仿旧上海的歌坛明星，但这些被斥为靡靡之音的歌曲也让她在学校获得了“黄色嗓子”的声誉。这个声誉在“文革”未到来之前还是一种微妙的称谓，毁誉参半。

妈妈由于出身问题一直在政治上得不到信任，所有的政治荣誉都和她无关。但凭借善良和开朗的性格，她还是积极地融入了社会的主流：在单位人缘不错，至今仍然和许多过去的同事以及学生们保持着密切的联系；在社区邻里关系和睦，常常支使我在过节的时候把食物送到一些失去父亲或母亲的孩子家里，同时鼓励我和哥哥主动参与社区公共劳动；在工作上更是有很好的口碑，教学工作和组织文艺活动获得的好评不断。妈妈为人处事的方式和她的善良对我的影响是最直接的，这也使得我从小就对家庭之外的环境产生一种友好的认识。

结缘

母亲 1962 年从师范学校毕业，1963 年经人介绍和父亲结识。由于妈妈家庭背景比较复杂，这一点在那个时代对年轻人择偶影响是很大的。因此介绍人也向父亲坦诚地提到了这一点，他们说妈妈什么都好，就是出身不好，父母不知下落，以及从小寄养在资本家亲属家里等等。好在父亲开明豁达且骨子里有一股叛逆精神，倒是没有在乎这一点。

他们第一次约会地点选在了人民公园，两个人沿着湖边慢慢走了一圈。那时候的年轻人谈恋爱都比较腼腆，父亲打破僵局的方式毫无创意可言，他问妈妈：“你叫什么名字？”妈妈落落大方地说：“我叫宋伯元，宋庆龄的宋、伯乐的伯……”妈妈字正腔圆的发音产生了作用，一个南蛮子在山西这片陌生的土地上遭遇了像广播电台里一样的北京口音，这或许是好感产生的一个重要原因。

不久，爸爸出差去长春，妈妈来送行的时候给他带了一大盒点心，

《中国女孩》 油画，作者：祁志龙

这盒点心让爸爸吃了一路，点心名副其实地发挥了巨大的作用。之后他们开始频繁约会，每周约会地点都在太原人民引以为豪的迎泽公园。由于双方都是性格开朗豁达且有较强利他主义倾向的人，他们的交往很顺利，感情发展迅速。到了 1964 年 2 月，他们决定结婚了。妈妈说爸爸当时也是一无所有，工作快十年了，手表、自行车都没有，衣服上打着补丁。他们订婚的礼物就是一对钢笔，一支是“幸福”牌，另一支是“永生”牌。虽然生活清贫，但婚礼还是有那么一点浪漫的。在那个时代，他们居然采取了去上海旅行结婚的方式，当然此番父亲还是搭了公费出差的顺风车。

上海甜蜜的旅行之后，妈妈随父亲去了芜湖，那是爷爷奶奶的居住地。对父亲来说，这是新家和旧家的交接仪式；对妈妈来说，这是她第一次去长江以南的地方，风土人情亦是充满新奇。妈妈说那一年冬天，江南小城居然下了一场很大的雪，万象更新。爷爷奶奶看到妈妈很是惊喜，因为这个北方儿媳妇并非他们想象中的那种彪悍女性。妈妈个子高挑，身材苗条。老人们的评价是：“不高也不矮，不胖也不瘦！”这应当是很高的评价了。奶奶把她当年结婚时的戒指拿出来送给妈妈做礼物，那只戒指很精致，其上镶着一块切成多面体的红色宝石。可惜这只戒指后来被邻居家孩子偷去卖了……

妈妈年轻时候的梦想就是拥有一架属于自己的钢琴，这个要求在结婚前被爸爸草率地答应了下来，但是一直没有兑现。学校里的一架木质脚踏风琴和几台手风琴是她一直使用的教具，但她从未放弃拥有钢琴的梦想，直到三十年之后迁居北京，她才实现了这个夙愿，爸爸也才兑现了那个遥远的诺言。

文艺宣传队

“文革”时期也是单一文艺形式泛滥的汛期，人们满眼都是样板戏怒目圆睁的剧照和大批判下形态极度夸张的漫画，满耳都是新京剧字正腔圆的唱腔，满脑子都是解构重组后的经典画面。我们的认知被形态化了的文艺形式牢牢控制着，无论表演者还是观看者都在瞻仰着样板树立的高峰，然后心安理得享受着技艺对模仿的支撑。厂矿机关因为有着众多“先进的”人口和更加严密的组织形式，成为复制这种文艺的源头。优质的、劣质的节目源源不断生产出来，再通过相互的切磋、比较而促进和淘汰。父母所在的单位是当地名气最大的企业之一，在文体方面可谓人才辈出，同时还拥有当时屈指可数的、条件优良的演出场所——可容纳一千多人的大礼堂“矿机工人俱乐部”。这一方水土在特殊的历史氛围里居然孕育出了几位优秀的文艺工作者，如阎维文和成方圆。

妈妈是矿机中学文艺活动的领导者和策划者，她负责中学的文艺团体组织工作。那时候，几乎所有大型企业都有半专业化的文工团，中学都有乐队，小学有鼓乐队。妈妈领导的乐队以民乐为主，穿插着少许的小提琴、手风琴和大提琴。所以很小的时候我就认识了几乎所有的民族乐器，从大众化的二胡、京胡到不太知名的板胡，还有可以拉出像驴叫声的低胡；还能分辨出琵琶、柳琴、月琴、中阮这些看起来有几分相似的弹拨乐器；能清楚地听出扬琴、古筝、木琴的音色。除此之外，乐队里还有若干舞蹈和声乐方面的佼佼者，在没有高考的年代，中学的乐队除了宣传工作之外，另一种职能就是为省、市、地区以及部队的专业文工团输送人才，因此中学乐队的排练、演出密度非常大，母亲每天早出晚归。

由于工作繁忙，妈妈经常把我带在身边，幼小的我就成了表演团队中的边缘人口，总是厮混在排练教室或礼堂后台，躲在昏暗的角落里旁观那些骄子们声情并茂的演出。会演是最令人期待的，学校之间的竞争关系调动着所有人的情绪，雪藏的主力总会在关键时刻祭出，以期技惊四座。与掌声雷动常常相伴的还有口哨声和哄闹声，鼓励和压力本来就是造就人才的两种因素。妈妈带领的乐队阵容整齐、强大、高手林立，总是在大型文艺会演中出尽风头。

“文革”时期中学的文艺风潮之所以如此癫狂，除去政治宣传方面的刚需，还有一个隐秘的原因就是就业。那个时代，高考的中止切断了年轻人走向社会的重要途径，“接班”和“下乡插队”是大多数人无奈的选择。拥有一招半式文艺特长是那时在社会中升迁的一条捷径，其实所谓“升迁”不过是找一份稳定的、不必上山下乡的工作而已。很多人带着这样的梦想和家人的期待，通过中学乐队涉足文艺领域。于是他们就成为那个混乱时期有规则和自律的另类人群，这些人通常起得很早去空旷的地方练嗓子，拿着乐器练曲目。在斗争中麻木的人民需要娱乐，革命的策划者和引领者需要宣传的生动形式。

如此单一的曲目、唱腔、动作每每招来潮水一般的掌声，在今天看来的确是个令人费解的奇迹，但那时却是必然，因为我们每一个个体都把自己的意识融入了集体之中，在自己的行为中表现出的也就毫无疑问是集体的意识，而事实上集体是“无意识”的。记得

《〈草原儿女〉文艺会演》 素描，作者：王宁

当时有一部舞剧《草原儿女》，它是一对蒙古族少男少女在翩翩起舞中进行游牧文化和阶级斗争叙事的经典。这部舞剧是通过电影拷贝来传播的，几乎所有的中小学生都通过包场在电影院观看过此片。小学生喜欢观看那优美的舞姿和聆听悠扬的蒙古族音乐旋律，还有少许略有几分惊险的阶级斗争情节；中学生的观演中则出现了一些猥亵的插曲，因为那个美丽的蒙古族少女在音乐高潮迭起时的旋转会掀动裙摆，若隐若现地露出被丝袜紧裹的下身，这一幕无疑就成为清教主义时代走漏的春光，像迷魂的药物在剧场里掀起了人性的波澜。

这部舞剧的某个片段曾被妈妈用自己学校的演员编成一个节目，为了加强现场效果大胆使用了录音磁带配乐。如此一来，这个演出就有了几分电影中的效果，这是一次由田园牧歌向工业文明娱乐表现变革的大胆尝试。为了保证演出的质量，那一次还请来了已经选送省艺校的舞蹈演员张志安，相当于打擦边球违规聘用专业演员参加业余比赛。最终的结果是当曲子余音袅袅、演员动作戛然而止时，现场雷鸣般的掌声经久不息，人们被这个半工业半农耕文明的文艺形式感动得热泪盈眶，不知所措。

班主任

妈妈在学校当教师多年，学生众多。首先因为她教的主课是音乐，属于素质教育部分的公共课程。但由于她的聪慧，在特殊情况下有时也会临时客串一下其他课程。在学校，她是个万金油，好像还教过一段时间语文，似乎还有数学之类的课程。这样的情况下，她接触的学生非常广泛，大家几乎都认识她。

在整个社会秩序混乱，学生被政治势力挑唆去造反的年代，当班主任是一件不容易的事情。每一个班里都有几个难于管理的刺儿头，一般而言，唯一对他们能有管束作用的就剩下家长的棍棒了，工人阶级管教孩子的方式粗暴直接，有些情况令人发指。这时候妈妈会挺身而出帮助那些孩子，劝阻这类家长，后来有一些学生终生对妈妈充满感激。那时体罚在学校里也司空见惯，但是妈妈的班主任却当得很好。记得有一个高中十九班在当时很难管理，最终学校领导指名由妈妈做班主任，后来通过和学生认真细致地交流并辅以和家长之间的沟通，一切问题迎刃而解，这个班级和妈妈建立了深厚的友谊，直至如今。

在我的记忆里，那一个时期我们家小小的房子里，几乎每天晚上都会聚集很多学生。他们到家里面来找妈妈讨论文艺会演，讨论班级纪律，讨论各自家庭日常生活中的困惑。这几乎成了我们家日常生活的一个重要组成部分，也令父亲不堪其扰，颇有情绪。那个时期，学生的校园生活其实蛮快乐的，从不间歇地筹备大大小小的各种演出，师生们之间的话题没什么文化课的内容。另外一方面主要内容就是班级的管理问题，因为那个时候的学生实在不好管理，调皮捣蛋的孩子非常多，而且调皮捣蛋的行为经常出格，造成严重的后果。

这种情况下，维护课堂的秩序就需要课下做更多的工作。每逢此时，妈妈就会表现出她超凡的协调能力和耐心，有计划有步骤地一点一点化解矛盾。这一切根本上源于她的爱心，我想这也许和她童年的记忆有关，她在用对其他孩子的爱心来补偿自己曾经的匮乏。通过尊重、热心、坦诚，她得到了同学和家长的拥戴。每逢过年的时候，这种成就就会以另一种独特的方式——“拜年”表现出来。

大拜年

山西是中国文化的发祥地，这里过年的风俗格外浓重。“过年”这种民间的信仰在“文革”时期也得到了基本的尊重，成为一年之中物质生活和精神生活最富足的时段。什么备年货、熬年夜、吃年夜饭啊，穿新衣、贴春联、拜年拿压岁钱啦，包着钢镚儿的饺子，裹过香料的瓜子、花生，还有软硬杂拌儿的糖果啊，元宵啊，一样不能少。其中“拜年”是春节中最显赫的人文景观，人们通过登门拜访祝福吉祥来相互祈福，联结、加强或修复社会关系。在厂矿宿舍区里，拜年的阵势非常热烈，车轮战一样的礼尚往来基本上会让每一个家庭在这一时期的生活处于休克状态。

拜年的热度往往和每一个家庭家长的社会影响密切相关，工作岗位和交际能力是影响热度的重要指数。每一年春节来我家拜年的人络绎不绝，基本上是一拨人走的时候，另一拨人已经在门口等候了。有时候甚至几拨人会同时到达，大家就在狭小的空间里站着、坐着，相互打着招呼，妈妈热情地拿出糖果招待大家，我和哥哥端茶倒水，忙得不亦乐乎。那简直就是一种麻木了的幸福感，洋溢在一张张脸上，每一个人会在一周内吃下超过全年总量的糖果，这种腻腻的甜也是维持幸福感的能量。

《大拜年》 素描，作者：王宁

那个时代人与人之间的关系在某些方面倒也简单，“文革”后期派性意识逐渐淡漠，人们主要靠工作和邻里关系保持社会关系。登门拜年人数的多少也是一个家庭社会关系的指数，平日里社会关系处理得当与否，会在拜年人数上得到充分表现。平时寡淡，即那些不苟言笑、不擅交际的人家里登门拜年的自然也就少一些。但像妈妈这种性格的人就比一般人有更大的社交面，同事、学生、家长来拜年的就非常非常多，络绎不绝的人群一般会持续到大年初七左右。尤其那种学生们成群结队，穿着一新、满面春风地进来齐刷刷一起大声说“宋老师，过年好”的情形，回想起来真是温暖。

来家里拜年的学生中不仅有好学生，比如矿中历史上凤毛麟角考上大学的那几个学生，也有走上歧途、名声响亮的几位“老炮”。一次，一个叫崔敏的好学生来到我家给妈妈拜年，转弯抹角地表达出想吃好东西的愿望。妈妈就友好耐心地询问她想吃什么，糖果、瓜子、水果一样一样地问了个遍。结果都未能令崔敏如意，最后该学生“不怀好意”地慢吞吞地说：“宋老师，我看到你们家地上有花生皮皮呢！”这句话让妈妈恍然大悟，忙不迭地从柜子里取出当时的奢侈美食——烤花生。赵华根也是妈妈最早的学生之一，他进过少管所，后来又成了“社会人”中颇有名气的大哥。但是此人人性不错，一直记得妈妈对他的关心，只要不是服刑期间，每逢过年都会登门拜年。记得他在八十年代末的一次拜年，还带着两个随从，后来才听说是在被追捕期间冒着风险来给老师拜年的……

万里寻亲

由于妈妈从小经历了家庭的离散，父母各奔东西，留下了她和舅舅，最终又被寄养在别人家里度过风雨飘摇的岁月。这种亲情上的失落和家庭的撕裂，给她的心理造成了永远难以愈合的伤口。在政治氛围严酷肃杀的时候，由于她的性格特点，一直能够和周围的邻里、单位同事和睦相处，甚至还包括一茬一茬的学生。这也给她自己创造了一个良好的微观社会环境，从而躲避过了凶险的政治迫害和歧视。而当寒冷的冬天过去，冰层就开始解冻，死寂的一切慢慢复苏。

先是“我们一定要解放台湾”的口号销声匿迹了，而后那些把台湾描绘成暗无天日的人间地狱的连环画也不再层出不穷。年轻歌手郑绪岚一首《兰花与蝴蝶》传遍大江南北，被抒情歌曲陶醉的人们偶尔会突然意识到这本来是歌颂赞美台湾风物的……有一次，电影院突然放映了一部台湾的纪录片，把我看得目瞪口呆，因为透过银幕上的映画我分明看到一个文明的社会。从电影院满怀疑虑地回到家，突然发现家里气氛有点特别，鬼鬼祟祟中隐藏着一种抑制不住的喜悦。不一会儿，哥哥把我拉出去悄悄告诉我，他偷听到了妈妈和表舅的谈话，谈到台湾亲属们的近况，并说到妈妈有个妹妹也在台湾。这是我第一次听说妈妈和台湾方面有联系，但是此时由于两岸敌对的情况正在慢慢缓和，这个“通敌”的信息已经不会引起丝毫惶恐了。

其实妈妈对那种骨肉分离的记忆是刻骨铭心的，但她只能把这种失落感长时间地埋藏在心底。此时，政治逐渐走向开明，和解已是必然，从此妈妈开始寻找自己的亲人。终于，在二十世纪八十年代末，妈妈找到了她的生母，生母在台湾已经有了新的家庭，也有了新的子女。

1990 年，她的生母，也就是我的外婆，从台湾返回大陆省亲。外婆那次先去了北京再到太原，她来感谢妈妈的舅舅、舅妈，也就是她的弟弟、弟媳，是他们收养了妈妈和舅舅。胞弟一家在兵荒马乱的年代对妈妈和舅舅的接纳，让外婆在放弃了自己的骨肉以后，良心上稍稍获得些许平衡，因为孩子毕竟在亲戚的抚养下成长，没有走向最坏的境地。我相信妈妈面对外婆时的感情也是非常矛盾的。

妈妈知道她还有一个从未相见的妹妹，后来又得知这个妹妹早在八十年代已经移居美国，而此时的外婆内心充满矛盾，不希望她们姊妹相认，直到去世时依然没有和姨妈披露这一个秘密。离开北京去了台湾之后的家庭变故，使得外婆不愿意向子女们，尤其是姨妈，坦承过去的家庭波折。她要维护她含辛茹苦所建立起的威望，一种一直以来受子女们尊敬的崇高形象。这个顾虑让她纠结，最终无法超越。

但是，妈妈内心想要找到妹妹的这种情感依然汹涌和强烈，她认为这是人生中最后一个阶段里最重要的一件事。因此，妈妈在外婆去世后一直在通过各方的途径试图和姨妈联络，这个过程非常漫长，历经二十余年。

在历经诸多波折，姐妹两个分别六十五年以后，终于在二十一世纪的第十二个年头，妈妈和她的妹妹跨过了相隔万里的大洋，在首都机场 T3 航站楼相见了。那一天，众多亲人陪着妈妈去机场迎接她的妹妹，也就是我的姨妈。姐俩相见的那一刻，妈妈步履迟缓，因为她很难接受这突如其来的幸福，也许她甚至在怀疑这场景是不是真的。

我看到她的迟疑和失态，于是上前把她搀扶到了姨妈跟前，姐俩相见对视的一瞬就相拥而泣，这就是血缘的神奇所在，既是直觉的，又是理性的。当时的这一幕感人至深，在我脑海中挥之不去。因为这种亲情的割舍和旷世离别，完全是普通人为一个时代做出的巨大牺牲。是政治争斗人为制造了这种意识形态和空间的对立，把一个国家、一个民族分成了相互猜忌、仇恨的两半。一对姐妹跨越这条鸿沟，居然经历了半个世纪之久，令人无限感叹。

奶妈

本来计划2017年暑假去看望奶妈，没想到老人家四个月前已经过世了，享年九十岁。

“奶妈”是一个在中国社会已经彻底消失的传统事物，是人类社会所生产的、多样化的“社会关系”之一。相信它曾在相当长的历史中存在着，是利他主义的一种独特表现形式，它曾经帮扶着一个个困顿中的家庭完成养育子嗣的职能，进而延续着家族的香火和维持着人丁的兴盛。

如今，这个事物已成编外的非物质文化遗产，早已被计划生育政策、现代化的育儿机构，以及社会服务体系取而代之。奶妈的过世让我百感交集，泣下沾襟，由此开始第一次系统而认真地审视自己人生之初那段特殊的经历。

异母之乳

“奶妈”就是非生母的哺育者，她的存在会涉及家庭和社会伦理，令被哺育者产生亲情的摇摆并造成一种隐痛，这种隐痛会恒久地潜伏在家庭成员情感联系的脉络中，形成一种障碍。但奶妈在每一个具体案例中又无一不体现一份天真，表现出了母性所具有的那种天然的母爱、博爱。

不知道算不算幸运，我曾经有过一位奶妈，因此自幼就享受过截然不同的两种母爱，一个是养育之恩的、下意识的；一个是血缘的、伦理的、自觉的。这两种不同类型的母爱在特定的时空里会交错，并造成我在家庭情感交流上一定程度的困惑。

儿时，每当同时面对生母和奶妈的时候，我总有一种无所适从的尴尬和迷茫，不知道该如何去表现真实的情感。因为我隐约觉得总有两种期待同时并存着，有两种责难随时储备着。这种分裂的感受是童年中最残酷的杀手，令童真蒙羞。因此我不得已学会表现迟钝，以逃避这种抉择。但是真正的感受也在随着时间，随着成长变化。它们此消彼长、盈亏无常，有时渐行渐远，有时又突如其来，令人猝不及防。在超越时空并步入成熟之后，我的理性和克制终于能够平衡这种复杂的情感，敢于正视这曾经有意回避的情感经历。

我出生之后不久，父母因为抓革命促生产工作繁忙，并因饱尝养育第一个孩子的艰辛，就开始为我寻找奶妈。最终在百天照拍完后，通过邻居介绍，将我交付于太原百公里外原平县一个偏僻乡村中的一户人家，代价是每个月十九块钱。

记忆中，那个村子挺大，是个社区职能配置全面的自然村子，有砖窑、饲养场、粉条加工厂、粮库、大队部以及学校等产业和机构。村子隐藏在黄土高坡连绵起伏的丘陵之间，有一条山泉蜿蜒曲折流经此地，故名“山泉村”。

在那里，生产大队拥有强有力的领导权力，他们传达上级的精神，制定整个村子的发展规划，管理着人们从政治生活到生产生活的方方面面。每一个家庭墙上显赫的位置张贴着领袖神采奕奕的画像，并悬挂着一个军绿色、方形、中间带圆孔的有线喇叭，每日里嗞嗞啦啦断断续续地传递着来自首都的报时和新闻。此外，大队还会通过高音喇叭对人民群众发号施令，那一组灰色的喇叭盛气凌人地架在全村最高的地方关照着四面八方，俨然一个控制话语的“村霸”。它们双管齐下控制着传向这个集体神经末梢的电流，带动着每一个家庭和每一个劳动力挥汗如雨地建设社会主义。

农民之家

奶妈一家人都是朴实、善良、勤劳的农民。奶妈姓邢，叫邢录林，温顺贤惠，擅长各种家务和农活；她的丈夫（奶达）叫李开忠，人如其名地忠厚老实，在村里负责着生产队里的仓库保管工作。奶达是大队广播里的名人，我经常能听到高音喇叭大呼小叫地呼喊：“李开忠，马上到大队仓库来！”

奶达看管的那个阴暗的库房也是我幼时玩耍的乐园，放农具的库房里杂乱有趣，老鼠喜欢在此做窝，娶妻生子，尽享天伦之乐。存放粮食的库房里整洁开阔，但总是空空如也，我想这是因为在那个农村供养城市工业的时代，过度上交公粮的缘故吧。我去粮仓的另一个原因是偷蓖麻籽，一开始只是觉得这种样子长得像甲壳虫的植物种子很好玩，抓一把回家，让它们摆开阵势或排成一字长蛇阵。后来发现奶妈对这种东西很看重，因为这些种子可以拿去换取食用

奶妈、我和秀贞姐姐 这是我两岁时回城市前和奶妈以及我的秀贞姐姐的合影，它证明了我生命中复杂丰富的过程。我相信人和人的相逢一定有一种缘由，我尊重并感恩这种相逢。

油。于是我就经常光顾仓库，去挖社会主义的墙脚，然后将蓖麻籽揣满裤兜带回家，看着奶妈欣喜的笑容自己感觉很有成就。几十年后，在大兴文创产业的今天，大量弃用的粮仓被改造成展厅、艺术家工作室。每一次我都会乐此不疲地投入改造的计划之中，因为我对仓库这种地方总有一种恍若隔世的感受。

奶妈一生共育有三男两女五个孩子，三个儿子都大我许多，老大叫李自保，老二叫李自连，老三叫李文保。两个女儿中比我大两岁的叫李秀贞，小我一岁的叫李秀云，小名二嫫儿。大哥李自保长得浓眉大眼一表人才，好像做过民兵队长，记忆中他总是风风火火，后来参军去了北京。二哥李自连因为小时候在庙里睡觉得了怪病，一直有癫痫。三哥李文保是个放羊娃，陪我玩儿的时间多一些。姐姐秀贞眉清目秀，很关照我。

我是这个家庭的宠儿、全村的“明星”，绰号“奶宝子”。那时候，农村的家庭人丁兴旺，由于缺少避孕的知识和手段，常常“计划外怀孕”。奶妈一生怀过很多孩子，在全国大规模饥荒、口粮不足的时代，这是一件很头疼的事情，其中有几个出生后就处理掉了（溺死了）。据说接收我之前就溺死了一个和我同龄的男孩儿，于是我总觉得身上背负着两个生命，沉甸甸的。

巧妇当家

奶妈心灵手巧，除了农活以外，还做得一手好面食，剪得一手漂亮神奇的窗花，画得一手栩栩如生、鲜活明快的炕围画。山西北部生活困苦，粗粮多、细粮少，奶妈能把面食的可塑性发挥到极致，利用面食形状的变化来平衡口感的不足，并以此表达对白面的无限赞美。山西面食中最具审美价值的就是花馍，即用发面叠成有各种美好寓意的图案，再点缀上粉红、鲜绿等色彩，最后用红枣和红豆“画龙点睛”。当花馍出笼的时候，那种鲜艳的色彩和美妙的花样会穿透缭绕的蒸汽，让整间屋子充满一种幸福。

炕围画是山西当地的一种习俗，也具有保护墙面的功能，题材多为花鸟鱼虫等轻松活泼的类型。炕围画的材料是油漆，奶妈家里的炕围画是墨绿色基调，画面有一只喜鹊和几处花卉。一个农妇就这样用自己的才艺和热情营造生活的氛围，表达着对美好生活的向往，让“炕”这个家庭的核心空间充满着吉祥安宁的气氛。

奶妈奶我的时候已经年过四十，估计奶水不足，所以我身体缺钙缺得厉害，开始站立的时间比大多数孩子都要晚，据说两岁才会走路。因此我在那个炕上待的时间就更多一些，记忆中的画面视角很多也都是以炕为出发点：仰视纸糊的天棚，夜晚炕桌上油灯的光芒会把人的肢体影子巨大而扭曲地投放于其上；坐着平视则大多是隔着花窗望向院子，奶妈亲手剪的红色窗花贴在窗格中心，为满院的景色附会了一股吉祥的意象；雪天院子里的景色单调了一些，于是视线收缩到玻璃上结露的冰花之上，我一直为它复杂多变的样式而迷惑；家庭成员齐聚的时候，短腿的炕桌成了聚会的中心，视线聚焦在食材单调但花样繁多的面食上。

最令人难以置信的是，我竟然记住了一岁多的时候，父亲来农村看我时在炕上晚餐的场景，尤其是那一盆凉拌的豆芽菜。奶妈是我童年记忆中的偶像，儿时最幸福的时光就是躺在奶妈怀中注视着院子里光阴的变化，听着她吟唱儿歌、民谣。山西北路人家民谣很多，这些民谣或儿歌讲求押韵，不追求话语的逻辑，和日常生活叙事有关，那些无厘头的搭配穿插非常有趣诙谐。这种节奏和单调的重复性，加之昏暗摇曳的灯光，对儿童来说都是催眠的因素，就这样，我总是在一种对慈爱索取的满足中睡去。

乡村生活场景

就人的天性而言，农村是孩童的天堂。无边无际的田野是步履和视线撒野的广阔天地，每一年里滚滚的麦浪和神秘的青纱帐都再现了黄土地强大的生命力，而长满了茁壮的、吐着一缕一缕胡须般穗子的苞米地则证明它的生产能力，还有枝杈横斜果实累累的桃树友善地伏下身躯，让人们从容地采摘；高大健壮的马匹和骡子气宇轩昂地拉着木制的马车在社会主义的金光大道上奔走，车老板甩出长鞭，在空中制造出“啪啪啪”的声响；沉闷倔强的老牛扎实地拉着木犁翻地，汉子们手扶着犁，把种子混合着汗珠一起播入土地；毛驴在场院里自在地打着滚儿，尽情享受卸磨之后舒坦的时光……

在村子里，老人们总是聚集在一棵年届古稀的老槐树下抽旱烟，闲言碎语议论着人情世故，一只老鸹藏在绿荫之间不时发出苍老古怪的叫声。村里每家都有独门独户的院落，石头院墙护佑着隐私，木质大门后附带着粗壮的门闩。居住、仓储、饲养各据一方，自成一方天地。

夏天，院子里也是农忙的战场，满眼金黄的麦秆和饱满的麦穗，

《炕上的手影游戏》 素描，作者：王宁

脱粒机疯狂地吼叫，石磨慢条斯理地转动；秋天，院子中央的枣树果实累累，树梢结的果总是最红、最大、最甜；公鸡和母狗在不同的时间段里控制着乡村的声场，一个撕扯出凄厉提醒着逝去的时间，一个洋溢着热情议论着社会的友情。隔墙鸡犬相闻，出门满眼万物生长，郁郁葱葱。街巷里，人们相见嘘寒问暖，黄发垂髫，邻里和睦，此乐何及。自给自足的自然村落还是科普的学堂，村里的牲畜、庄稼万般习性都会在围观游戏中得以见识和学习。

恬静的乡村生活中总会有一些特别的场景，在记忆的回沟里被格外地珍藏下来。它们如同拷贝到电脑上的影片，随时可以拿出来回味一番。我时时翻看的两个片段，似乎都跟牲畜有关。

片段一：放羊

在奶妈家的农村，我有过一次不算完整的放羊经历。奶妈有三个儿子，老三李文保就是个放羊娃。三哥他们的羊群是我在山西地域看到过的最大部落，他的少年时代就是赶着羊群在广阔天地中度过的。记得小时候每当傍晚羊群回村时，那景象甚为壮观。它们如洪水一般从村口涌入，刹那间，狭窄的小巷里就挤满了羊群，包括那个小广场也被羊群淹没了。披着羊皮的牧羊者挥舞着皮鞭啪啪作响在羊群的后边叱咤风云，恓惶的羊群懦弱地发出咩咩的叫声，几条牧羊犬跑前跑后、围追堵截，扮演着协警的角色控制着羊群的秩序。山西的羊群中品种混杂，既有绵羊，也有山羊；有纯白色的、黑色的，也有黑白相间的。头羊形体明显要大许多，它顶着隆重的羊角，像个智慧的长者，山羊年纪不大却都留着微微翘起的胡须，它们的站姿也比绵羊更为挺拔。

此时是孩子们最快乐的时候，他们或是围观起哄，或是合伙捉弄羊儿们。孩子们最喜欢的恶作剧就是让公羊斗架，方法就是两个人分别用腿夹住一只公羊，用手拧住羊角让两只羊对撞。本来相安无事的两只羊在人类的挑唆下立马就进入了战斗状态，无休无止；另一种恶作剧是强迫山羊睡觉，几个大一点的孩子抓住山羊的腿和角把它侧放在地上，然后取来石块或砖头压在羊身上，再一起发出哄声。这时，那只可怜的山羊就会闭上眼睛，于是孩子们特有成就感地左顾右盼寻找认同，得意忘形地坏笑着。突然，牧羊老汉暴怒着从远处奔来，顽童们立马在牧羊人的怒吼中惊弓之鸟般地散去……

村里的放羊人是个老人，我的三哥和另一个少年是帮着他赶羊的，所以推测起来应该是数目可观的一大群羊。同时与他们为伍的还有几只牧羊犬，那个时候山西的山野里还经常闹狼，牧羊犬的作用一是帮着撵羊，二是夜里防备狼的偷袭。三哥小时候经常陪我玩儿，但放羊之后就没空了，一走就是好多天，后来我才知道那叫沃地。就是让羊长期待在野地里，用羊粪肥沃土地，牧羊人那时候就要背着铺盖卷儿随着羊群不断迁徙，在野外风餐露宿。一天夜里，他们突然回村了，裹着羊皮外套的三哥牵着一条大黑狗威风凛凛地回到院子里，那风范让我非常羡慕。我喜欢大自然，羡慕四处奔波的状态，还喜欢温顺的羊儿和凶巴巴的狗儿。因此有一段时间我就一直和奶妈闹着要和三哥他们一起放羊，相信当时那种哭闹对大人的骚扰是相当有效的。因此，连续几次折腾之后，奶妈竟同意了。

第一次随羊群出村时的兴奋难以言表，我混在浩浩荡荡的羊群中，像驾了云，对未来征途中可能发生的各种遭遇想入非非。羊群走在沟壑里，制造出的响动如雷声，激荡起飞扬的尘土。逃离村落

《牧羊人》 摄影作品，作者：段建宁

和顽童的羊儿们显得比我更加兴奋，它们一边疾走一边咩咩叫，从中我感染到了无比欢乐的情绪。

羊群也是个乌合之社会群体，需要率领、驱赶和控制，牧羊人主要的责任是定向驱赶，狼狗负责控制羊群的边界，提醒掉队的羊，恐吓走神的羊。羊群的率领者则是生着一对涡卷大角的、体形硕大的领头羊。绵羊们是驯服的群体，在头羊的带领下随着大溜在沟壑间行进，在高坡上散漫。山羊则是不安分的异己分子，它们常常游离于群体之外，甚至特立独行地攀缘在地势险峻之处，骄傲地向乌合之众发出嘲笑。

喜悦很快就被终结了，大人们只是让我体验一下和羊群为伍，一路上不断劝我退出，最后在出村子不远的地方里应外合强行把我带离。对此，我只能用愤怒的哭号抗议。

之后，我放羊之心依然不死。在吸取第一次的教训后，我加大了哭闹的力度和在日常生活中叛逆的强度，同时恼怒地斥责大人们的尾随，以杜绝他们今后对我放羊行动的再次瓦解。终于，奶妈和奶达又一次答应了我的请求，千叮咛万嘱咐地和三哥说了许多注意事项，再一次惴惴不安地把我送出村口。

这一次的出行可就非同小可了，我们的“队伍”一走就是半天，山西的牧羊人不像内蒙古的牧羊人那样能骑在马上，他们全靠脚力在黄土高坡上穿越，在穷山恶水之间跋涉。当年只有五岁的我竟全然不觉劳累，兴致勃勃地坚持到下午。骄阳之下的行走无疑是种苦差，渐渐地，风景也单调起来，到处是一模一样的黄土、直挺挺的白杨和肤浅的河滩。大家也始终觉得我是累赘，自始至终在劝我见好就收。终于，我半推半就地退出了。

《放羊》 素描，作者：王宁

记得三哥拦了一辆马车，和车夫讲好把我送回村，然后我就带着一半的满足和一半的沮丧登上了回程。马车的颠簸中，我很快睡着了，等车老板摇醒我时，我一眼就看到了站在村口向远处眺望的奶奶。见到我，奶奶如释重负，她把我抱下车，一路上不断感慨着、抱怨着往家走。在没有现代通信工具的时代，奶奶一定是在村口站了很久很久……

原平人管羊叫“咩羔羔”，这是个多么可爱的名字，代表了人类对这种动物无限的感激和信任。回到城市后，我很少再看到成群的咩羔羔了，但父亲常唤着“咩羔羔”逗我，他用那南方口音来学晋北方言发出的声音非常幽默，充满爱意。

成年后，我在内蒙古和新西兰的大草原上又看到过大群的羊，但在那绿油油的草地上看到的羊群无论如何也无法唤起儿时回忆，因为在那贫瘠土地上放牧的场景会散发出一种淡淡的苦涩，这极符合我对记忆的筛选要求。我珍惜这种经历，把它变成了记忆，最深刻地隐藏在大脑的沟回之间，只有在夜幕降临沉沉入睡的时候，它或许会重现在眼前。

片段二：养猪

记得奶奶他们那个村子不仅有集体养猪场，许多农户家里也都养着猪，猪的存在修复了人们种植和日常生活中计划性的瑕疵。猪的伟大之处在于它拥有不可思议的胃口和无限宽广的味觉，日常生活中剩余的饭菜，野地里五花八门的荒草，在它眼中都是美餐。消除剩饭野草的同时，猪在生活中还会生产大量的肥料，猪粪和稀泥能与切碎的秸秆混合腐烂成肥。

一直以为猪都是圈养的，到上大学的时候，同宿舍一个山东的同学说到他小时候放猪的经历，我还挺吃惊。后来逐渐明白圈养是一个斤斤计较的结果，因为失去自由的猪可能更容易长胖罢，在小小的猪圈里唯有闷头吃饭、倒头睡觉才是长膘的诀窍。同时，圈养也省去了很多照顾它的精力，因为放养的猪儿一旦看到了世界的开阔、丰富就一定不情愿回圈。放养的猪儿在四处觅食的过程中会产生自身的消耗，这是很不划算的事情。

的确，圈养的猪都拥有了浑圆的身躯和温和的性格，它们从不惹是生非，对猪圈以外的事物毫不关心。它既是一个寄生者，又是一个生产者。猪的存在深入地影响着农民们的生活习惯和农家的空间形态，猪圈是民居建筑的一个有机组成部分。它的用材和形式与民居建造同出一辙，浑然一体。猪圈是半封闭性的，向天空开敞、向主人们封闭。它是院落中的院子，一方天地之中嵌套的另一方天地，一个家族中寄生的另一个“家族”。山西民居中人居环境的整洁和猪圈的龌龊被规划在同一个环境中，居然相安无事，和谐共处。

家庭养猪是农耕文明智慧的一种表现，用现在的话说是节约型社会、循环经济的细节呈现。农民们养的猪分为肉猪和母猪，肉猪是为了产肉，基本一年左右就出栏宰杀；母猪则是产仔，贩卖猪仔获利。过去山西北部地区极为贫穷，人们一年四季吃不上几顿白面，更不用说肉了。

我上小学时就知道，猪浑身都是宝。猪圈稀泥里打滚儿的肥肥猪儿们身上，寄托着一家人关于美味的想象和财富的希望。我奶妈家里没有养猪，但我跟着她串门儿的时候看到许多人家都在院落入口旁砌了猪圈，每一次我都会向里面多瞟几眼，那些长着黑毛的胖乎乎的家伙，要么挤在槽子边上埋头争食，要么躺在秸秆和稀泥之间呼呼大睡，从不过问圈外世界的变化。

在农村争睹劁猪是一件很满足好奇心的事情，因为它是暴力和科学结合的行动，暴力在科学的指导下对饱食终日的猪儿们进行偷袭，引发的惊恐、逃避、抵抗是乡村生活景观中比较奇异的一种。我一直搞不清那些手执利刃的人究竟对猪儿干了什么？为什么围观者中有许多人坏坏地笑着？为什么要对猪儿进行这种粗暴的手术？直到上高中时，生物老师才为我解开了这个谜。

劁猪是人类对家畜进行阉割的诙谐称谓，目的是改良其暴躁性情并增肥，这种奸邪的手段背后充满了人类的傲慢。劁猪者的到来总会在村子里的孩童们中间引起骚动，这种针对生殖器官的施虐是潜意识的，存在于所有动物的配偶竞争意识之中。如今以驯化和生产堂而皇之地进行，必定会引来众多的围观者。我曾经懵懵懂懂地混在小伙伴们乱哄哄的队伍中，尾随着劁猪者闯进一个又一个院子，挤在猪圈的围墙之外观看这猥琐又残酷的宫刑。劁猪者一般着装轻便，上衣紧紧扎在裤腰里，挽袖子卷裤腿，眼疾手快一刀断根。

猪儿们惊恐地尖叫着，四处乱窜，躲避着这突如其来的无比下流的偷袭。恐惧掩盖了疼痛，耻辱就更不在话下了，所以当劁猪者手术完毕并做简单处理之后在那畜生屁股上一拍，它就无比欢快地逃去。当劁猪者三下五除二完成了阉割的活计，此时，最迷人的一幕出现了，在孩童们幸灾乐祸的欢呼雀跃的衬托下，劁猪者扬手扔出那土豆大小腥臊的睾丸，久候的看家狗儿飞身跃起，衔走了这味道独特的肉团，逃之夭夭。贪吃的狗儿这最后的一跃，彻底了断了这猪繁衍后代的念想……这个画面生动无比，把猪的无奈和人天性

《劁猪》 素描，作者：王宁

中的狡诈和顽劣精准地刻画了出来。

几乎所有猪的宿命都是被杀，家猪是被宰杀，野猪是被猎杀。在这广袤的地球上除了印度某些邦，猪儿们生命的归宿就根本没有寿终正寝这一幕。观看这牲畜生命最后的时刻，喜感和悲情总会结伴而出，和屠宰的程序一起汇聚成为一种血腥的仪式，或为民祈福、谓之牺牲，或以此终结猪儿们无忧无虑的一生。

旧时农村宰杀猪是一件大事，它的时空感很强烈，总是伴随着人类社会性庆典或宗教性仪式。猪儿们的悲剧性谢幕转眼间就成为人类节庆的序曲，普天同乐只是人类文明语境之中的描绘，大多建立在牲畜受到虐杀和悲鸣嚎叫之上。即使那些和主人们终生厮守相伴的家猪也难逃这种宿命。杀猪的场景中，以杀老母猪的场景最为壮观，因为这家伙体形硕大，需要更多的人手帮忙，同时还因为它有英雄母亲般的居功自傲，以为它会一直保持别样的“人生”。

届时，几个壮汉合力将硕大的母猪绑在一张门板之上，旁边是一口热气腾腾的巨大铁锅。一生饱食终日无忧无虑的肥猪此时才感觉到大难将至，于是竭尽全力发出惨烈的嚎叫，这嚎叫响彻村落的上空，回荡在各个角落，不知是乞求还是诅咒。为首的屠夫运足了力气，镇定片刻之后将锋利的屠刀插入猪的脖颈，顿时血流如注。

接下来，另一个人在猪的脚腕部切出一个小口，然后鼓足力气去吹，再有一个人手持木棒有节奏地敲击猪的肋部，血就源源不断流入下面的盆中，最终凝聚成一块褐色的血块。奄奄一息的猪随之被放入滚开的大铁锅中，这是剃去猪毛前必要的程序。随后就是开膛破肚，清理内脏、剥皮和肢解……

这暴力的、血腥的场景在屠夫们井然有序的计划和安排中慢慢

《佛光》 油画，作者：王宏剑

结束了，看热闹的人群也渐渐散去。夜幕降下，一切又归于平静，月亮升起后，油灯依旧染红了纸糊的窗格，杀猪已经变成一个生动的故事，在闲言碎语中流传，在梦境中被拆解。

那一次观看杀老母猪之后的第二天，杀猪的邻居送来一碗热乎乎的猪血韭菜汤，奶奶他们自己不舍得喝就让我喝了，我咀嚼那被切成豆腐块状的猪血时，竟然感觉到这是生活匮乏中的美味补偿且全无血腥味。那碗漂着少许油花的热汤至今仍牢固地印刻在我的脑海之中，那是一场“屠杀”的尾声，如暴虐温柔的化身，温暖中藏着几丝残忍，虽时隔四十余载，却余味犹存，挥之不去。

离别与进城

奶奶在我两岁时应我父母的要求把我送回了城市，她一路上哭哭啼啼，搞得火车上对座的人们都很诧异。我相信那是一种情感的撕裂，对她对我都是。这段残忍的记忆至今影响着我对待万事万物的态度，令我不忍去主宰类似的事情。我从小喜爱农村，那里是我成长的环境和第一处文化的母体，大自然是我的老师。城市对于我来说，却是一片巨大的沼泽，复杂、阴沉，处处潜藏着危险。

对城市的最初记忆就是 1969 年回太原时，从尖草坪火车站一下车后看到的灿烂灯火，这对油灯世界中成长的我形成了强烈的冲击，这种绚烂、繁华令我惊诧惶恐，唯有紧紧抓住奶奶的衣衫方能得到一种安全的感觉。走进阴暗的楼群，工业化的居住方式也有一种压迫，第一次看到人类被这样密密麻麻地安置，没有庭院，没有动物陪伴。

两户人家共用厨房和卫生间，全家人蜷缩在一间房子里。但是那灯是明亮的，几乎消除了房间里所有的黑暗，墙上不再有神秘的阴影在晃动，嘈杂的人声充斥着狭小的房间。父母的邻居同事们好奇地看着我这个突然回归的乡下娃，他们南腔北调地大声议论着，让我无地自容。

这是我记忆中第一次见到生母，她友好地递给我一块蛋糕，结果被我无情地丢到了地上，我操着浓重的原平口音大声表达着自己的需求：“额要吃窝窝呀！”围观的众人发出一阵放肆的笑声，因为这是他们期待的回答，印证了他们了不起的预判，这笑声充满着城里人在乡下人面前的自豪感……

在我童年的成长环境中，父母给孩子找奶妈的事例不在少数，结局大多会长久地影响孩子和亲生父母的感情，因此很多家庭果断切割了孩子和奶妈的联系。我的父母难得的开明豁达让我在相当长的时间里和奶妈一家保持着联系，他们总是嘱咐我不要忘记这种非常的养育。除了让我和奶妈在她进城探亲时见面以外，还让我在五岁、十八岁时又回去过两次。

十八岁的那次回乡是我读大二时的暑假，那种独自在一个叫“唐林岗”的小火车站下车，再步行十余里寻找儿时记忆的感觉真是奇特。记忆被尺度扭曲着，虽然那些大树、街道、砖窑还在，但早已不如魂牵梦萦中的那般茁壮、幽深、伟岸。站在弄堂口，我迟疑着，努力确认着现实和记忆的关系，直至走进村子中央过去老人们聚集的那一方小广场，那棵老槐树依然健在，但树下寂静无人，连那只老鸹也不知去向。一辆驴车颤颤悠悠驶到我的近前，赶车的长者头戴草帽，满脸刀刻一般的皱纹，如同罗中立笔下的《父亲》肖像那样凝重，而他正是我的奶达。

我又走入那条狭窄的小巷，石头垒砌的墙体已经有几分破败，几丛野草趁着主人的疏忽登上了墙头并发出诡异的笑声。随着槐木拼接的破旧木门发出一声牛叫一般悠扬动听的声音，一个熟悉的场景携带着几分陈腐的气息扑面而来。那是许久以来梦中的画面，一棵苍劲的枣树挺立在一座硬山卷棚屋顶的老屋旁边，其上果实累累，其下庭阶寂寂。黄昏虽然不再掌灯，但炊烟依旧袅袅升起，面食朴素的香味混合在柴火燃烧发出的清苦中，带动我的缕缕思绪四下里散开，游走于这院落中每一个角落，安抚着我激荡澎湃的心。

当时已经是中国改革开放八年之后，农村的生活方式在逐渐富足的情况下悄然发生着变化，粗粮早已淡出日常生活，啤酒开始出现在餐桌上，妹妹二嫫儿整天学着录音机里港台歌星的腔调唱流行歌曲。奶妈想用昔日的油炸麻花款待我，却无可奈何地看着三哥以雪花啤酒和我推杯换盏。砖厂还在生产，但昔日里村前的那条溪流已经成了水库，养上了鲤鱼、草鱼和鲫鱼。山泉村人也一改千百年来的口味，开始吃鱼了。

大约在 2012 年，我又一次见到奶妈。当时我出差太原，突然听说老人家暂住在曾是我家邻居的她的妹妹家里，我就抽出时间去故地探望。这是最为匆忙的一次相见，也就和她老人家在一起待了一个小时。当时她已经八十七岁，我们见面后相拥而泣。她不停地喃喃自语，表达着对我的牵挂和思念，我又一次听到了那熟悉的乡音。更重要的是，此时已经有了哺育后代经历的我，才真正理解一位哺育者的情感。临别之时为了安抚她，我一再表示会去看望她，然后就匆匆逃离了这种情感决堤泛滥的窘境。谁曾想，这竟是最后一别。我呀，真是个骗子！

我的兄弟

我有一个大我两岁半的哥哥，我们在一起共同生活了十四年的时间。一家两个孩子在那个时代尚属于较为少有的情况，周围邻里绝大多数家庭都拥有三个以上的孩子，印象中最多的一家共有三男四女七个孩子。因为孩子太多，那个家庭的经济状况几乎到了崩溃的边缘。在这一家人窘迫的生活状况的映衬下，其他家庭的幸福指数就一直都很高。那个家庭中全家九口就靠父亲的工资维持生计，连吃穿都成了问题，孩子们参加学校活动的衣服和白色的球鞋都需要向邻居去借。这还不算最多的，宿舍区里有一个家庭光儿子就有九个，可谓七狼八虎兵强马壮。生活困难的岁月里，孩子多无疑会令本已捉襟见肘的日常生活更加艰难，吃、穿方面的寒酸和居住方面的尴尬是直接需要面对的，更不用说娱乐和教育了。

但孩子多，尤其是兄弟多，自有其好处，人多势众在社区和学校里就不受欺负。因此我小时候很羡慕那些兄弟多的孩子，因为一旦他们其中一个遭遇挑战，兄长们会第一时间赶到现场施以援手。有一次下课后，我和另一个同龄孩子发生冲突，争斗中略占上风，可是不承想这孩子的哥哥是位飞行员，那个结实的后生风风火火赶将过来，揪着我的脖领子抡圆了就是一巴掌，打得我眼冒金星。

在我中小学的记忆中，上课时，教室的木门经常被一些同学的兄弟们一脚踹开，然后就直奔目标，拎起来一顿暴揍。这些暴虐的行为像龙卷风一样，席卷课堂所有的威严与神圣，犹如安静温和的协奏曲在暴力美学方向的跑调，肆无忌惮地发出沉钝粗粝的声响和凄厉的哀号。最有趣的是，假若争斗双方彼此都兄弟成群，那么小型纠纷就会逐步升级为家族械斗的大片，终将制造出惊天动地的效果。

兄弟姐妹多的另一个好处是，他们之间在关系上是多边性的，一些矛盾可以缓冲、调和、转移。但是当一个家庭只有两个年龄相近的男孩，情况就简单明确了，矛盾直接无法回避，竞争和嫉妒成了主旋律。因此我们兄弟两个很少在街头争斗中相互帮扶，也不会在学习上相互鼓励，反而因为年龄的接近经常争执，每日里彼此斗嘴、嘲弄、贬损，大打出手也是经常发生的事情。这让妈妈很恼火，反复教育我们要向其他家庭的兄弟学习，要团结友爱。其实我和哥哥儿时的不睦是有一些深层次的原因的，并非粗枝大叶的说教可以解决。

差异

恐怕我们兄弟二人相互间巨大的差异是一个情感上无法超越的原因。我和我的哥哥长相上差异很大，若不是有父母做参照，几乎不会有人相信我们是亲兄弟。令我嫉妒的是，哥哥几乎结合了爸爸妈妈相貌上的全部优点，尤其是眼睛也未遗传苏家最为强大的“小眯缝眼”的遗传基因，看起来光眯俊眼的。而我则收罗了父母的所有缺点，这让我从小有一种潜在的自卑和愤懑。除了相貌，性格和肢体行为能力方面的差别也是巨大的。哥哥机灵，生性好动，喜欢折腾，也喜欢动手；我则木讷，爱胡思乱想，喜欢动口。无论是游戏、运动、学习，还是文艺表演，他都是孩子里的佼佼者，而我一直是伙伴们嘲笑的对象。

相貌差别也许是一种重要的心理暗示，令我在很长一段时间里一直从内心深处怀疑自己和哥哥的血缘关系。我从他身上不仅看不到任何自己的影子，甚至看到的都是相反的气质和性格特征。还有一个原因是文化和社会性方面的，我两岁时的突然回归促成了陌生的兄弟之间的一种竞争格局，生活习惯差异进一步强化了这些矛盾。此外，由于年龄相近，形成了可以相互抗衡的客观事实。于是我们的成长岁月一直相伴着嫉妒、争抢和相互的冷嘲热讽。我们之间的竞争长达十几年之久，直到他上大学离开太原，我平生才第一次对他产生了“想念”这种情绪。

刚从农村奶妈家回来的时候，我是标准的农村娃模样，被开放的天然环境打磨出的粗糙皮肤，带着农耕文明信仰痕迹的着装（比如脚上穿的老虎鞋，头上戴的虎头帽），浓重的有几分喜感的山西北路口音，都令我成为社区里一个“引人注目”的娃娃。更要命的是，我的行为举止和生活习惯与城里的娃娃们大相径庭，许多言行竟然成为周围邻居和家里人之后十几年里的笑料。工业化的进程中，嘲笑农村人似乎成了城里人摆脱无聊和贫困的零嘴，过不了瘾但是可以填补忽隐忽现的虚空。哥哥则不然，他从小生得眉清目秀，社区里的大人，甚至包括女孩子，见了他都会有几分溢于言表的赞许。

此外，他反应机灵、动手能力极强，只要是球类运动，他都拿手，比如足球、篮球，更不要说他最擅长的乒乓球了。甚至在弹玻璃珠这个领域，他也是个顶尖的高手。这要得益于他特殊的肢体构造。哥哥的拇指大关节明显比常人位置靠下，所以他的一拃要超过别人许多。这在游戏过程中非常重要，就如同姚明的身高在篮球场上的优势。

但我也有自己的优势，表现在身体素质方面。由于成长的环境和平日里活动的范围不同，哥哥从小多病，而我则更具生命力。他的视力一直不好，牙齿也出过问题。妈妈先是在各个医院寻找大夫，给他治眼睛，尝试了针灸、理疗等多种治疗手段，最终用一种特殊的方法让他恢复了正常。哥哥的牙齿是在南肖墙的一个牙科诊所治疗的，他躺在一张理发馆使用的那种老式椅子样的治疗椅上，大夫用各种器械给他处理牙龋，我则在屋外隔着玻璃好奇并有点幸灾乐祸地向里面张望。由于发烧太过频繁，妈妈还让他做了扁桃体切除手术，术后的康复时期每天给他吃太原市最诱人的“冰砖”（含奶量很高的冰糕），那些冰砖只让我尝过一口，美好的味觉感受令人终生难忘。

由于哥哥体质不佳，父母对他的关照要更多些，好像那个时代各种奢侈的补品他都吃过，什么麦乳精、花粉、蜂王浆，这令我好生羡慕。那时候，我真希望自己也来几场大病，以此获得关注、获得美食。然而就算我数九寒天里穿个背心在外头疯跑一圈，第二天感冒还是没有降临到我的身上！到了高中和大学时期，我们两个的体质差距就更大了，我的运动能力开始大幅提高，身高和体重也渐渐超过了他。

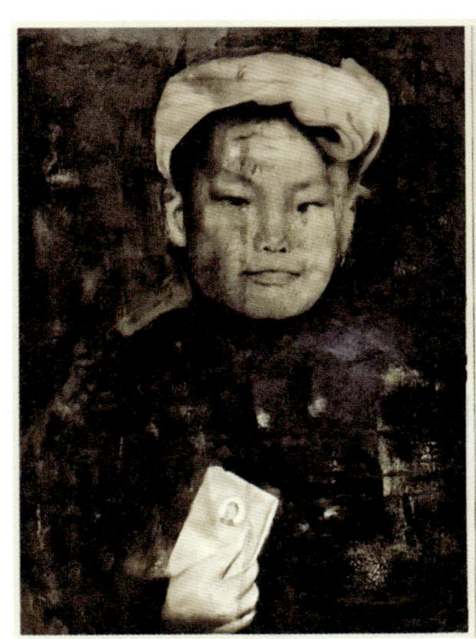

《我和哥哥》 综合材料作品，作者：王宁

城里人从娃娃抓起

在中国的近现代历史上，城乡间巨大的差距一直是个铁一般的事实。因此，伟大领袖号召城里的青年去农村上山下乡，于是文艺作品中的许多内容都是过度美化乡村的，比如《朝阳沟》中的城市女青年银环嫁到穷山沟里的励志故事；郭先红的长篇小说《征途》，更是讲述了一群来自大上海的知青在黑龙江北大荒的成长经历；还有小说《新来的小石柱》中，一个农村孩子来到城里的体校大显身手的奇迹。而荧幕前和收音机旁被感动得时而落泪时而昂奋的人们一旦回到现实，大都表现得极其冷静，因为大家深知城乡差别的客观存在。

由此父母对我们兄弟两个的人生定位和未来去向早有安排，在上山下乡运动如火如荼的年代，有两个孩子的家庭，其中一个孩子必须下乡，另一个可以“留城”。鉴于我从小在农村奶妈家生长具有乡土气息的缘故，爸爸妈妈决定在不远的未来哥哥将留在城市当个工人，并陪伴他们退休后的生活。而我将责无旁贷地肩负起上山下乡的重任。根据这种定位，在培养孩子的方向上，他们就早早地给我们安排了两条截然不同的培养道路，即对一个儿子侧重培养，对另一个加强管束。

显然父母为哥哥选择了“培养”的定位，并下了很大功夫培养他的一些专业技能，这一切都是为了让他在城里工作时得到比较好的岗位。比如说，在那个注重思想意识形态宣传的年代里，掌握一门乐器，或者具备唱歌舞蹈的才能，都会得到一份不错的工作。那个时候，动这方面脑筋的家长很多，当个像电影《芳华》中那样的文艺兵是绝大多数俊男靓女的梦想。

哥哥从小就被按照一个能演奏乐器的文艺工作者的目标去培养，根据我的记忆，他不仅学过手风琴、小提琴和扬琴，还吹过几天口琴，可谓多才多艺。在妈妈组织的中学生乐队里，哥哥是唯一的扬琴手。不像二胡、板胡和手风琴这些大众化乐器，当时北方的扬琴老师非常少。妈妈满太原帮他物色指导老师，最后，一个叫邸志强的青年教了他很长时间。

哥哥从小在学习乐器上的确没少下功夫，每天鼓捣乐器，起早贪黑地排练。小时候，我也经常跟着他和王亚新、武虎根去柳巷的琴行买松香和琴弦。那台扬琴也是我们家的一件特殊摆设。琴弦密密匝匝的扬琴气场颇大，用手拂过会响起流水般意境的乐音。《小松树快长大》和《社员都是向阳花》是他经常表演的曲目。

另一方面，在文化课的学习上，家里对他也比较重视，因此他的学习一直比我好得多，在班里也属于听话、守纪律的男孩。和对哥哥的“培养”相反，父母主要以“管束”来限制我的行为出格。当时妈妈认为我这个孩子将来要到农村的广阔天地去大有作为，索性就提前让我先去社会的大风大浪里撒野吧。因此我小时候得到的技能培养较少，得到的管束比哥哥多了许多。

先天不足再加上技能培养欠缺让我身上没有任何可以炫耀的东西，过多的管束让我对社会增加了少许亲切感。在外边疯跑的时间多了，衣服和鞋子的损耗也就更大，衣服上的补丁、鞋袜上的破洞也更多。在干干净净衣着整洁的哥哥面前，我永远永远是一个灰头土脸、邋里邋遢的孩子。那个时候，我真的非常向往农村，残留在记忆中的乡土似乎一直在召唤着我。

合谋者

我们之间也还是有不少合作的，而且高潮迭起精彩纷呈。困难时期，绝大多数家长在有限的物质消耗控制方面，都要和孩子斗智斗勇。这种情况下，兄弟之间的立场就是一致的了。因为个体能力不足，所以我们都知道两人配合才能在这场和大人的斗争中获得局部胜利。合谋的另一个原因是防止彼此告发，毕竟唯有孩子最了解孩子间的秘密。那个时候孩子多的家庭，整天瞎忙的家长们无暇顾及子女的教育，常常让稍大一点的孩子负责监督弟弟妹妹，告密被赋予了崇高而合法的名义。

我和哥哥在这方面还好，由于年龄接近，他的监督对我没有太大的权威性，更为重要的是，很多时候我们都需要挑战既定的规则才能获得快乐，于是成了合谋者。当然，干那些“不法勾当”时，绝大多数建议是他提出的。我充其量是个帮手，小时候笨手笨脚的我在许多领域都是一个累赘，是团伙游戏中的弃子。踢足球赛和扔沙包时尤其如此，我的迟钝总会招来同伴的抱怨和咒骂，扔沙包比赛每一次最先被击中离场的都是我，要不然就是在足球场上屡屡被飞来的球击中脑袋。

但是我依然疯狂地迷恋集体性的游戏，屡战屡败，愈战愈勇。记忆中，哥哥在球场上风光无限，却从不提携我，反而经常借机给予我更大的羞辱。在足球这个事情上，哥哥曾唯一一次求助于我，当时他执意去做一件父母坚决反对的事。

有一阵子，他一直想要一只红白相间的足球，并且早就在解放百货大楼三楼体育用品专柜物色好了，就是货架上最醒目的那只样品。于是每逢周末父母带我们逛百货大楼的时候，他就撺掇我支持他的计划。

一般来说，让父母破费的要求都是他来提出的，但是他要求我在态度上响应他。也就是每次计划遭拒的时候，就以漫不经心、噘嘴和步履拖沓表达不满。一连几个月孜孜不倦地苦求毫无进展，那个三块五毛钱的胶皮足球像个月亮一样高高悬挂在悬赏物质殿堂的顶层，遥不可及。有一次因我们闹得太凶，回家后父母声色俱厉地正告我们断了这个念想。但是哥哥依然不死心，他又动了其他“邪念”。

父亲家教很好，父母和爷爷奶奶每月都通一次书信，以汇报工作和生活情况，而到邮筒投递的工作一般由我们承担。一般来说，隔一代的长辈会给孩子们更多宠爱，于是哥哥打起了爷爷奶奶的主意。他把这个计划告诉了我，并要求我在父母封信封的时候把握时机，配合他把一张恳求爷爷奶奶买足球的字条塞入信封。经过我们俩的协商，字条是这样写的：“爷爷奶奶你们好，我们现在非常喜欢踢足球，但是爸爸妈妈就是不给买。求求你们给我们买个足球吧！”落款是我们两个的名字。

其实这一回我是完全被动地被哥哥胁迫了，因为首先我并没有觉得足球有多么重要；其次我也深知即使拥有了足球，就凭自己的能力也踢不上几脚。但我还是忠心耿耿地追随了他的行动。这个行动至关重要的环节在于装入信件到信封再封口的短暂过程，也蛮有挑战性的。因为父母一般会自己把信封封好口才交给我们的，这就需要在这个环节中予以干扰，然后浑水摸鱼乱中取胜。我们采取的策略是先把糨糊藏了起来，父母找不到糨糊就把找糨糊和封口、邮寄的一系列事统统交给了我们。赶巧那天宿舍区停电，于是借着昏暗摇曳的烛光，我们两个小鬼一唱一和，瞒天过海一气呵成。

但寄走那封信后，我们产生了更多的忧虑，担心爷爷奶奶老眼昏花忽略了纸条，更担心他们看到之后勃然大怒地责怪父母教子无方。于是，我和哥哥每天忐忑不安地等待来自芜湖的回信。终于有一天，晚饭后父母严肃又和蔼地把我们叫到身边，从一个来自芜湖的信封中抖落出那张纸条，摊开在我俩面前。

面对物证，我俩无法抵赖，战战兢兢等待处罚。父母先是宣读了爷爷奶奶的回信，信中老人们先叮嘱父母要注意教育孩子，然后认为买个足球也有合理之处……爸爸妈妈先告诫我们今后不可以这样鬼鬼祟祟，最后做出决定，下个周末带我们去百货大楼三楼，去——买足球！

竞争

哥哥一直是我在家里独一无二的竞争对手，我们两个人的关系在相当长的时间里都颇为微妙。在极有限的空间里，我们彼此挤压竞争空间。从小我俩共睡一张大床，天冷的时候抢被子，天热的时候争被单。有一次我半夜被冻醒，发现床上只剩自己一个人，哥哥和棉被全然不见了踪影。爸爸妈妈开灯后也很诧异，四下里搜寻后

《合谋》 素描，作者：王宁

发现老大裹着被子像个僵尸一样在床下酣睡。那时家里的那一张桌子，既是餐桌，又是书桌。桌子的两个抽屉貌似公平地分配给了我俩，但后来我发现自己那只抽屉不是原配，不仅油漆颜色不对，尺寸也不合。于是它只能半推半就卡在桌子上，这样我的抽屉就毫无秘密可言，成了一个完全开放的容器。事实上，我也的确没什么可以保存的东西，一贫如洗。反观我的“隔壁”则是森严壁垒，那个殷实的抽屉一直牢牢地上着铁锁。那是我非常向往之地，里面存放着上档次的文具和各种小玩具，尤其还有成套的连环画整整齐齐地码放在一起，每本都编上了号码。那场景叫人艳羡，那种封锁令人发指。

全民挨饿的历史时期中，我们兄弟两个在食物上的竞争更加频繁和激烈，几乎每天都在上演。父母不得已在某些方面采取了配给方式，尤其是鸡、鱼、肉、蛋和牛奶、点心等美食的分配上，否则公平性将受到严重“践踏”。

有一次早餐分配牛奶，爸爸留足自己的份额后，将其余部分交给哥哥再次分配。结果演变为一次赤裸裸的剥夺，我只得到了仅能覆盖碗底的一丁点儿。看着那可怜巴巴的一碗底牛奶，我快哭了，而那一边哥哥已经以迅雷不及掩耳之势开喝。还好爸爸注意到了这个细节，把他碗中的一部分牛奶倒给了我，算是安抚。还有一个细节，家里打牙祭的时候，父母会为我们分好菜食，而每一次我都把最好吃的东西留到最后，而哥哥则相反。后来我了解到有心理学观点认为，这是区别悲观主义者和乐观主义者的重要迹象。

日常生活中琐碎事情上的争抢令父母恼火，但是他们并不完全反对竞争，甚至有时候还是促使我们竞争的始作俑者。我们很小的时候，父亲会用一种抢答游戏训练我们两个的反应，即将我们翻看

《分牛奶》 素描，作者：王宁

过的连环画中或电台中收听到的还有电影中看过的正反面人物逐个报号，然后让我们抢答。而妈妈会用谜语鼓励我们动脑筋破译和提供解决方案。到了初中之后，为了提高我们学习的能力，爸爸开始用一些特殊的方式考验我们的记忆力，比如背诵古文甚至圆周率小数点之后一百位这样疯狂的游戏。至于命题作文，这是学校训练系统之外的加餐，让我们俩同时就一个命题写作可谓“用心险恶”。写完之后，他还要当着我们的面朗读，他的南方口音会让书写不顺畅的地方显得非常突兀，我们会不时地抗议。背诵唐诗宋词是从小学开始的，他也会定期考核我们记忆的牢固程度。在这些方面的竞争略微使我在哥哥面前找回了一些自信，对作为弟弟的我来说，老大的成长和进步轨迹就是我的参照基础。

哥哥和我相继考上大学虽没什么值得炫耀的，但在八十年代初期也还是一件不太容易的事情。周围邻居对于他的金榜题名反应还算平淡，但是我考上大学还是令一大批人诧异。其实他们闹不明白，长期的竞争对于居后者来说，那个参照体系就已经成了进步的“脚手架”，架子搭到哪里，我就能攀爬到哪里。到考研时也是如此，九十年代初期，哥哥和我分别在 1990 年、1991 年相继考取硕士研究生，这件事在学位尚未泛滥成灾的时期还是蛮轰动的。而对于我来说，这不过是再一次的循规蹈矩、故伎重演。

追随与崇拜

尽管兄弟二人在许多方面存在分歧和不睦，但是在两件事情上我还是非常崇拜哥哥的。第一件事情是学骑自行车，成长的岁月里，自行车的风景真是令人难忘。自行车是中国社会的主要交通工具，家家户户必备的宠物。大型国企里更是如此，生活区和生产区之间需要自行车来摆渡，每逢此时总是车轮滚滚如大河奔流。

上幼儿园的时候，矮小的我站在路边观望那车轮构成的风景时，就觉得能骑车的人很了不起，立起来两个车轮的车子静止的时候会歪倒，而轮子飞转的时候却可以平衡。工业化的早期，自行车是最能体现工业福祉的日常生活物品，精细的山西人民更是如此，他们会无微不至地关照自己的自行车，比如用彩色塑料绳在自行车的主梁上编织进行装饰，用彩色的塑料刷子卷成环状绑在轮轴处，这样自行车车轮飞转的时候就会形成一轮彩色的光晕。这是手工艺对工业的友好帮助，以消除陌生感。

自行车的骄傲地位使得它成为全社会追逐的对象，家庭中的成年人、准备结婚的男女青年自不必说，当然还包括小偷……那个时代追风少年的标志就是提早骑车，即未成年人骑着成年人用的自行车在鲜有机动车的道路上风驰电掣。由于身矮肢短，小孩子学自行车要分三个阶段。过于矮小的要从“掏裆”开始起步，歪着身体将右腿从三角形的钢梁之间伸过蹬在右脚蹬上，然后重心压在左腿上使劲半圈半圈地蹬车。这种骑车方法考验孩子的平衡能力，即车体应该向外适度倾斜以平衡身体的重量。那时候，放学后的操场上有很多这样歪歪扭扭艰难骑行的孩子。第二个阶段就是腿半长不长的时候，将屁股梗在横梁上的骑法，这样骑车身姿可以挺拔端正了，但是会比较“扯蛋”。第三个阶段就是和成年人一样，坐在车座上大模大样地骑。哥哥在二年级的时候就采用掏裆技术学会了骑车，当然过程中没少跌摔，身上伤痕累累的。好在他胆子很大，在第二个阶段的时候就敢载着我满大街乱窜。而我一直没学会这个技术，最终放弃了。直到初二那年，我的身高已接近成年人，我用一个下午练习直接以第三个阶段骑行姿势完成了这个一直以来耿耿于怀的人生标志性技法。但是我依然非常钦佩老大从小敢于挑战生活的胆识，还有他卓越的平衡能力。

哥哥第二个让我钦佩的能力是打乒乓球，他是业余选手中的佼佼者，从小立志成为国手。那时候，中国的体育明星好像只在乒乓球项目获过世界冠军，容国团开创的丰功伟绩让民族的自豪感找到了一个倾泻的途径。于是之后国手们在世界乒坛上屡创佳绩，庄则栋、张燮林、邱钟惠、徐寅生、王传耀、李富荣、郗恩庭、梁戈亮、许绍发、李振恃、郭跃华……受这些民族英雄的激励，全国人民普遍迷恋乒乓球，我的社区里也有自己砌的水泥球台，小伙伴们整日里围着球台你推我挡不忍离去。即使是乒乓球这种易于普及的运动设施，在当时也面临着人多资源少的窘境，于是孩子们用擂台赛的方式为游戏设定规则。

那时候，哥哥绝对是招人恨的台霸，社区里除了一个叫“刁小三”（《沙家浜》中的主角）的半专业选手外，几乎无人能把哥哥打下台来。这样他打得时间越长球感就越好，良性循环了。整日对着墙壁练习和在水泥台上搏杀的时光里，他居然还买了一本专业书《乒乓球的旋转与技术》，天天研究各种打法。我也时不时偷看几眼，然后对着空地猛练，再蹲在地上看球的旋转方向。有一次我们结伴去太铁体育馆看“跃进杯”全国少年乒乓球锦标赛，看到来自全国各地的少年选手令人眼花缭乱的动作，我当时就泄气了，心中升起一股对这

《学自行车》 素描，作者：王宁

项运动的绝望感，回家后一度萎靡不振；他则不然，貌似开眼界反而更激发了他心头的挑战欲望。

后来在这项运动中，哥哥也算有所斩获，在大学和研究生阶段的校内比赛中获得过出色的成绩，但后果是右胳膊明显粗于左胳膊。相信这个运动虽然仅仅是一个没有任何专业建树的爱好，但是一定曾经带给他无上的荣耀和乐趣，让他在不同的环境中捡拾自信。年过半百之后我开始意识到，敢于追逐梦想的少年都没有虚度光阴。

近四十年的计划生育国策为中国减少了四亿人口，也断绝了许多血缘关系，消除了很多称谓。估计有超过一代人之间不再有“兄弟”“姐妹”之称，随之而来的是未来生活中“叔叔”“伯伯”“姑姑”“姨妈”“侄儿”“外甥女”这类称谓的消失。“兄弟”从家里走向街头反映出一种窘迫的现象，如今满大街“哥们儿”“兄弟”的呼叫声中透着肤浅和廉价。兄弟是一个概念，蕴含着相互依赖、相互竞争的关系，血缘关系会在各种是非和利益之间接受考验。

家庭中的兄弟更像是对社会关系的一种模拟，对于个体的社会性早熟具有试管效应。所以相比看起来幸福无比的独生子女，兄弟间的复杂微妙更具有一种合理性，它是人性和社会性最好的锤炼方式。如今，哥哥和我都在京城，但见面不是很多，空间距离的原因吧。父母经常住在他家里，老人们还是觉得大儿子贴心。

第二辑　四重围困

阴郁的楼群

幼年从农村返回城市的感觉，很像从自然的湖泊中被捞起之后置入棱角分明的鱼缸中的鱼，注定要在不断碰壁中成长。

城市和乡村的生产方式决定了空间的形态，工业大生产、工商文明对人口的要求和配置是完全不同于农村的。一个大的自然村，户数不过几百，人数多则几千；而一个大的工厂，社区人口动辄过万。农民在自己的属地上耕种，在自己的院落里休憩。城里则不同，这里天是大家的天，地是大家的地。在工业化的附属社区里，人们被集中压缩在有限的空间里，相互帮助着、“监视”着，几乎没有什么个人和家庭的隐私。

农村的公共空间是宗祠、庙宇、戏台周围的场地，城里的公共空间则大得多，数量种类也多得多：城市中的市民广场、各种公共建筑前的广场、社区里的空地、学校的操场、各种类型的体育运动场。村子里的公共空间从不冷清，和风细雨一般的日常生活中，人们三三两两聚集在一起，家长里短，窃窃私语；城里公共空间中人的聚集总是伴随着大事情，动员、文艺会演，没完没了。

在老的太原城外以北，卧虎山脚下，灰蒙蒙铺摊着一大片工业宿舍区。这是一个完整的社会，医院、幼儿园、小学、中学、体育场、俱乐部、菜市场、商店、澡堂、太平间一应俱全。这是典型的大院社区，熟人社会。早期这里全是灰色的房子，其中以苏联五十年代援建的十八栋三层大屋顶楼房最具特色。这些楼房由红松木屋架支撑起铺着红瓦的大屋顶，清水砖墙身的上下两端有水泥的构造层并勾勒着少许的线脚。水泥预制件制作的阳台上甚至奢侈地带着简约的装饰。它们伟岸的身躯组成了宿舍区的主体，被周围土坯平房建筑簇拥着，由北部的土山衬托着，构成一幅理想社会的潦草图画。但这种建筑形态对我而言却是充满压抑的景观。这是工业文明和农耕文化极为强烈的反差所带来的不适症候，伴随着我艰难地度过漫长的童年。

在这个庞大的社区中，群楼体量的围合形成组团，它们强有力地构成了社区的空间载体。几何形明确的阴影带着工业精神的余威，刀锋一般无情地切割着场地，让阴阳变成敌对的两个阵营；阳光艰难地从林木的缝隙中挤入楼群，再由狭窄的木窗过滤，进入楼道和居室。如此一来，这处工业生活区的色调和亮度都大大低于山泉村的环境。

此外，大尺度的建筑屋身产生了巨大的压迫感，像一连串闷雷，预示着农耕文明千秋万代的土地上即将发生巨变。被撕成碎片的农耕文明并未被工业的躯体完全消化，鸡零狗碎的种植在居住区甚至厂区内监控的死角艰难地残存着，垂头丧气的向日葵结出干瘪的葵花子，稀稀拉拉的架子上，青涩的西红柿总是刚刚透出少许红色就被邻居的孩子偷走。许多人家在楼房里的厨房中养着能破晓的公鸡、会下蛋的母鸡，这些鸡竟然都学会了上下楼梯，它们白天出去觅食，黄昏回归歇息。我不知道这到底算是工业社会的包容，还是农耕文明的顽强？而活跃在那阴郁楼群之中的，还有一些其他的生命形态。

青青草地

早期的宿舍区里，虽然仓促的建造拔地而起，但社区中的道路和空地还没有硬化。工业文明和农耕文化、工业气息和自然气象在试探性地交手，这是一段最美好的时期，像城市化进程中建筑和土地之间一场短暂的恋爱，相遇相拥又保持着一份矜持。如果我们用太极图式来比喻这个社区里两种文明的交合形态，对于儿时的我来说，工业感就是那深不见底的黑色。但是正如这个图式的解释，土地和空间还没有完全被工业化所占领。

透过我家里唯一的那扇窗户，东边的卧虎山绵延起伏，朝阳升起的时候，那座山的身躯会变得异常浑厚，南来北往的蒸汽机车总是如钟摆一样准时划过我们的视野，它们也总是喷吐出一团团的白雾，羞辱着职工宿舍区此起彼伏的袅袅炊烟。此时，父亲总是坐在餐桌旁守着清汤寡水的早餐，一动不动注视着东方。

春天里，空旷的运动场被野生的青草覆盖着，其上白色和浅黄色的小花星星点点，蝴蝶在颤颤巍巍地飞舞，孩童们挥舞着衣衫追逐；一支支T字形的风筝拖着长长的用牛皮纸做成的尾巴在社区上空游弋，它们如同人们伸出的手指，摸索着遥不可及的蓝天；社区里种植的乔木风华正茂，杨树的枝丫上会吐出一串串粉红色的穗子，它们沉甸甸地下垂着，然后在几场春风和一场春雨之后落得满地；槐花开放的时候宛如一次次盛大的节庆，白色的小花一嘟噜一嘟噜地挂满枝头，空气中弥漫着淡淡的清香。在本地，槐花可以和在面粉中食用，孩子们更喜欢把采摘的花朵直接入口，咀嚼那花朵的尾部时，牙齿会把甜滋滋的汁液挤压出来，于是满腹的维生素，满口的余香。

夏季雨夜的惊雷令人心惊胆战，一道道闪电撕破夜幕，如阴毒的目光，一声声炸雷在头顶上巨响，如隆隆的鼓声。我一直认为那是来自山后的阴谋，是大自然积聚的力量对人类的冒犯行为所进行的反扑。闪电像是在宣判、示威、恐吓，雷声如檄文，在讨伐和天谴。由于矿机宿舍区的选址在卧虎山山脚下的缓坡上，北高南低，为了防止山上的雨水侵袭，人们在宿舍区的北边挖了一条深深的壕沟。

即使这样，白天突如其来的暴雨也会泛滥成灾，积水自上而下地倾泻，汇聚在尚未硬化的道路上，冲出一条条细小沟渠。此时此刻，孩童们的乐趣却找到了去处，大家模仿水利工程建设，用砖头、石块和泥巴在这些壕沟的腰部砌筑大坝，封堵水流。我们喜欢看水流积聚最终溃堤的景象，欢呼声在微缩的毁灭景观上响起，像是一种预言的宣告和末世的狂欢。

老鼠

老鼠们从田野移居到房间是人居环境品质败坏的一个重要因素，寄宿在人类居住环境中的这些肮脏的家伙总是让宿主们寝食难安。矿机宿舍的灰楼内部隔墙采用的是芬兰建筑师阿尔瓦·阿尔托在二战之前首创的木格栅抹灰的构造形式，即使用双层木格栅形成隔墙的结构，再用抹灰层分隔空间，最后以简单的粉刷作为朴素的修饰。这种分隔空间的方式可以很大程度减轻建筑自身的荷载，也极大地提

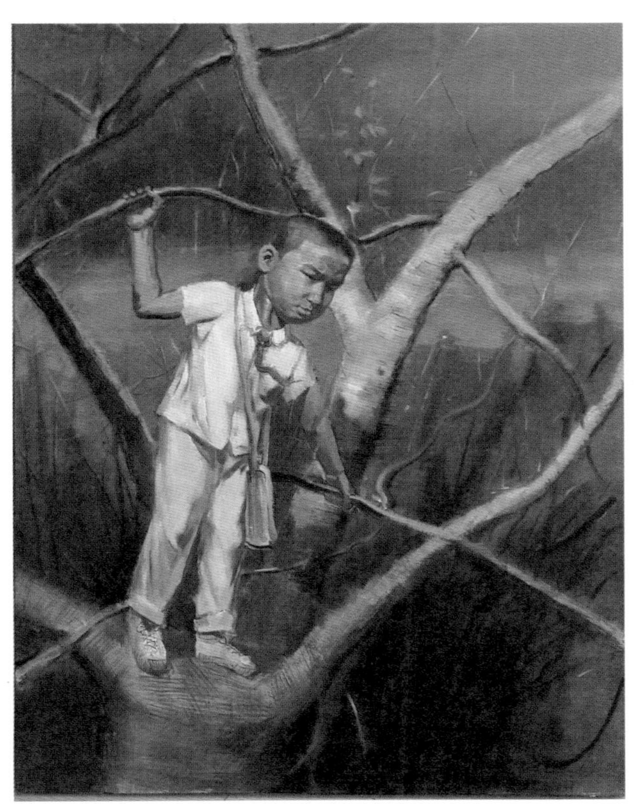

《童年》 油画，作者：杜宝印

高了建造效率，但其中空构造中的间隙就成为昆虫和老鼠寄生的天堂。

在乏味的时代，这些隐蔽在我们周围的生灵一方面不断袭扰我们的日常生活，令贫困的生活进一步丧失体面。另一方面，它们的存在所形成的冲突令人烦躁，让我们在与之斗智斗勇中获得了乐趣。

那些蹑手蹑脚的家伙总是在夜里活跃在厨房和床底，它们放浪形骸，破坏、偷盗、打架、交配，无所不能。物质匮乏的年代，我们几乎拿不出什么像样的诱饵，对食品的保护也是比较严密的，粮袋的口总是用细绳牢牢扎紧，器皿的开口覆压着重物。有时候，饥饿的老鼠们会奋不顾身地跳入面缸中饱餐一顿，甚至是腾空跃入煮着饭食沸腾的大锅里。

我小时候看到过的老鼠的死因都和贪吃有关，第一次是一只困在面缸中疯狂打转的深灰色的小老鼠，被邻居老余叔叔抓住尾巴然后挤压在玻璃和缸沿之间一点一点地向外抽，小老鼠的眼睛就被憋得越来越大，直至承受不了压力暴毙而亡。还有一次是幼儿园晚饭的时候，我邻座小伙伴的碗里突然出现了一只四条腿被煮得通红的老鼠，那孩子惊恐的一声哭号之后是其他孩子的一片欢呼，因为那一顿的面条由此全部被厨房召回，魂牵梦萦的动物饼干取而代之，来到了孩子们面前。

蟋蟀

尽管现代工业生产的社会形式建立在集体性劳动的基础上，但家庭还是不可替代的，矿机厂职工的家庭倒也并没有完全独立，在法律上是一回事，在空间上则是另一回事情。除了特殊的职位和特殊的家庭结构，绝大多数的家庭在空间上是半完整或半独立性的。

在这种苏式大楼里，两个家庭经常被分配到一套户型里，即卧室彼此独立但共享厨房、卫生间。厨房因为它经营和储存食物的独特性质，总会招来更多的生物。我的记忆里，六十年代到七十年代中后期，厨房是蟋蟀的天下，到七十年代末打倒“四人帮”后，这里又被蟑螂占领。蟋蟀和蟑螂各领风骚十余年，它们的声势和习性给我留下了不可磨灭的印象。

和野外深色的品种不同，矿机宿舍楼里的蟋蟀是肉色的，一定程度上，色彩总反映着性格。因此它们从不争斗，总是成群结队地现身厨房。这种蟋蟀的身体构造和野外的蟋蟀别无二致，强有力的后腿可以让它跳跃以逃避我们的捕捉；左右翅膀的张合可以发出有节律的窸窣声，这窃窃私语的鸣叫声是夜晚的主旋律，夜深人静时，它们会放肆地组成声势浩大的合唱，熏天赫地，此起彼伏。

白天，这些肉色的小虫基本上销声匿迹，它们蛰伏在建筑的构造间隙，静静等待着夜晚的到来。偶尔会有不安分者在白天现身厨房中，它们就成了孩子们和家禽捕捉的对象，家禽是为食物，孩童则是百无聊赖下发掘的乐趣。

记得有一次，我半夜口渴，来到厨房的水龙头旁。当我拉着灯时，令人震惊的一幕出现了，地面、墙体、灶台、煤池，甚至天花板上密密麻麻爬满了数以千计的蟋蟀，还出现了几只平日里从未见过的体形巨大的家伙。它们对我的突然出现竟然表现得无动于衷，像是完全沉浸在一场盛大集会中……

麻雀

大屋顶不仅是建筑结构的覆盖，还扮演着防寒隔热的建筑物理功效。但是很多人不知道，大屋顶里面其实是个最富于变化的空间，社区里最淘气的孩子会从位于三楼楼梯间上方的检修口攀爬进去，然后从通风的老虎窗钻出来登上红瓦铺就的屋顶，俯瞰社会主义小区规整的风貌，并向围观者挥手致意。

孩子们上房顶的另一个重要原因是捉麻雀，木屋架的结构和坡屋顶的构造为麻雀的生存提供了良好的条件。于是这些有幸逃过了"除四害"一劫的麻雀后辈们，大多在这里恢复元气，繁衍后代。它们衔来干草和绒线在椽子和檩条的缝隙中做巢，以此躲避人类和猫、蛇等动物的袭扰。但捣蛋的孩子们还是没有放过它们，我们那个社区的孩子尤其出格，他们爬树、翻墙、上房顶的本领在当地都是一流的。

有个叫李三毛的玩伴，他父亲是抗日时期八路军在晋北一带赫赫有名的武工队长李芝，李三毛秉承了父亲身手敏捷的天赋，飞檐走壁无所不能。我同班的一个外号"上校"的同学身手也十分了得，可惜没有从事体操运动。还有一个叫"老狐狸"的更是因其出格的能力和破坏力被视为社区公害。一次，"老狐狸"的爸爸李局长抡起棍棒要发作，他见势不妙，拔腿就往楼上跑。等李局长操着木棒赶至三楼时，"老狐狸"早已从那个小小的检修方孔窜进去，逃之夭夭。

这些孩子组合在一起的行动给麻雀们的生存带来了极大威胁，

《斗蟋蟀》 素描，作者：杜宝印

他们经常跑进大屋顶的夹层里掏鸟蛋、捉刚孵出来的雏鸟。成年或半大的麻雀很难养活，判断麻雀的年龄主要看其嘴部，成年麻雀喙是黑色的，看上去很坚硬，而刚刚羽翼丰满出窝练飞的麻雀，喙的颜色要浅得多。

伙伴们经常捉来刚孵化不久、没长毛的雏鸟喂养，这样养大后便可以认得主人，我是这方面的高手，可以把麻雀养得和自己情深似海，并如影随形、不离寸步。这是童年中最美好的记忆，在幽暗的空间中释放着爱的光芒。但麻雀是短命而脆弱的，它们的离世又每每给我带来莫大的悲伤。

梦魇

对于许多隐秘的事物来说，白天的阳光如水银泻地，如飞蝗一般的流矢。耀眼的阳光是伤害它们的芒刺，于是高大的楼身和大树的枝叶在光天化日之下就成为它们身披着的坚硬铠甲。对于幼小且身影卑微的我来说，昏暗的楼道、低矮的床底就是这些精灵隐身蛰伏之地。稚气未脱之前，我犹如一个徜徉在两个世界边缘的生命体，灵魂在和身体的磨合过程中做偶尔的吞吐。或许由于记忆定力的超然背弃了生命对轮回的承诺，几次奇异的景象过目而不忘，竟然在大脑深刻的沟回中残存下来。

上幼儿园之前的日子里，在一个情绪低迷的黄昏，独自留守空房整整一天之后，忽听得楼梯上一阵急促的脚步声，然后哥哥手持一物兴冲冲地破门而归。过了一会儿，他神秘兮兮地拿着一只封着口的葡萄糖瓶子走到我面前，我看到那瓶子里面盛着半瓶灰色的液体，然后哥哥当着我的面使劲摇晃那只瓶子，其中的液体开始沸腾并产生出许多的泡沫，逐渐地，浑浊的液体裹挟着泡沫充满了整个容器。然后哥哥将瓶口对着我突然松开了捂着瓶口的那只手，神奇的景象出现了，那沸腾着的液体立刻化作了一群灰色的蛾子，它们前呼后拥着从瓶口脱颖而出，向我扑面而来，然后从我身后的窗口奔腾飞舞而去。多年之后当我再询问此事的时候，哥哥竟然说完全不记得发生过此离奇之事。

气壮如牛的工业精神附体之后，一个城市和一个社区乃至每一个个体都处于昂奋状态，没有人会深情地对以往回眸。在这种雄壮旋律和强力节奏的扫荡之下，一切鬼魅的、奇异的景象都偃旗息鼓悄然隐退。然而，夜幕降临后许多“过去”的东西都会复活，在梦出现之前的日子里我灵性未泯的感官异常灵敏，可以看到许多不可思议的画面。

入梦之前是一个难熬的时段，我偶尔会看到有披着连帽斗篷的人影在家里晃动，有时他们的身形会在掠过门窗的时候留下一个清晰的剪影。每到这个时候，我就会竭尽全力地大声喊叫，最终生命的呐喊穿破了睡意的笼罩，于是爸爸妈妈打开电灯，在温暖的人工照明照亮狭小的人居空间的一刹那，那些影子立刻消失得无影无踪……

梦是现实生活的镜像，它们并置于开始做梦那一时刻的两侧，交替着主宰了我们全部的生命。矿机宿舍灰蒙蒙的格调很适合做梦，因为它是暧昧的，介乎昼夜之间，这里是我人生的梦境之旅的起点。早期的梦是简单的，现实中的碎片在浮游中做着破绽百出的拼合。但有一些梦却完全不可理喻，如横空出世的某种神谕。这种梦分两个极端，天堂的或地狱的。而在这两极之中，我都保持着刻骨铭心的记忆。

先说地狱间的景象吧，看完露天电影《地道战》之后的一个晚上，鬼子队长山田手持洋刀站在民居屋顶的形象跃入梦中，转而就是我混杂在人群中奔跑，然后就是倒伏的尸体和凌乱的首级。那些失去头颅的身体切口又变成了另一个空间的入口，走进去是残酷的画面的续写，如多重梦境的重叠。多年之后在威尼斯艺术双年展上，我再一次看到了这样的形象。关于天堂的那一次梦境，我看到了瑰丽的霞光和伟岸奇绝的岩洞，看到了一个慈祥圣洁的面庞。我在感动和向往中号啕大哭，像一场永久的告别，醒来之后产生了无限的惆怅。

太原的冬天是残忍的，那种极端干燥的寒冷会将人们的皮肤冻出一道道血口。社区里，冬天的景观异常粗犷和惨淡，由于我们这个社区没有采暖，于是冬天到来时，家家户户自己生火取暖。户外公共空间变成了储煤的场地，炭块、煤渣、烧土堆成一撮一撮的，最多用砖块垒一个简单的围挡。与其说是维护环境的措施，不如看作是明确私产的界限。煤糕筑起来的垛子用油毡简单覆盖着，以防雪水的侵蚀；许多煤池和烧土索性就是敞开式的，直接承受着风霜雨雪的拷问，并时常助纣为虐祸害环境。

北风呼啸的时候，黑色的粉尘会随风四下里扩散；积雪融化的时候，黑色的煤灰会随着雪水渗入土壤，直至彻底改变社区的底色。而在室内，每家每户都必须有一个取暖的炉子，学校的教室和社区里的合作社也都如此。铸铁的或汽油桶改造的炉子在冬天就成为房子里的核心，它不仅释放着诱人的热力，还会涣散出呛人的烟雾和无尽的灰霾。锈迹斑斑的烟筒从炉子的一侧升起后在屋子里横冲直撞，粗暴地穿过木质的窗户伸向户外吞云吐雾，外露半截的烟筒还会滴下烟色的锈水，形成一摊一摊的烟黄色的痕迹。就这样，整个社区湮没在一片烟尘之中。

这种简陋低级的取暖方式除了降低环境质量之外，还会带来致命的危险，火灾和一氧化碳中毒就是冬季里隐藏在社区的杀手，常常夺去人的性命。几乎每一年冬天,宿舍里都会发生煤气中毒事件，这个看不见的杀手像个幽灵，在漫长的冬季徘徊在阴郁的楼群之中。

相比之下，火灾简直就是个赤裸裸作恶的坏蛋，经常光顾这里。和煤气的谋杀相比，火灾是冲着财物来的，它常常让本来就不富裕的家庭顷刻间一贫如洗。失火的原因多是好奇和顽劣，幼儿园时，我同班的一个王姓男孩，因发烧静养被父母反锁在家里。无聊的他想尝尝麻雀的滋味，就用汽油去烧可怜的麻雀，不想没多久便火光冲天无法控制。那个可怜的家伙推开阳台上的一条门缝把脸贴上去不住地呼吸，算是捡了一条性命。但火灾还是在他头上留下几处拇指大小的瘢痕，后来因这几处不毛之地，同伴们送他绰号“两亩地”。

灰暗的生活中因为有了煤的黑，有了那些喜欢黑暗的生物，有了煤燃烧的火才变得生动了一点，它们打破了无处不在的灰产生的扁平性和乏味感。但这“黑”和这满怀恶意的火让人们付出的代价也异常惨重，一则则黑色的幽默无一不是从创伤中提炼而来，只是时间让我们渐渐忘记了那些伤痛。

我曾看到过这样一句话:“过去残酷的，今天想起来都很温暖。”

它揭示了一个关于时间的事实。儿时遭遇的种种尴尬和不测，并不是每个时代都有的，而是特定历史条件下环境力量的结果。现在想起来觉得这是不彻底现代化所带来的问题，尽显捉襟见肘一般的窘迫。

在社群之间

工业不仅生产着产品，也生产着社会关系和生活形态。太原这座城市至今尚未摆脱重工业的影响，尽管许多大型国有企业已经萎缩，甚至不见踪影。但在今天，这座城市的过去对社会的塑造仍然主导着人们的思维方式和行为模式。人们崇尚集体主义美学，喜欢宏大叙事的文艺题材，多数人对茁壮的、周正的个体形象都会表示认同。

此外，工业生产塑造出的群体还崇尚力量，赞美明确，反对含混。“文革”时宣传画上的工人形象就有一种中国工业精神的气质：鲜明的态度、无畏的精神、粗壮有力的胳膊……这或许是一种价值，抑或是一种局限，是特定环境赋予每一个人的资历和财产。

艰难地熬过幼年尴尬的岁月，我在上学之后开始逐渐融入这个社会。这种融入主要是指自己的视角、态度和立场开始亲近一个大社区赋予我的资源，但我依然怀念乡村，同情农耕文明的余脉在工业文明重压之下苟延残喘的残忍状态。在这一个时间跨度长达十五年的时间里，我人格的形成受到成长环境的严格铸造，并留下深刻的创痕。由于痛感和快乐都是记忆的主要成因，所以我在不断认识自己的过程中经常梦回故乡。

《老矿机厂》 素描，作者：杜宝印

一条线和两座“城”

生产和生活像蛋和鸡的关系，孰先孰后各有论据，记得电影《创业》中就有过这方面的论述。无论如何，二者的确是缺一不可的。太原矿山机器厂的厂区和宿舍区是彼此分离的，工人们需要穿行一公里左右的路程，才能从“此地”到“彼岸”。这种距离恰到好处地凸显了生产和生活各自的特质，即一方面专心地生产，一方面热情地生活。一公里的路程既是一个冷却系统，在黄昏让人们从紧张的状态中慢慢松弛下来；又是一个加速器，在清晨让人们舒缓的脉搏加快跳动的节奏。

工厂的生产区被绵延几公里的高高的围墙环绕着，像个巨大的监狱，它保护的是国家的财产，监禁的是生产的热情。围墙顶部三角状断面的水泥上要么插满尖锐的玻璃，要么拉着挂满尖刺的铁丝网，这是防范阶级敌人的破坏和来自人民内部盗窃行为的必要措施；宿舍区也同样是一个围合的区域，只不过此处的围墙以一排排内向型的住宅来替代，像是一长串肩并肩面朝内围成一圈的人墙，先用它们坚硬的身体筑成一道“冷漠的长城”，再用它们的呆板的立面注视着内部空间里的生活。印象中这个庞大的宿舍区共有五个出入口，每一个出入口都伫立着装模作样的门柱，柱头上装饰着几面旗帜或一个球形的水泥块。

我一直好奇，这种内向型的格局到底是在防范什么呢？这是个复杂的学术问题，在中国，是一个普遍性的现象，从南到北，从地方到首都，比比皆是这样自我封闭的大院。在这种环视和被环视的空间里，与其说是防范来自外部世界的窥视，不如说是相互关注，因此这是一个压力重重的世界，依靠基层组织居委会的号召和街头巷尾的闲言碎语控制着秩序。在这个熟人社会里，没有一个家庭或个人可以拥有绝对的隐私，且不说婚丧嫁娶，就连一日三餐的内容都逃不过群众雪亮的眼睛。

自行车代步的年代，上班和下班的人群如同一道缓慢流动的洪流，那是工业区和宿舍区之间最激动人心的社会景观。清晨里集结上班的嘹亮军号吹响之后，人们骑着自行车涌出自己的空间组团，汇聚成滚滚洪流。

上班时的流动犹如动脉，带着澎湃的激情和对英特纳雄耐尔的憧憬；下班的指令依然是军号声，但听上去悠长、舒缓，此时的人流好似静脉，被冷酷现实和沉重劳动耗尽体力后，灰暗的情绪写在每个人的脸上和松懈的肢体上；然后万家灯火、炊烟袅袅，收音机里的新闻广播和模式化的歌曲从每一家昏暗的窗口壮气凛然地飘然而出，其间也夹杂着少许晋剧狂放嘶吼的曲调、锣镲明确有力的节拍；还有每日里必不可少的夫妻争吵声、父母对孩子的训斥声。这是所有工业片区生产生活奏鸣曲的尾声，由宏大渐入琐碎，叙事的主旋律进入变奏和分解的边缘。

庞大的群体

在矿机宿舍区这个大院里，居住着两万左右的人口，其中企业职工约八千人。他们来自四面八方、五湖四海，抱着实现祖国工业梦想的志向来到这里。这个宏伟的理想让人们克服了对地域之间的差异和文化习惯上的冲突，在同一个地方协同生产，又在同一个空间里共同生活。他们是新中国工业基础的建设者、见证者和继承者，也是被工业文明粗糙洗礼的庞大群体。

在工业大生产中驯化的集体主义精神，会延续到生活社区里的组织形式中，同时居住生活中给予的现代文明又潜移默化地改变了人们的生活习惯。矿机宿舍区在聚集形态上体现了人类社会的转型，在社区职能配备方面，它是完整的、比较现代的。自来水、抽水马桶、电影院、医院是现代文明最强有力的证明和传播方式，这些新生事物率先在“一五计划”的工业区体现出来，让临近的享堂村村民和老城内传统街区的居民羡慕不已。

矿机宿舍区形成于第一个五年计划时期，那是一个鼓励多生孩子的时代，大多数家庭都拥有两个以上的孩子。人丁兴旺的年代也是这个社区最为黄金的岁月，医院里的接生工作应接不暇，幼儿园和学校里人满为患。但这样的人口结构会在孩子们进入特定年龄后产生巨大的社会问题，在家庭生活中，成年人的控制力会突然失控；在学校，这种张力在特殊时代更是催生出相当一段时期的动荡。

家庭中过多的孩子使得家长把教育的责任推给了学校，学校有限的空间和人力面对这活力四射的群体苦不堪言。课间广播体操时外溢的学生占满了街道，好一片欣欣向荣的景象。老师不够用时，就直接从应届高中生中选拔，这一批老师管理学校秩序主要依靠精力和体力，一时间教师和学生冲突不断，狼烟四起。

社区空间结构和地标

矿机宿舍区的形状大致呈一个东西向的矩形，一条东西向的大道把宿舍区分成南北两段。这是空间结构的主轴，而南北向分别有四条轴线，但贯通宿舍区的只有两条。另外两条不成气候，要么延伸到社区边缘的楼前戛然而止，要么勾画了了、狭窄曲折、边界模糊不清。

组团式的楼群分别由不同的居委会管理着，它们以U形或口字形为基本组合方式，依附在道路周边，如同骨骼上粘连着的肌肉组织，又如大院内的院子，保持着相对的独立性。公共空间是人们最喜欢去的地方，在那里，每个人会真正找到主人翁的感觉。中西合璧折衷主义风格的工人俱乐部和侏儒版的“土本”希腊剧场式的灯光球场（篮球场）是整个宿舍区的中心，每日里聚集了最多的目光，上演着现实中最激烈的对抗和虚构中最离奇的故事。

职工医院在俱乐部的东部，是典型的包豪斯风格建筑。我猜想那是一个套用东德标准图纸的亚洲翻版，体现了现代建筑简约的美学特征，这种精致的美学在粗犷楼群的包围之中郁郁寡欢，呈现出几分忧郁的情调。

这座医院的两层住院部是外廊式的，病人们可以站在走廊上扶着漆着黄漆的钢管望向主路，它的前面还有一小块林木葱茏的绿地，隔离了来自主干道的喧闹。这个空间上的处理总让我想起阿尔托设计的帕米欧肺病疗养院。

《明日海阔天空》 油画，作者：邓箭今

医院应该说是整个宿舍区建筑群中最精彩的一个单体，可惜在农业文明向工业文明过渡的年代没有人能懂它。太平间安置在医院北部约二百五十米的地方，那是一间简易的坡屋顶的灰砖小房子，孤苦伶仃地守在宿舍区边缘。而北边隔过一条马路和铁路就是卧虎山，过去这座土山上曾经散落着许多坟冢。宿舍区、太平间、卧虎山顺理成章对应着人世间、阴阳间和阴间三个不同的世界，那个孤零零坐落在大货车和火车往返横行一侧的太平间倒是很像一只渡船，而医院和太平间的位置关系则让人联想到太极图中的两只“眼”，一只关注着人世的当下，一只眺望着未卜的征途。

空间中的敌视

中国社会工业化的早期，楼房和平房代表着两种文化。楼房是准现代化的，它的建造方式和对居住者的规范内容都是这样，不同背景和生活习惯的人们被压缩在狭小紧凑的空间中相互对视，试图最公平地分配有限的资源。每日里邻里间都有争执，但最终还是调解和迁就解决了问题。楼道的卫生清扫工作由住户们轮流承担，不负责任的劳动总会招致左邻右舍的提醒或批评。人们在冲突中学会了妥协，在模糊中学会了分配责任。

相比之下，平房的生活状态更接近农村，平淡且恬静。首先是在空间形态上保留了一点农村居住院落的影子，居住者和自然的关系比楼房里的居住者要密切。在设施配置方面，楼房有自来水和抽水马桶，平房则没有。住平房的人可以在院子前开辟出一小块空地用于种植，而住楼房的人养的鸡必须学会上下楼梯。

楼房之间拉大的间距可以让设计师在房子的两侧大胆开窗，良好解决了通风和采光问题；但平房则多采用南北向一排排阵列的方式，于是为了保护基本的生活隐私，这种房子北向基本都只开着高高的小窗，同时公共水龙头前总是挤满了人，共用的厕所更是污垢不堪。相对于楼房空间组织的紧凑所导向的乏味，平房社区开放的空间生产着松散的生活方式。平房的居民可以把自己养的花摆满院子，可以在院子里搭鸡窝、放铁丝编的兔笼，甚至养羊。

楼房社区的孩子会在夜里或白天成年人上班后去偷袭平房社区的财产，盆花、树上的果实经常不翼而飞，有时候还包括恣意四处溜达的家养鸡。这些凝聚着平房社区人们心血的东西最后会改头换面现身楼群，或者成为孩子们的美餐。但是这些偷鸡摸狗的小事毕竟是同一个居住区里的事情，只是有些讨厌罢了。

还有一种社区之间的对立是令人心悸的，那是一种真正的敌意，矛盾的根源是“文革”中群众和群众的斗争。派性斗争和空间关系对应的时候，社区之间的对立就犹如彼此敌对的冤家，穿越不同的社区是有危险的，这并非危言耸听。“文革”时期，不同企业因政治主张或斗争路线的不同而形成敌对状态。群体战争从文攻发展到武卫，最终革命者之间大动干戈。太原北部是重工业区，大型国有企业的工厂犬牙交错，其中不乏兵器工业部的企业。发生在这里的很多武斗都动用了兵器，甚至包括重武器。

武斗的伤亡造成的仇恨是难以忘却的，硝烟散去十年后，这种敌对、仇恨依然存在，并遗传到了我们这些“文革”中出生、未曾经历武斗岁月的孩子身上，于是我童年和少年阶段的记忆中不乏这种后“文革”时期的斗争方式。“文革”结束后的许多年里，二四七厂当年用于进攻我们宿舍区的那辆军绿色的坦克就丢弃在他们厂区的一个土堆上，隔着围墙和铁道可以远远望见它，那是一个记录着不平凡岁月的工业和社会复合的景观。

在空间上，我们最密切的邻居是太原机车车辆厂，他们在武斗中却是“我们的”一个敌对势力，而它的位置恰恰处在矿机厂和矿机宿舍之间。两个族群空间上的交叉为持久的冲突埋下了祸根，小的时候若没有家长带领，我们不敢轻易去机车厂的宿舍区，尽管他们那里的公共浴池条件最好。那里的孩子也不敢来我们这里引以为豪的电影院和球场娱乐，否则等待彼此的一定是搜身、洗劫和痛扁。

最惊险的经历是我们在每个周六去工厂洗澡后返回宿舍的时候，机车厂的孩子们就蹲守在这条狭窄道路靠近他们居住区的一侧，随时准备袭击我们。这首先是因为他们感觉我们侵犯了他们的空间边界，其次是因为我们大都会从工厂“夹带”一些好玩的东西出来，比如梯形的铁片、小米大小的铁砂，还有暖水瓶大小的高射炮弹壳等。那个场景很像非洲动物迁徙中角马过河的时候，成群结队声势浩大，但鳄鱼和河马就藏在水中伺机行动。

当积怨突破承受底线时，敌对社区的青少年之间就会爆发大规模的冲突，我们称之为“开仗”。那种场景绝对震撼，堪称现实版的大片，双方各自不下百人，隔着马路或铁路投掷石块，这种弹弓、砖头、棒子为主的攻击手段虽不至于酿成大祸，但也十分恐怖。双方在不断地攻防转换中，互有胜负。有时候，孤军深入来不及退防的伙伴会被对方活捉，惩罚手段极尽殴打、羞辱、劫掠之所能，最

《少年》 水彩画，作者：杜宝印

出格的是推入粪坑。当那些倒霉的孩子带着一身恶臭回归本阵时，这威慑力完全不亚于对方投掷过来的一枚脏弹，其他孩子纷纷躲避，并爆发出一片幸灾乐祸的笑声……

重工业生产的文化在生活中的反映就是这样壮丽的粗犷，沉重的奔放，到处都是对抗的痕迹，如锻造般频繁，像液压般无声的沉重，似铸造一样激烈而又规范。我曾经两度在公共媒体上谈到这一段经历，一次是1992年巴塞罗那奥运会期间在中央人民广播电台的采访中，另一次是2015年在纽约的电视节目《纽约会客室》的访谈中。当谈到少年时代这种经历时，听众和观众反响异常强烈，以至于当时中央人民广播电台的那位主持人不得不做出手势示意我终止话题。因为这种少年时代的苦涩、惊险、荒唐都是当代同龄人难以想象的。

同样是在2015年，矿机厂九十华诞之时，我接受邀请回到那个曾经养育自己的社区，惊讶地发现儿时的一些玩伴至今仍然居住在那里。他们从灰暗的窗口探出头来，打量着我这个不速之客，依然怀着一种陈旧的敌意……

“沸腾”的群山

山西境内多山，十八岁前，我一直生活在重重大山的围合之中。太原城为重围之下的盆地，我生长在盆地边缘，山的脚下。大山起伏不定的轮廓恰似这座城市生命的律动，亦如一道叙事的屏风。在这一段弥足珍贵的成长岁月中，它就曾经庇护并陪伴我的童年、少年、青年，衬托着我稚拙的身影掠过那逝去的时空。同时它们也是一道道高墙，不断勾起我翻越的欲望。

卧虎山

卧虎山是我对山产生认识的第一个标本，它就隆起在我出生地的北部，并向东回转衔接着东山。我家的窗户冲东，所以在矿机子弟小学的教学楼未建造前，每天早上可以迎接从卧虎山东边升起的太阳，看到山脚下晋绥军留下的那个不朽的地标——花岗岩砌筑的梅花碉堡。这座土山的脚下是由北向南贯通整个山西的铁路，黑乎乎一眼望不到头的货车和加长版尺蠖似的绿皮客车，是我们宿舍区视野中生机无限的流动景观，穿梭般来来往往的这些盒子、罐子、斗子组成的长列是我想象外部世界的线索，远远超过了电台里的广播和影院里播放的“新闻简报”的功效。

卧虎山的形态和听到这个词产生的联想相去甚远，它其实就是一个沟壑纵横、稀松平常的黄土高坡，但是由于更早的时候它是阎锡山打造的防御屏障的一个部分，林立的碉堡和重重电网的确增强了它的威严肃穆感。

我上初中之前，这里一直实行着半军事化管理，据说晚上电网都通着电，并有人牵着狼狗巡查。宿舍区里的人们晨练和晚饭后总爱去山脚下遛弯儿，戒备森严的电网内是一个别样的世界。到处都是郁郁葱葱的果树和庄稼，不听话的野酸枣常常会从世界的另一边探出长满尖刺的半个身子，招摇地炫耀那些半青半红的果实。

这种诱惑对生活在工业环境中的人来说是无法忍受的，于是孩子们经常像群猴一般越过电网劫掠农业成果，物质匮乏引发的疯狂会造成无法想象的后果，许多果树的果子在未红时就被摘光了；秋收时节，玉米也是孩子们愿意偷窃的农作物，他们的袭扰令享堂村的农民苦不堪言。

卧虎山上的世界是广袤的、田园牧歌式的。林木葱郁，田垄整齐，阡陌交通，舒展从容。这里是享堂村的耕地，也是我们学农的地方。黄土流动感十足的形态用梯田的方式整理后，像是建筑模型中制造等高的层级，看上去有几分怪诞。站在山顶向北望去，这厚土的世界不见边际，在那厚土中的千沟万壑里，不仅生机无限，还隐藏着许许多多的秘密：兵工厂，弹药库，还有居住在散落的窑洞中的人家。向南望去，林立的烟囱喷云吐雾，毛泽东当年在天安门城楼上的工

《卧虎山》 素描，作者：杜宝印

业社会理想，在这里基本实现了。孩子们之中一直有一个传说，那就是天气晴朗的时候，站在卧虎山上可以眺望二十公里外的晋阳湖。但是这个传说从未被证实过，因为那羞花闭月般的污染的确太严重了。

如果说厂区布局的横平竖直体现了工业的极致，那么除了梯田以外，卧虎山的地形地貌基本是大自然风雨冲刷的作品。平坦的地方规模都不大，基本是农业耕作的结果。掌纹一样的沟壑中蕴藏着无尽的生机。相对于工厂的严格、缜密、沉重和宿舍区的喧嚣，卧虎山的自然、冷清，甚至景观的荒凉就是其魅力所在，对矿机人有着无限的吸引力。从过去的牛奶场北门可以自由合法地进入卧虎山地界，然后是一条蜿蜒曲折的道路通向山顶。自然野趣在粗放的工业生活的反衬之下，成了医治百病的良药，它具有调整生活节奏、疗愈生活挫折感的功效。

除了孩子们穿越铁网、壕沟寻找物质食粮的快乐以外，家庭成员和邻里之间也会结伴而行，在此游览、留影；晋剧演员和民乐队乐手、歌手们也常来此练习曲目、吊嗓子怪叫；进入八十年代后，高考的诱惑又使得这里成为背诵枯燥的英语单词，以及乏味的政治课程内容的场地，在这里，你可以通过大声朗读来替代课堂中的默念，以此刺激自己的记忆；当然对于另一些不爱学习的孩子，可以打着卧虎山苦读的幌子在此处放荡。山顶上，学习和“反学习”构成了冰火两重天的景象，流行清晨苦读的同时，早恋成为一种时髦，少男少女在卧虎山上约会蔚然成风。

东山

去东山和双塔寺扫墓是每年清明节的固定节目，大名鼎鼎的牛驼寨烈士陵园就在东山之上。牛驼寨是太原的门户，是阎锡山时期守护太原的要塞。这个要塞上明碉林立、暗堡密布、战壕沟通，是防御工事中的典范，而其中又当数一个坚固无比的堡垒——4号庙碉最令人瞩目。

关于这个“杀戮建筑”的传说太多，因此每一次东山扫墓都带有一种非常复杂的感情，瞻仰中裹挟着怜悯，莫名的沉痛中携带着好奇，另外还有一种缘由难以启齿的兴奋，因为这是一年之中唯一一次野餐的机会。家长会给孩子们备好算得上奢侈的食物，平日里见不到的糖饼、鸡蛋之类的美食都会出现。祭奠结束后，交换和炫耀食品的时刻便开始了，饭盒揭开的一刹那就像是黑暗中打开了华灯，要么引起一片惊讶，要么招致一片欢呼声，这是饥饿时代里食物释放的光芒，耀眼而又夺目。孩子们立刻陶醉在这场别开生面的“盛宴”之中，早就把那沉重的心情抛到了九霄云外。

有一年的扫墓结合了野营拉练，好像是和纪念红军长征的事件相关。于是所有的同学被要求身着军装，头戴军帽，甚至背上了打成方形的被褥。这其实非同小可，因为铺盖在那个时代是每一个家庭的重要财产，不得有丝毫闪失。一个家庭的重要“资产”就交付于一群顽童，的确是一件令人揪心的事情。更有甚者从家里拿来做

《家乡》 油画，作者：于会见

饭的铁锅翻扣在背包上，背着它冒充司务长，于是这阵势就得到了十足的装饰。

这种形式大于内容的野营拉练必然需要文艺活动营造氛围，倒霉的我就因此摊上了宣传队的工作。宣传队的运动量要远大于其他同学，因为我们首先要站到显赫的高地上唱歌、喊口号、朗诵励志的顺口溜，什么“天当房，地当床，野菜野果当干粮”，还有“苦不苦，想想红军二万五；累不累，想想革命老前辈”。要么就傻了吧唧地站在野地里高唱长征组歌选曲，如此辛辛苦苦不顾颜面的表现得到的多是同学们的冷嘲热讽。而我们就在这嘲弄和羞辱之中，一遍遍重复那些充溢着理想和壮志的话语，一次次在长长的队列中折返……

扫墓的严肃性经常被孩子们的顽劣解构，那时的中小学教育过于单一，孩子们好动、好奇的天性被忽视了。但这种生命力总会通过你意想不到的方式展现。有一年扫墓时，高我两年级的男孩们暗自串通，谋划了一个让人忍俊不禁又令人深思的墨镜事件。

孩子们艳羡电影《侦察兵》中反面人物王德彪戴墨镜的流氓“风范”，约定扫墓那一天全体戴墨镜出行，结果所有孩子翻箱倒柜四处求援筹集墨镜。要知道那个时期别说墨镜，就是一般的近视镜或老花镜也没几家能有，所以这可谓是一次惊天动地的社会性征用活动。邻居的一个孩子实在没办法了，想找我帮忙把我妈妈备用的八百多度的近视镜借去，用蓝墨水涂黑冒充墨镜。第二天扫墓途中，春风吹拂着红领巾，红歌声声此起彼伏，好一片正能量的气场。但当这群顽童恶少齐刷刷戴上墨镜后，剧情急转直下，一种黑暗的情绪迅速蔓延开来，犹如一次“颜色反革命”的成功逆袭。

西山

厚土覆盖的东山是黄色的，但石头构造的西山则是青灰色的，且高度要远远超过东山。它像一道屏风一般矗立着，让太原每日里的夕阳死亡得非常突然。一年四季除了节假日，兵工厂试射大炮的声音隆隆作响，成为每一日里关于时间的提示。夜晚西边的天空经常被太钢倾倒的钢渣映得通红，像神话里末世的天象，我们仰望天空，思想沿着苍穹飞奔，直到被山的边缘冷静地打断。

在空间距离上，我们离西山很远，并且隔着苟延残喘的汾河，因此总感觉西山是悲情、沉重和神秘的。它的存在感依靠的是古并州历史人文记忆，太原周边的历史人文景观多在此处。悬瓮山下的晋祠、天龙山石窟和蒙山大佛都在西边。相对于东山每日里的朝气蓬勃和农作物年复一年播种、成熟、收割、再播种的重生，西山的生命体征是稳定的，不论植物还是建筑都是如此。虽说太阳落没于西山，但从历史的角度来看，西边才象征着永恒，石头的属性决定了这一切。

我和西山最深刻的接触是在两岁那年，妈妈因成分不佳被下放到太原西郊劳动学习，接受贫下中农再教育。先是在大东流大队参加劳动，后来到了一个叫圪僚沟的偏僻地方，我和哥哥也一同随着她在圪僚沟的大队部住了一阵。对于我来说，这段经历还挺难忘，算是从乡村到城市阶段情感上的一次过渡。在那个有着围墙和大木门的院子里，暂时还原了一些乡村的情缘。那个大院子位于寂静的大山深处，每次都是一个叫“老王”的干部和叫“小陈”的干警去公交车站接我们，下了公交车后要跨越一条湍急的河流，然后走很长一段山路。

一条路在一扇位于山腰处的大门前戛然而止，围墙内的世界安静寂寥，屋舍整齐，牵牛花和向日葵招蜂引蝶。我喜欢游戏那个可以围着立轴旋转的木门，让它载着我在这寂静的山谷中“飞翔”。我还喜欢招惹那些身体像虎皮一般毛茸茸的黄蜂，它们肆无忌惮打着旋儿地飞来采蜜，我被这鲜艳的色彩和活泼的身姿吸引，冒失地伸手去捉。蜜蜂们用毒刺回击我的爱抚，令我的手掌肿胀得像佛手一样饱满。钻心的疼痛令我号啕大哭，大人们用当地一种花朵挤压出的汁液涂在我的手掌上，为我止痛。我一而再再而三地冒犯，它们义无反顾地强烈反击，终于使我记牢了这警戒的色彩绝非仅仅是美丽的装饰。

圪僚沟的日子无比清苦，每天的食物主要是一种叫“夹疙瘩”的玉米面糊糊，极为乏味，难以下咽。打酸枣是圪僚沟岁月里一件快乐且值得期待的事情，山西的地理气候和地质构成很适合这种带刺的灌木生长，漫山遍野都是酸枣树，峭壁上的酸枣树结的果子尤其出色。尽管酸枣果实只有莲子般大小，并且核大肉薄，但是酸枣的甜中渗透着一种具有穿透乏味现实的酸味，令人着迷。虽食不果腹却是味觉上充分的享受，它是单调生活中的味觉安抚。当时有一个比我和哥哥大几岁、叫“春生”的当地孩子总和我们一起玩儿，他会给我们打酸枣吃，经常用帽子兜一兜回来跟我们分享。

供销社在很远的地方，记忆中我只去过一次。那是同样建在山腰处的一处开放的院子，屋子里的柜台上放着一排瓶口朝内的玻璃瓶，盛放着五颜六色的糖果。那些鲜艳的色彩简直就是散落在贫瘠生活中的关于神话的珠翠，是另一个世界（工业社会）故意遗落在农耕世界的线索。它们对孩子们具有绝对的诱惑，令人流连忘返。那一次，我最终也没能吃到糖果，而是被几片沾着砂糖的山楂片搪塞了过去。

五台山

国有大型企业总是通过小社会的福利体现制度上的优越性，放露天电影、春节前配发带着冰块的带鱼、用卡车拉着人们出游都是令人期待和兴奋的事情。1979 年，父母单位的一次福利堪称是重磅性的，这次出游的目的地是佛教圣地五台山。记得以往集体出游，要么是去晋祠这样的古迹，要么就是去大寨这样的社会理想的模型，突然大规模地去宗教场所旅游是一件新鲜事，它预示着一个更加包容开放的新时代到来了。

那年暑期里的一天，一大早天刚蒙蒙亮，一列解放牌大卡车组成的车队浩浩荡荡地从宿舍区出发了。它一直向北，穿过山西北部破碎却灵秀的平原，再闯进云雾缭绕的群山，在恍惚不定的风雨中经过那些墙面上写着抗日战争标语的村庄后，终于在傍晚时分抵达五台山的腹地——台怀镇。

那是我第一次意识到群山的力量，让城市里建立的尺度经验完全崩溃，找不到标尺。在野外，明明看上去近在咫尺的大山，车子抵近却要开上好一阵子；而在远处山崖上避雨的一群山羊，却像岩画一样清晰。大山的神奇在于，它对时间的改变和空间的塑造能力都超级强大。苏东坡说过："横看成岭侧成峰，远近高低各不同。不识庐山真面目，只缘身在此山中。"虽说五台山在形态上和庐山大相径庭，但大小不一的山峰都是那么浑厚、饱满，且置身其中不论以何种视角透视，都会感受到一种磅礴和神秘，雨天时更是不辨东西。

黄昏，台怀镇的现身犹如剧院里深色的幕布徐徐拉开后出现的舞台背景，迷蒙中点缀着瑰丽的笔触，山重水复和无尽绿色和声营造出的场所感里渐起的金色旋律由远而近。密宗的寺庙色调凝重，庄严肃穆。它们依山而建，拔地而起，将院落的空间扭转为层次丰富的立面叠合，如同一幅悬挂起来的立轴，醒目、提神。晨钟暮鼓在山谷中回响，在云霄中飞扬，这是世俗生活永远高不可及的势象，置身其中，如沐浴、如熏染、被震撼，令人不能自已。城里人长途跋涉到五台山不是因为信仰，而是出于猎奇。

旅途中，车里人们的话题都是对这一宗教圣地的期待和想象。在政治氛围刚刚稍有缓和的年代里，这些话题多是世俗性的。比如鲁智深、杨五郎在五台山出家的传说和踪迹，后来居然有人信誓旦旦指着文殊院里一处遗址，说这里曾是杨五郎出家的地方。我想追究的是鲁智深撒酒疯捣毁的那个亭子到底在哪里，结果颇为令我失望。在五爷庙南边的一个小山包上，也有关于这个亭子捕风捉影的叙述，但那个简陋的构建根本无法说服我相信。

照相在那个年代是一件非常隆重的事，它是绝大多数中国家庭经济计划中重要的列支。背着自己相机的人就成了众人巴结的对象，这是技术垄断产生的效应，也给垄断者带来了巨大的地位提升。矿机中学的年轻教师刘小钢就背了一台120相机，于是他成了我们这一庞大“族群”里的香饽饽，几乎所有人都在讨好他，希望蹭几张“友情照片”。所谓友情拍照，就是利用不断的赞美换取刘小钢老师从“照相到冲印”的一条龙免费摄影服务。这种状况导致刘小钢老师成为这个群体中最神气也最可怜的人，他势单力孤，根本无法兑现如此多的承诺和期盼。没得到惠顾的人开始抱怨，一块儿去的几个和我年龄相仿的孩子因为总被忽视而心怀不满，他们每每在刘老师给年轻姑娘按下快门的一刹那闯入镜头，不失时机地发挥着破坏力。

五台山的那次游历对我的世界观影响深远，我感受到自然风景对长久生活在工业化社会中的人心灵的涤荡。大山的伟岸阻挡了工业化的洪流，构筑了一个个理想中的桃花源。在那里，颗粒饱满的农作物不必被高墙、铁网和狼狗守护，而是完全开放地呈现在人们面前；路边的果树也都如此，硕果累累又担当着风景中的要素，没有人因嫉妒而催之，没有人因贪婪而损之。

那里的人民贫穷但不失魂落魄，他们用节俭抵御物质贫乏，用油灯微弱的光照亮人性，用堆簇的烛台点亮神明，进而让神明的反射照亮内心。通过自然和信仰的洗涤，我看到了重工业生产的真相，感觉它几乎类似一种奴役，让我们一贫如洗。我们貌似创造了一种征服自然的重器，最终收获的依然是赤贫和麻木。

故乡东、北、西三面都被山围着，每一座山都有着轰轰烈烈的历史和热血沸腾的当下。东山上曾经惨烈的战火，西山下响着隆隆的采煤声，卧虎山上总是人头攒动、红旗猎猎飘扬，它们构成了这座城市沸腾的天际线和壮怀激烈的历史。站在卧虎山顶远眺，南面视野开阔、土地肥沃，但很有趣的是，我在上大学之前几乎从未对南边开阔通畅的世界有过任何好奇，那一时段几次最重要的经历反而都是对东、北、西三个方向的群山所进行的突破和对抗。

我读高中之前的一个强烈愿望就是想要一路向北，步行穿越卧虎山这片厚土的世界，去看一看山外之山、天外之天。最近在写作中突然意识到，这种现实中半围合的形式和自己出走的方向，恰恰证明了我与生俱来的逆反心理。

一方之言

1976年9月18日下午3点，阴云密布，秋雨淅沥，似一座超尺度宗祠一般的矿机俱乐部里，黑压压的人群在观看毛泽东追悼会的现场直播。

粗大颗粒不停闪烁的黑白电视屏幕上，时任国务院总理的华国锋正神情肃穆、语气沉重地致悼词：“全党、全军、全国各族人民……”此音一出，人群中出现少许骚动。大家相互走动着，议论着这非同小可的信息。

人们悲痛之余难掩在如此国事活动中听到乡音的兴奋，华国锋是山西交城人，交城离太原不远，口音接近。所以这种口音极为罕见地出现在现代历史画面中的时候，的确满足了山西父老乡亲的愿望。阎锡山主政山西时，五台籍人士在官场颇受重用，有一句话这样说：“会说五台话，都把那洋刀挎。”方言有的时候是一种荣耀，有的时候是一种认同。但无论怎样，在偌大的中国，方言也都有其狭隘的一面，它是一座坚固的城池。

无形的界线

太原人有自己独特的口音，这种口音是一道无形的界线，既让同一个地方的人产生熟悉、亲切的感觉，甚至归宿感，又会让外来人感到陌生，仿佛坠入真空，从而不自在甚至产生一点点恐惧。太原口音除了沿袭了山西、内蒙古一带发声时鼻音重的特点之外，音调上以一声为主，语气上强调的时候会使用三、四声，所以一般听上去比较平淡，一定程度表现出了太原人民性格上的稳定性。有的外地人评价太原方言听起来很软，这一是因为语调平缓，二是因为叠字很多，如称呼动物或昆虫："虫虫""牛牛""狗狗"；命名食品："馍馍""豆豆""窝窝"；描述形状："点点""片片""条条""蛋蛋"；介绍方位："角角""边边""面面"。

叠字把汉语口语中强调概念明确性时斩钉截铁般的表达做了缓冲，听起来柔和了许多，用本地话讲就是"很绵"。但是千万不要因此误解太原方言，它的粗放和攻击性绝对是很强悍的。几乎所有普通话中的脏字，在这里的方言中都可以找到远房亲戚，而且绝对更狠、更恶。这种口音除非自幼在生活中边学边用方可学得，一旦脱离了这种时空机缘，日后刻意模仿是学不来的。

方言是人的一种类型标识，它是人类在地理观念中的语言特征。方言普遍存在了几千年之久，是地理隔阂的产物之一。即使有了广播和电视在传播标准的口音，它还是顽强地存在着。所以方言就是语言的地理坐标，它使得人们在相互认知中得以迅速获得更多的信息。在普通话大行其道的时代，也有一些地方的方言揭竿而起挑战口音的标准，比如东北话、天津话、唐山话、广东话，还有温州话、上海话等。

方言的逆袭背后有着复杂的原因，包括政治的、经济的、文化的等等，但总体上来说是文化属性的。方言对普通话大一统企图的造反，根本上必须依靠经典的文艺叙事。相声、小品和戏剧、电影是语言传播的重要载体，过去大众喜爱的相声中，大量的段子以天津、上海、山东方言讲述。九十年代的小品中出现了大量的东北方言，客观上推进了东北方言对普通话的影响，也对东北文化的推广起到积极作用。

太原方言从未被广泛关注，这和其借用的文艺载体形式有关。山西口音的文艺形式绝大多数借用的是传统晋剧，而电影中的对白，使用太原口音的也只有八十年代早期的一部电影《神行太保》。吴天明导演拍的《老井》讲的是山西故事，使用了大量的方言字眼，口音却是普通话底子的方言变种，只是极其吝啬地对个别字的发音做了处理。对于长久以来山西和太原方言被冷落的原因，我想有这么几种可能：

1. 晋商在新经济中的缺席；

2. 缺少典型性文艺形式作为载体进行传播；

3. 山西生活方式的特质未引起重视；

4. 方言中最精彩的字句往往含有较重的贬损意味，有局限性，不太适合大范围推广。

《幸福时刻》 油画，作者：宋永平

话语的黑洞

方言具有地域和社会双重属性，而在它的成因中，地域性中的环境因素是首要的。人们大多会稳定地生活在较为固定的地理范围内,稳定的人群是方言的基础。方言的社会性反映在相对规律的生产、生活方式对语言的独特性形成的促进作用，因为统一的生活方式也是方言的生产方式。在传统的观念里，社会性从不会突破地方性的限定。这种稳定性使语言被铸造得非常坚固耐久，儿时发育的语言根系会随着迁徙而行，并牢牢扎根于新的环境中。

和许多方言一样，太原口音还是很顽固的，一旦经历了儿时的学习和训练,那种鼻音和声调会伴你一生。这种偏好鼻音的发音习惯,直到现在还在严重干扰我使用拼音打字的效率。表达疑问时，太原方言会把那个“是？”拉得很长，声调先往上挑再拐个弯儿，表现出更多的疑虑。

有一次，妈妈所在的学校搞文艺会演，其中一个节目是歌颂英雄金训华。学生们用普通话朗诵的时候就出现了一个过不去的坎儿，那句话是这样的:“我们对着波涛喊:‘小金子、小金子！’天黑了……”每当读到“天黑了”这一句，那个朗诵的男同学就会发出二声的“黑”来。那时候排练就在我家进行，妈妈费力地教，但那个男生就是屡教不改，并且一脸无辜。因为他越深情地表达，就越要发出二声的“黑”来。在叙述的尾音中，太原或山西口音常常会后缀一个“咧”字，这个后缀里边有完成的意味。

我总觉得方言还是一个区域的人们有意无意制造的语言障碍，它宛如无数陷阱构筑的一道防御体系，让外来者听不懂或产生误解，以此占有信息方面的优势，从而保护本地人的利益。所以方言不仅包含音调的变化，还有许多用词上的发明。如此，方言即是壁垒，是对同语言族群的一种保护方式。

我一个同学的父亲是上海人，大学毕业后分配到太原工作，三十多年后才搞清楚“德佬”究竟指什么。“不机迷”是指脑子不够用，“眯殊”指人的模样，“波儿喽”指人的脑门儿，都有贬损的意味在其中。此外，太原方言中不雅字眼比较多，比如“球”“逼”“蛋”“二”等。“球”甚至成了表达情绪时不可或缺的语气助词，比如全中国各地都常说的“扯淡”，在太原方言中会变成“扯球淡”，这么一来，语气就加重了几分。所以说“球”早就超越了它的词根含义，跃升为太原方言中最具代表性的字眼之一。

与“球”字使用频率相当的还有“闹”，这是一个含义极为宽泛的动词，泛指一切行动和动作。它可以指制作物件，从小东西到房子的装修都可以用“闹”，比如“闹装潢”；也可以指做事情，比如“闹红火”“闹么子”“闹球甚了！”；还可以指整治人，如“闹你个孙子”“闹他”等。

山西方言中也只有“闹”差一点变成国人尽知的通用语。“闹”一夜走红和 CBA 有关，几年前，山西汾酒篮球队主场对阵北京首钢队的比赛震惊中国篮坛，让首钢队感受到了地狱般的客场滋味。全场球迷雷鸣般的“闹他”声震耳欲聋，第二天，北京的报纸和主要网络报道中都在议论“闹他”，遗憾的是竟然没有一家媒体给出恰当的解释。

《记忆》 油画，作者：杜宝印

方言是一条河

方言的形态不停息地在时间中流变，在封闭中适度地开放是这种变化的原则。虽然吐故纳新是常态，但变化的节奏相当缓慢，以至于身在其中者很难察觉这种变化。几年前回太原坐出租车，我用方言和司机讲话，司机竟然轻蔑地笑着说："你这是老太原话了。"唐代诗人贺知章有"少小离家老大回，乡音无改鬓毛衰。儿童相见不相识，笑问客从何处来"的诗句，我以为儿童们还是觉得老者操着外地口音，只是老者不自知罢。

方言总是与时俱进的，许多用语消失的同时也会有更多的用语出现。小的时候，朋友之间相互称呼"伙计"是一种亲密度的表示，老朋友间更是会说"老伙计"了。现在用的"哥们儿"则是外来语，应当是受北京话的影响。"伙计"的淡出和作坊的消失有密切关联，因为伙计是作坊的产物，代表着一种过时的生产关系，而"哥们儿"则是社会和血缘的联姻——一种恒久的习惯。

还有一个七十年代的习惯用语"占地",估计早已消失了,过去"占地"是指江湖人士的社会声望。比如称某人"挺占地的"，那意思就是这个人很厉害。我怀疑这个词的发源地是牢房，因为在那种有限空间里，个体所占有的面积大小就是地位的象征。"占地"是个社会学意义上的称谓，指特定社会状况中的空间度量方式，个体在空间中的位置，如核心或边缘，或是空间的大小。当然，以所占空间大小来标志个体社会地位的方式是原始的，经不起历史发展推敲，必然被淘汰。

《巴洛克》 油画，作者：宋永平

方言间的战争

虽然在传统的观念中，方言的社会性难以突破地方性的限定，但在人口大迁徙或社会动荡阶段，语言的伦理就发生了改变。

我的父母都不是土生土长的太原人，所以我家里的语言环境有点乱。父亲操一口长江以南的南方口音，母亲是从北京来山西的，我小时候觉得她的口音就是最标准的普通话。我们家的左邻是山西原平人（奶妈的妹妹家），他们家长辈的口音总能唤起我儿时的记忆；右舍一度是上海人和重庆人，最后是山西人和河北人。一楼的邻居中有山东人、河南人、河北人以及浙江余姚人，三楼的邻居是河南人、东北人、浙江人和山西人。大家以各自的生活方式和方言聚集在一起，平日里虽然中央人民广播电台播音员的声音响彻全楼，但大家在一起时却操着南腔北调讨论国家大事。

春节是各种菜系闪亮登场的时候，小小的蜂窝煤炉子昼夜不停地炖炒煎炸，居然可以烹饪出花样繁多的菜肴。然而每个家庭里孩子们问候长辈的口音，几乎无一例外地使用了太原本地话——“过年好！”这个看起来不可思议的事情，其实有其客观的原因。因为幼儿园和小学的教师中，百分之九十以上都操着一口地道的本地方言。幼儿园里教儿歌、小学课堂里朗读课文虽然都是用的普通话，但是阿姨、教师们日常交流中却从来都说方言。此外，社区中人口最多的工人群体，基本上也都说本地话。

在那个强调工人阶级为社会主体的历史时期，工人阶级的言传身教显得更加主流，承袭他们言行的孩子们自然也是其他孩子归顺的对象。所以我生活的环境中，几乎没有孩子讲普通话。个别的家庭内部有说普通话甚至上海话的，而一旦进入公共生活语境之中，他们无一例外都马上改口，这必定是因为不愿意脱离主流的缘故。可见方言是社群的一种证明,它是内向型的。它经常表现出对内温暖、对外排斥的一面。但在其他社区，也不乏外来语言覆盖本地方言的例子。这其中的关键是执掌社区各个系统的人使用语言的问题，这个系统会逼迫其他语系乖乖就范。

始乱终弃

我的口音经历了几个不同的阶段，最早是原平口音。我从小说话早，两岁回太原时，已是满口标准的原平话了。原平口音语调起伏很大，三、四声使用频繁，并且常常和一声相间搭配使用，所以说起话来节奏感强、生动无比。原平方言中有许多有趣的字眼，语调中有少许哀怨。比如,说一个孩子长得好时会用“惜人”,充满古意；骂一个人讨厌时会说“灰鬼”，直抵阴曹地府，将连天的晦气扑面而去；有时抱怨生活的不如意会叹息一声，然后紧跟一声：“不好活！”此外，一些关于生活中的经验总结也非常智慧和鲜活，比如，骂一个人没心没肺时，会说“屁眼大的，把心都屙出来咧”；总结女人嫁人的重要性时会说“跟上好汉活抖抖，跟上孬汉圪朽朽”，令人忍俊不禁。

到太原生活后，我的口音逐渐转变成标准的地方口音，倒是原先的原平口音只留在了记忆中，全部退出了我的口舌之间。太原方言对我的第一轮清洗是在幼儿园里，老师们传授的本地民谣以其生动的故事性和朗朗上口的语感霸占了我的语言学习时间。那时候的儿歌是个大杂烩，从家长里短的闲言碎语到革命事业的凌云壮志，如赞美参军的民谣："叫老乡，你仔细听，叫你儿子去当兵。骑红马，戴红花，看看光荣不光荣？真光荣！"还有一个批评好吃懒做的民谣："二不愣，翘板凳，你妈打你因为甚？好吃好的不息动，二两棉花都背不动。"这些顺口溜尽管内容简单、表述直白，但贴近生活、形象生动，它们牢牢占据了孩子们的脑海，像魔咒一样不断重复。

小学的老师们绝大多数也是使用本地方言的，虽然在课堂上带领我们朗读课文时使用夹生的普通话，而一旦遇到书本以外的情况，本地方言立马破口而出，并且明显流利顺畅得多，骂起捣蛋的学生来荡气回肠。学生经常挑战老师的权威，我也不例外，时不时会带领同学"犯上作乱"。但被老师暴揍的那次却是因为方言，那个揍我的老师叫吴娅梅，长得浓眉大眼，但就是嘴偏大还有点噘。一次在课堂上，我骂另一个外号叫"大耳朵"的同学时用了"乌鸦大嘴"一词，由于"乌鸦"和"吴娅"发音过于接近，并且"大嘴"直指老师的特征，令年轻的女老师立时暴怒，把我从教室揪出去劈头盖脸一顿胖揍，我一边抵抗一边纳闷儿："为何平日里懦弱的吴老师今天如此强悍！"

中学时代，学习压力激增，每天的课间操就犹如放风。这个时间段除了关爱学生的身体健康以外，也是每一天里最具人文关怀的时刻。为了弥补第五套广播体操力度有余情感不足的旋律，校方常常播放改革开放后第一批夹杂着一些男欢女爱、倾诉衷肠的流行歌

《与我同行》 油画，作者：邓箭今

曲。那些来自伤痕文学改编的电影插曲委婉动人，并有几分凄楚哀怨，这样的歌声响彻操场，感觉很滑稽，像是一个急转弯时代形成的错位和拼贴的写照。它完全解构了传统画面的美学原则，透出一种分崩离析间的自由和错综复杂的丰富感。口音浓重的体育老师会不失时机地在音乐的背景下训话，一通慷慨陈词后再曝出下一个喜讯："下面播送歌曲'麦麦'（妹妹）找哥泪花流……"

太原的方言地理格局是无序的，在本地话一统天下的情况下也有许多独立区域。这些地方讲普通话和东北话，宛若一块块文化习俗领域的飞地。这是在全国统一发展工业时期调配资源的社会产物，一些单位整体由外地迁来，始终保持着自成一体的文化圈。总体感觉是，南城区讲普通话的比例略高于北城，而且南城在文化生活和商业环境方面都要略优于北城。

我家四口人三种口音：妈妈家里的亲戚都讲非常标准的普通话；而父亲的亲戚都讲皖南腔调的普通话；我和哥哥从小在讲太原方言的环境中摸爬滚打，倒也游刃有余。但不知为什么总有一种不甘寂寞的心理，因为我们从广播和电视中可以窥视到使用普通话的世界之广阔、浩瀚。机灵的哥哥借着 1976 年随父亲回芜湖的一个月时间突然改弦更张，回来时已是满口南腔北调的普通话。于是我们家里成了四口人四种口音。我当时马上产生一种被抛弃的感觉，但我毕竟没有直接的由头背叛乡音，只能将这种想法藏起来等候时机。

不久，我离开了生活十二年之久的社区，考入了省重点中学——太原六中。脱离了那个盛产无法无天混世魔王的子弟中学，对我而言，这是人生中的一个新起点，语言上也是如此。六中儒雅深邃的环境中，无论教师还是学生，说普通话的占大多数，于是乎我顺势而为也改换了口音。

口音的改变对于我来说不仅仅是外在表达方式的变化，还是个人成长阶段的迭代。它是一种来自潜意识的暗示，告诫自己认真对待这个人生的转折。然而乡音终究像是一种洗不净的文身，记录着一个部落的密码，乡音在口音中的比重还折射了每一个人的长征轨迹。但口音和故乡的距离却是乡愁的刻度，随着时间的流逝有时候乡音越淡乡愁却越浓,距离越远情感却越近。方言的底色如浮云一样，长长长，长长长消……

第三辑　五次逃亡

幼儿园的高墙上有个洞

幼儿园是工业社会的产物，是从集体造物到集体育人的光辉业绩。矿机幼儿园的南边是享堂村，一个完完全全的自然村落。这种空间关系正好精确地对应着我童年的时间关系，因为我的幼儿园时光正是一段从乡村生活进入工业社会教育体系的过渡期。

幼儿园地势北高南低，分为前后两院。前院在北，为生活区。由北向南分布两排硬山坡顶平房，靠北一排是活动室，靠南一排是寝室；东西两端的平房东为库房，西为茅厕；库房向南延伸贯通位于后院东侧的厨房，成为整个园区东侧的屏障。此地因为有存粮，有油水，是老鼠的乐土。它们不仅鼠啮虫穿抢夺孩子们的口粮，还丝毫不讲公德，鼠屎污羹。排泄的那小小颗粒又和粮食差不多，总厨李师傅老眼昏花，经常把它们混在一起给我们做出香喷喷的米饭。西侧的茅厕体量短小，面对寝室西墙，形成一条隐蔽的通道，孩子们每天定时被组织在规定的时间轮番如厕。半开放性的旱厕被寝室高大的山墙遮挡着，阴暗潮湿，这里是苍蝇家族的乐园。它们在此觅食，繁衍，成长壮大。成蝇气势汹汹地翱翔，白白胖胖的蛆虫无知无畏地在墙壁上摇头晃脑地攀登，到处都是它们的影子。

幼儿园有两处大门，印象中那拱形的双开大门一个是铁皮的，位于东北角，发挥着的入口作用，每天家长从这里把哭哭啼啼的孩子送进来；另一个大门在西北角，是木质的，每日黄昏，孩子们经由此门欢呼雀跃回家去。

时间

幼儿园的设置与其说是一项福利，不如说是工业制造业进一步控制工人们时间的策略。上班之前，人们先把孩子交到一群陌生人手中看护，然后全身心投入只争朝夕的工作中。下班之后，他们带着一身的疲惫和懈怠去接孩子、做饭，留给家庭的基本上可以说是垃圾时间了。回到家里的工人们基本上没有精力和兴趣再与孩子们相处、玩耍，他们大多已被榨干了最后的一点活力。他们对幼儿园充满信任，认定这种抚育模式是经过科学分析和验证的，是绝对正确的。同时，他们对时间加以计量和盘算，忠诚地按照钟表的刻度进行严格的自我控制。

工业社会里的时间形态也像工业制品一样保持着明确的、规则的特征，比如表盘的指针、刻度；也是均匀和清晰的，像收音机里的报时，钟摆的撞击；还是充满紧迫感的，如上班时吹响的号角、下班时拉响的汽笛，更不用说每日早晨搅乱梦境的闹铃。

反观农村的时间系统则是涣散的，都是自然事物在扮演提示时间的角色，如太阳、月亮、向日葵、阴影、公鸡，它们具象而生动，从不追求精准。涣散的时间体系给了人们包容，让生活变得从容，

矿机幼儿园的六一儿童节表演照（1978 年）
图片提供：李宁

使态度变得淡定。和农业社会基本顺应自然和天性的生活方式相比，工业社会对人的生活实施了严格苛刻的管理，并且处心积虑地从娃娃抓起。如此,每一个孩子的作息都按照“现代人”的标准加以规范，幼儿园就是一个单调的训练场，是根除野性的手术台。

幼儿园午睡的房子位于由北向南数第二排平房最西侧的一个大房子，入口在北向，南侧的窗外是食堂掌勺的李师傅种植的花圃。这个坡屋顶的房子南北朝向便于通风，顶棚糊着毛边纸，墙面刮着大白粉，漆着墨绿色的墙裙。孩子们睡眠的小床是木质隔栅状的，漆着太原人钟爱的粉绿色油漆。它们整齐地纵向排列成四排，中间留着两个通道，供孩子们排队出入，同时也便于端着尿盆的阿姨们快速通过。

午饭之后，在阿姨们的训斥和催促下，大多数孩子自投罗网并安然入睡，寝室里一片静谧。和煦的阳光穿过窗户，把严格的栅栏的影子放倒在地上和小床松软的被褥上，如同伸向梦想天堂的天梯。大多数孩子在无聊中安然睡去，但乏味并不能完全收编所有人的好奇和活力。此时此地，总有几个不安分的孩子蠢蠢欲动，在这半开放的牢笼中制订着“越狱”的计划，营造着快乐的时光。

我就是其中一个典型，没办法，这是天性使然。在那压抑的午觉时段，我先是乖乖装睡，以松懈阿姨们的警惕，当她们撤销令人窒息的来回巡视之后，我就开始主宰这个静悄悄的空间。我的清醒让我获得了无比的自信，坐起来环视四周，全是僵尸一样的同伴。我蹑手蹑脚翻过栏杆，然后气宇轩昂地在笔直的走廊中踱步，如同检阅庞大军团的将领。有时候，我还会意外地发现其他的“活体”，于是这种孤立行动就晋升为有喝彩和掌声的表演。一个叫侯立林的小伙伴也是不午睡的常客，我和他在寝室两头遥相呼应，在静悄悄的寝室中营造窃取欢乐时光后的庆典。

伙伴

幼儿园里的小伙伴都是矿机子弟，许多人一辈子朝夕相处。我离开社区的时间比较早，因此就更加珍惜和那些同龄玩伴在一起的记忆。但是照相毕竟是一件异常奢侈的事情，那段时光只有脑海中的浮光掠影而没有确凿的影像证据。唯一一次的合影是在将要离开幼儿园升入小学的前夕，我们被带到矿机工人俱乐部前宽大的台阶上，排成整齐的阵营，然后拍照。这张弥足珍贵的影像是追寻记忆最有力的抓手，面对它，我方能大胆地潜入记忆深处，去捡拾散落在被时间风化的记忆沙漠中的碎片，然后在电脑前拼合成所谓的历史。

一个叫李保泽的小伙伴的面容和他被父亲从班里接走时的图像，一直深深镌刻在我的记忆中，挥之不去。因为在 1976 年的唐山大地震中，随父亲出差的他被掩埋在了废墟之中，永久离开了我们。他的父亲在叙述孩子最后的生命时刻时，提到这位同学对他说的最后一句话："爸爸，我想喘气……"这实在是令人窒息的回忆。另一个记忆深刻的孩子就是那个总和我一起不睡午觉的侯立林。他不睡午觉，在午觉之外的时段更是活力四射，不断惹是生非。最暴力的一次是他和另一个小朋友打架，张嘴咬了对方的小鸡鸡。

还有一个记忆清晰的伙伴是发小武旭锦。相信这位小伙伴自出生起就是人类中的巨婴，他的父母都是身材高大的运动员，遗传的因素使得在那个普遍营养不良的时代，他依然比同龄孩子大出一圈儿。在小学和初中的时候，他是学校的体育明星，每次运动会都会拿到许多令我羡慕的奖品。后来他一度保持着山西省铁饼、铅球两项纪录。幼儿园时的他在孩子中像只慈祥的大猩猩，穿着一件粉红色围裙以防止口水和菜汤弄脏衣服，但他红扑扑的脸上依然涂抹着被袖子蹭得乱七八糟的鼻涕糊。

“过家家”时，武旭锦总扮演长者。一次，伙房大师傅安排我们大班的孩子协助他掰豆角，武旭锦雄赳赳气昂昂地坐在柳条编织的簸箕旁边，一边用粗壮的手臂把我揽入怀中，一边把掰成一小段一小段的生豆角友好亲切地塞入我口中。我无法抵抗这份友谊，硬着头皮吃下一段段略带点甜味的生涩的豆角，直至头晕恶心阵阵袭来，才开始推脱和抵抗这份来自强者的善意。

这是我一生中吃生豆角最多的一次，它对我造成的伤害凝固成了对豆类植物的一种深深恐惧，很久之后才渐渐消除。小学的时候看到了连环画格列佛游记之《大人国》，其中暂居在大人国王宫中的主人公被一只猴子抱走的那一段描述，让我仿佛重温旧梦。

挨揍

我小时候一直处于懵懵懂懂的状态中，这是对迥异的环境艰难而又缓慢的适应过程，这种心情让自己对周围的一切变得迟钝。于是当阿姨们发出各项指令的时候，我总是慢一拍才响应。无论

《儿童开会》系列之一 油画，作者：唐志冈

是玩老鹰捉小鸡还是丢手绢的游戏，我总是那个最倒霉的孩子，不是因掉队被捉，就是呆若木鸡全然察觉不到同伴们丢给我的“包袱”。

只有在自由活动的时候，最佳的状态才会附体，我会非常投入地在狭小的院子中寻找乐趣：在砖的缝隙里把半个橄榄形状的潮虫赶出来；用碎玻璃片挖掘蚁穴，直至那种长着翅膀的蚂蚁仓皇出逃；我敢用小木棍去干扰扭动着前进的毛毛虫或一屈一伸前行的尺蠖，然后秒杀它们；后院里厨房门口的高大合欢树上寄宿着无数有着鲜艳里衬的灰色蛾子，它们张开翅膀飞舞时落英缤纷的情景，如灰色现实屏幕上超现实的幻灭之火，它们是我在幼儿园里最美好的记忆……

然而好景总是不长，每当玩儿兴正浓、踌躇满志的时候，老师集合的口令就突然急促地响起。当小伙伴在老师的严厉呵斥下惊恐地鸟兽般散去时，院子里只留下了沉浸在这种快乐中不可自拔的我，霎时间，老师的暴揍狂风暴雨般袭来。那个长着冬瓜脸的年长阿姨身手利落，她以迅雷不及掩耳之势用右手掐住我的脖子，再用左手随心所欲地在我脸上、头上和身体上一顿乱抡。那个奉行“打是亲骂是爱”的时期，老师打孩子具有先天的合理性。调皮捣蛋的孩子大都是接受此种教育手段的首批受益者。

但我绝对不属于不安分的类型，只是表现愚钝，而且越被打越愚钝。挨揍之后的我对这位年长的阿姨产生了惧怕，而这种惧怕像是一个可以不断自生的系统，源源不断地生产出新的迟钝，然后兑换成新的痛击。接二连三的暴揍除了肌肤之痛以外，也加重了我的疑惑：这阿姨打我时，嘴里还不停责骂着，像充满了敌视。

今天我汇集各种迹象加以理性分析，猜测这是源于城市对乡村的歧视和偏见。因为上幼儿园的时候，我几乎是一个彻头彻尾的农村娃，从口音、肤色到生活习惯都是如此。这种状况和工业时代的美学系统格格不入，那个阿姨想必认定我就是农民合同工的子弟。我想这种差别和歧视是文明更迭过程中的必然，是一种文化现象。有一次，我漂亮的表姨来幼儿园接我，她的美丽惊诧了那个阿姨，阿姨竟然满腹狐疑地一直问我："那真是你的姨？"

逃跑

对我来说，幼儿园真是一个灰色的牢笼。我一直怀念农村那没有被切分的时光，那里的时间像一个活着的生命体，它在一天之内具有很强的不确定性，如同布满旋涡的水面，围绕着我们关注的事件不停地扩大或缩小。在农村，提示时间的都是自然事物，如太阳、月亮、公鸡、旱烟、燃香。这提示有温度，还是启发性的、友好型的。它蹑手蹑脚地出入于我们的意识中，我们可以相对自由地支配时间，直至夜幕或黎明的边界。在这里,每一个人对时间的感受都不尽相同，同一个人对每一天的感受也完全不同，但有一点是肯定的，那就是人主宰着时间。

回到城市现代社会之中后，时间变成了僵尸和腊肠。社会把它机械地切成一段一段，并牢牢控制着喂食的分寸。人在杀死时间的同时也被成为僵尸的它控制，每个人都或多或少地患上了强迫症。我们的思想意识中留下了时间的灼痕，并永远地隐隐作痛。

在幼儿园里被剥夺的首先就是时间的支配权：规定的时间入园，

规定的时间离开；规定的时间里游戏，规定的时间里睡眠；规定的时间里吃饭，甚至在规定的时间里便溺。时间被晾干做成了抽打人的皮鞭，被一只看不见的手挥舞着，我们在它的淫威下战战兢兢，直到变得麻木。

这种对管束的不适让我产生了逃跑的念头，我想对于一个弱小的孩童来说，这是摆脱这种困境最为本能的方式。于是我开始寻找这个森严壁垒的缝隙，仔细打量那些通往外部世界的门窗，以及阻断和外界联系的高大围墙。幼儿园日字形状封闭的格局就是一种防范意识的体现，犹如一个放大的四合院。而建筑的立面也是内向型的，门和窗的朝向不是依据日照而是围绕着院子安排。活动室里主要的窗户都面向院子，用来通风的北向窗户虽然通向外界，但是又小又高，完全超出了我的能力。一出一入的两个大门平时紧紧闭着，只在家长接送时开放。即使在院子里，我们的活动范围也是严格受限的，并且绝大多数时候都在老师们的严密注视下。

最后，我终于在建筑和围墙的交接处发现了一处破绽，那是位于西侧的围墙和厕所相接的地方。土坯砌筑的墙体坍塌了一半，形成了一个V形缺口，倒塌下来的墙体碎块堆积在缺口处形成了一个斜坡，仿佛上天为我铺就的一条通往自由的隐秘之路。

接下来就是寻找逃脱的时机了。平时我们都是在统一的时间上厕所，老师会带着我们排着队进入指定蹲坑的位置，然后焦虑不安地等待那种“紧迫感”到来，这个时候逃离老师的视线是不可能的。但我发现也有例外，那就是在这个安排之外的时间里突然来了便便的感觉，也可以请示老师。更令人喜悦的是，有的时候老师脱不开身，就会让孩子们自己去厕所，我判断这就是唯一的机会了。

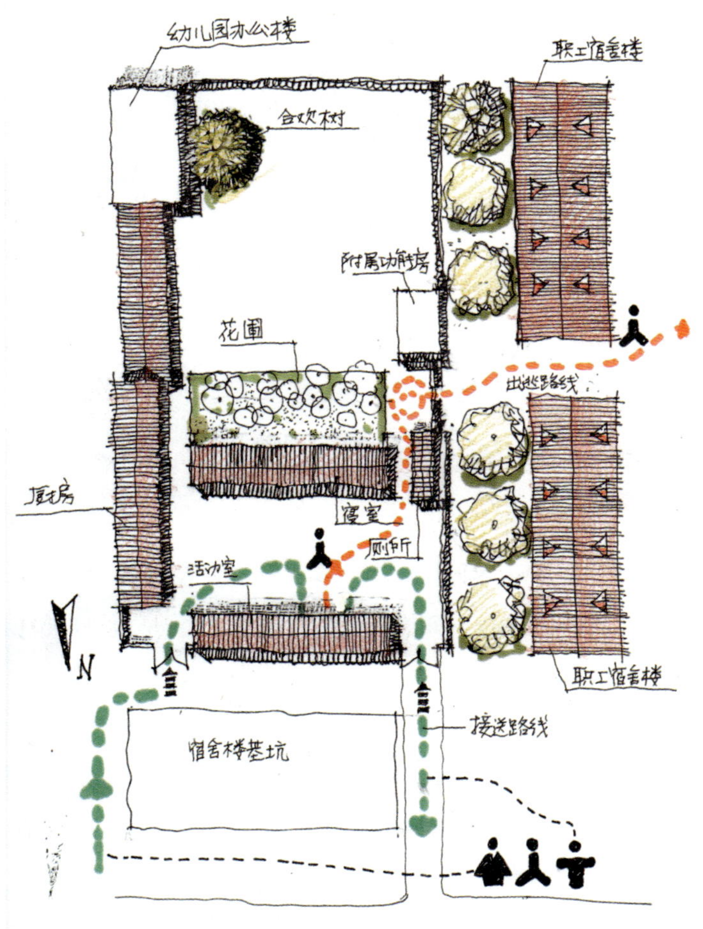

《逃跑路线图》 绘制者：苏丹

于是，在一个阳光明媚的上午，我谎称内急，获得恩准独自如厕，在勉强排出几滴尿液后，我转身奔向那个出口。跳下和我身高相差无几的围墙缺口时，我心里一阵狂喜。我的脚踩在堆积着松软的腐叶的泥土上，阳光穿透树枝的遮拦扑面而来，仿佛在向获得自由的我道贺。穿过这疏影横斜的静谧地带，我的身影消失在一片灰色的楼群之中……

游荡

我上幼儿园的时候，正是矿机宿舍大兴土木升级道路系统的建设期。压路机气势磅礴地碾过稠粥一样的黑色沥青；灯光球场的大坑内，推土机怪叫着上上下下地挖掘，铲车的脖子一屈一伸，不停地吞吐土方、搬运建材；主路南侧的二层平屋顶外廊式宿舍楼也正在建设，到处都是码放整齐的砖垛、松散的沙堆以及满身泥垢的懈怠的搅拌机等。这种活力和清规戒律主宰下的幼儿园的冷漠形成了鲜明对比，这里才是顽童的天堂：在沙坑里翻跟头，从高处一次又一次跳向沙堆，趁司机上茅房不在，钻进控制机械设备的驾驶室内部窥视外部世界……最有创造力的项目是在砖垛中间自己砌筑歇身的小房子，通过对砖垛的加减，我可以很快完成一个空间围合，随即躺在其中睡一个自主的午觉。没有积木的年代，这是我的建造意识萌发的开始，充满了建材混沌的气息。

游荡的时日里，另一个好的去处就是合作社和菜站，因为在那里说不定会搞到吃的。合作社是一个二层小楼，一楼销售烟酒副食，二楼售卖日常生活、学习用品。挤兑物质享乐的年代里，这里支撑着全社区的基本生活供应。那些包装简朴的香烟和劣质的果酒尽量发挥着色彩的作用，用刺目的颜色装点商标来表达傲慢。它们被小心翼翼地安放在玻璃柜台里或整洁的搁架上，释放出诱惑的光彩。对我们来说，这些“太空舱”里封闭着的五颜六色的糖果简直是一粒粒产生迷幻唤醒童话的药丸，多看几眼都是莫大的享受。

在二楼，还有几样遥不可及的玩具：一支小马枪和一辆漆成湖蓝色的三轮脚蹬车。小马枪的枪筒上有一个带细绳的塞子，一扣扳机就会“砰”的一声把塞子击出。随后近十年的时间里，我曾多次梦想拥有那支玩具马枪，到了电影《烽火少年》上映和连环画《连心锁》出版时，其中小英雄的装备再一次激发那种冲动，这种强烈的愿望达到了顶峰。然而梦想成真的时候，我已经是快三十岁的年纪，1991 年的一天傍晚，我从工艺美院宿舍别的教师遗弃的物品中拾得一支玩具马枪，谁也无法想象当时我如获至宝的感觉。我把它长久地悬挂在接近天花板的地方，这样每天无论在哪个角落都可以看得到它。

奇怪的是，在那满大街游荡的时候，我竟然没有饥饿感，晚上还能装模作样地回到家里，做出一副饱餐一顿之后的满足状态。且令人费解的是，幼儿园似乎根本没注意到有个孩子消失了一整天，没有人和父母联系，父母也没有从我身上看出什么疑点，他们坚信幼儿园严格兑现了接班人从娃娃抓起的庄严承诺。饱餐自由之后的满足感抵御着饥饿，防止家长、老师、兄长发现的警惕也从另一方面增添了逃亡和游荡的趣味，我深深痴迷于这种自由散漫的状态，感觉因为重新主宰了自己的时间而像个国王……

再逃跑

我如饥似渴地爱上了逃跑和游荡，但又精确地把握着上幼儿园和逃跑之间的平衡，因为深知饥肠辘辘的感觉不可能持续。逃跑犹如消弭困顿的酒精饮品，令我生机勃勃；游荡好似食不果腹的日常生活偶遇的饕餮大餐，让人情不自禁且难以自拔。于是，幼儿园时期的逃跑变成了一种周期性发生的新常态，它是我灰色的童年记忆里最灿烂的光辉，残留着野性，释放着欲望，如同灰色画面中金色的一抹，若隐若现、妙不可言。

然而国有大型企业里的幼儿园毕竟是经过严密设计的制度化机构，我的行踪还是露出来些许马脚。尽管我从这种严密系统中窃取时间的行为侮辱了制度，但它的系统还是发出了警觉的铃声。幼儿园教师从我飘忽不定的身影，父母从我回家后不整的衣冠和偶尔闪现的狼吞虎咽的吃相上都发现了一些端倪。问询开始了，我信誓旦旦地表白，甚至用了“向毛主席保证”这样庄重的誓言。

大我两岁多的哥哥的监督和揭发最具杀伤力，因为他几乎拥有同龄人的一切动念，并且在一个家庭中的竞争让他有了更加积极的态度。记得有一次我在合作社里闲逛时遇到了他的几个同学，立马感觉到要有麻烦。果然，不一会儿工夫，那几个同学带着他气势汹汹地来到合作社，楼上楼下地搜索。我机智地藏在了一楼大铁门和墙体结构形成的死角里，躲过了围剿。

回到家，父母好一顿拷问，我百般抵赖好歹蒙混过去。后来，

《和平战略 -2》 油画，作者：张炜

我找到了规律：一听到激动人心的《运动员进行曲》和铿锵有力的第一套广播体操的音乐，就远离学校，以避免被“放风”中的他们发现。

就这样，幼儿园时期的几次逃亡给我留下了惊心动魄的记忆。我像一匹动物园中暂时挣脱笼舍的斑马，获得了短暂的自由。在我的记忆中，不想去幼儿园的孩子有很多，但这种反复从高墙中逃亡的案例恐怕少有。我对幼儿园的恐惧来自于孩童的天性对工业文化的排斥，这是一种本能。因为从农村到城市的初始，我依然野性未脱，这是我冲破牢笼的最根本动力。

然而我终究无法抗拒这个驯化的过程，被规律、规则征服是工业革命以来人类的宿命。一次，在家长苦口婆心、软硬兼施的规劝下，我彻底放弃了逃跑的念头。记得那是冬天里一个昏昏沉沉的早晨，爸爸“护送”我来到幼儿园的大铁门旁，我竟然违心地扑向站立在远处的一个阿姨，和她来了一个熊抱。

饥饿游戏

饥饿

我出生于现代中国最为动荡的年代，社会的生产生活秩序遭到了严重破坏，物质匮乏的问题就需要通过供给的限量来解决，以此维持生产和消费的平衡。因此相当长的一段时间里，货币成了偏瘫，布票、粮票、肉票等货币以外的票证在生活中扮演着相当重要的角色，它们是货币在不同领域流通的“护照”。

我少年时代的记忆总是难以摆脱“饥饿”的阴影，这里的“饥饿”指的是那种因美食的匮乏而剩余的欲望。日常生活里粗粮、清汤寡水的少许细粮是饭食的主体，尤其在多产杂粮的山西。玉米面、高粱面、红薯粉是主要的供应，不多的白面是留在节假日里享用的，更不用说大米了。由于我的父亲是来自长江以南的地方，我家可以享受每月六斤的糙米供应。

副食中，鸡、鱼、肉、蛋和虾蟹就更少了，只有在春节、国庆这样重要的节日里才有基本够用的配给，同时还必须要面对那恐怖的长队。秩序失控时的那种拥挤简直就是橄榄球场上的肉搏，一群身强力壮者拼了命一样拥挤在一个不大的窗口处，把攥紧钞票的手从窗洞下方的一个拱形的小口伸进去。抢购的范围很广，从白面馒头到冷冻带鱼等一切生活中本不应该紧缺的东西。调味品中，别说食用油、香油，就是酱油都经常停供，代之以黑乎乎的、黏稠的黑酱。

山西粗粮多，最让人倒胃口的就是无休无止的玉米面，尽管家长们想着办法去改变它的做法，如窝头、玉米面饼、玉米面糊糊、玉米面发糕；有时还会在其中掺杂其他成分以改变其粗糙的口感，比如和土豆丝混在一起蒸熟的“拨烂子”，造型简朴的窝头上点缀几粒红枣，既改变了色彩，又调剂了口感。但食物的造型因素永远是第二位的，每次面对这种视觉诡计，我们总是感到更加乏味。高粱面的口感略好一些，此外，它的塑性较强，可以创造出多种造型，产生丰富的吃法，如红面搓鱼鱼、红面剔八姑、红面搓蝌蚪等。白面的质感是细腻的，深受人类喜爱。但它在配额中所占比例很小，总是不够吃。

单调的面食生活让我们对甜品、鸡蛋和肉食产生了无限渴望。那个时候，孩子们遇到细粮或肉食的时候饭量多是惊人的，加上每一个家庭孩子又多，所以就必须采取社会和家庭双重控制。限量解决了社会整体的稳定却无助于驱赶个体的饥饿，相反限量会极大刺激进食的欲望，催生出更多的饥饿感和更加强烈的欲望。

饥饿感是人类与生俱来的天然生理反应，对于孩子来说，“饿”是实实在在的从肠胃到嗅觉、味觉再到意识系统的觉察，是大道理解决不了的痛苦。阅历浅薄的孩童无法理解和追究社会限量供应的

《红色记忆·秋凉》 雕塑，作者：陈文令

深层背景，于是当天真烂漫的我们发现是敬爱的家长在直接控制食品的用量时，很多人自然产生了“偷吃”的念头。我们小时候犯错、挨揍多数和“偷吃”有关，甚至说“偷吃”的历史就是很多孩子的成长历程，由此引发的花样百出的体罚是那个时代令人刻骨铭心的教育方式。

香油

我也不例外，幼时成长的岁月中时不时会用“偷吃”暂时安抚一下愤怒的肠胃。今天回想起来没什么负罪感，反而感谢自己当年的偷吃行为，否则后来一定会承担营养不良所带来的长久伤害。我偷吃的食谱较为广泛，从白糖到红糖，从水果糖到水果，当然还有肉丸子、猪肝、咸鸭蛋等，这不仅反映出体内缺乏太多的营养种类，个别的“偷吃”还和好奇心有一些关联，偷喝香油就是一次经典案例。

实物性的匮乏无法解决，就得依赖调味品的欺骗，吃不饱的时候也是味精、糖精和香油在日常生活中大行其道的时代。

香油是一种神奇的迷幻剂，它那弥散的、扑鼻的香气可以瞬间唤醒人们对美好生活的向往，可以遮掩贫寒的苍白，拉近人和食物的距离。

很小的时候，我就一直密切关注父母使用香油的方式，用料极普通的一锅汤面、极平常的一盘凉菜都会因为几滴香油光芒万丈。我还注意到父母使用香油时的那种谨小慎微的表情，那种惜墨如金

《香的油》 素描，作者：杜宝印

的动作。家长把那小小的一瓶香油搁在高高的壁橱里，拉开了它和老鼠们的距离，也超越了孩童能力所及的距离。但不想仰视更加重了迷恋，我觉得那小瓶里的东西简直太神奇了。我一直幻想能够来一次不加节制的痛饮，这种闻一下都令人心旷神怡的东西若来一大口该是多么美好的一件事呀！

无法抗拒那种好奇心的驱使，终于有一天，父母上班之后，我的机会来了。我一个人把一只沉重的木凳拖到厨房，踩着它登上桌子，然后打开了壁橱的门扇。

那瓶被我觊觎已久的香油就在那里高傲地挺立着，像孤岛上的灯塔，刹那间蓬荜生辉，狭小昏暗的厨房像天堂一样明亮。我按捺一下激动无比的心情才把它夺在手中，然后找来一只巨大的搪瓷缸子，将香油咕嘟咕嘟猛倒一气。

相信人类历史上如此的第一大口香油应该是我喝的，接下来，同样神奇无比的事情发生了：我无法接受闻起来香满人间的东西倒入嘴中寡然无味的事实，于是又喝了一口下去。此时悲凉的感觉升腾了起来，它不但乏味，还有几分反胃。

接下来的麻烦事是如何处理剩在缸底的那厚厚一层香油，全喝下去绝对是受不了的，最后我一狠心，把油全部倒入水池。结果呢，从那天下午到夜里，整个单元的下水道里都向外散发出粮食质朴的香味，像突如其来的社会福利久久不散，这简直就是困顿生活中突然降临的一次恩典，让人们幸福得不知所措，却让肇事的我胆战心惊。

奶糖

我相信糖分是体内严重缺乏的东西，因为小的时候对甜食的迷恋几乎到了无法无天的境地。糖果的美好不仅留在味觉上，还残留在了视觉世界。那时许多人都有积攒糖纸的爱好，把剥下来的糖纸精心地展开，中规中矩地压合在书页之间，翻阅的时候仿佛进入一个无限甜蜜美好的世界。其上所有的图形和色彩都是超越现实的，它们五彩斑斓、精美绝伦，仿佛来自天堂的信笺。糖纸美学或许是我人生遭遇到的第一次美育，是地地道道的一个个童话片段。

当时最廉价的糖果是一种硬糖，包在红白相间的蜡纸中，一分钱一块，若是来了豪气拍出一毛纸币的话，店家会给十一块。糖块含在嘴里慢慢地融化，甜味从舌尖开始缓慢地沿着舌头两侧扩散而去，滋润着口腔，再把惬意传遍全身。直接把糖块嚼碎是非常奢侈的事情，这种及时行乐的吃法会有一种负罪感。因此软糖的口感是更加美妙的，因为即使用力咀嚼，软糖也总是粘连成一个整体。这样，软糖就最大程度地给予人们对糖的享受和表达，那是极为充分的幸福感受，只有在贫困的岁月中才会突显出来。

山西是中国的重工业和能源基地，却也是轻工业欠发达地区。日常生活用品中的相当部分需要其他地区供应，糖果也不例外。春节是糖果的“开斋”期，是孩子们最盼望的节日。但即使是在春节，品质稍好的糖果，比如软糖，也是限量供应。而像大白兔奶糖这样的极品更是稀少，市面上基本上见不到。春节的时候，每家果盘中糖果的成分是家庭条件的重要标志，其实就是看软糖所占的比例高低。人们拜年串门儿的时候非常留意各家盘中糖果的成色，所以年前准备一定量的软糖是每一个家庭极为重要的收官工作。

有一年，父亲出差从上海带回一包两斤装的大白兔奶糖，那包糖用草色的纸包着、用细绳扎着，像个小炸药包似的。这是提前几个月备下的年货，父母处心积虑地把它压在一只木箱底部，木箱之上又压上了另外两只箱子。但这个隐秘的行动还是被我和哥哥发现了，那个时代孩子们对食品的敏感程度超出常人的认知，于是我们两个开始联手做那包奶糖的文章。

父母不在家的时候，在哥哥的策划和指挥下，我俩各自站在一只木凳上协力搬运。先把置顶的那只爷爷留下来的皮箱搬下来，再挪第二只木箱。那只木箱很大，里面塞满了过季的衣服被褥，而且没有抓手，搬起来非常费力。小学语文课读到课文中“吃奶的力气”一句的时候，我一下子就记住了，因为有过使用“吃奶糖的力气”的切身体会。

当地面上只剩最后那只木箱时，我的心怦怦直跳，我觉得心跳的原因主要是在于成功的兴奋，而不是劳累。打开箱子，掀起一层层刻意盖在其上的衣物，取出那个沉甸甸的纸包端在手中，心中五味杂陈，喜悦、紧张、负罪感一起涌上了心头，但最后还是欲望战胜了理智。

春节前的几个月里，我们不断偷袭那包奶糖，分解了春节的狂欢，享受着甜蜜与忧虑混合的滋味，不可自拔。终于，那满装着大白兔奶糖的纸包瘪了下去，再瘪了下去，直到几乎只剩下空空的躯壳。

《奶的糖》 素描，作者：杜宝印

直到这种境地我们才停止了“丧心病狂”的偷窃行动，然后每天忧心忡忡地等待丑行暴露的那天到来，等待父母如雷的咆哮和暴风雨一般的体罚……

天翻地覆的课堂

教室是培养人的容器，高高的讲台和巨大的黑板确立了教师的威严，在这里，他们拥有解释世界的权力。教室也是一个通向外部世界的入口，老师告知很多很多我们必须遵守的规则。教室理应是一个秩序井然、清爽利落的空间场所。但是我小学的时候正赶上提倡“不做五分加绵羊，要做革命小闯将”的年代，这种秩序在小学二年级时就基本上不存在了。张铁生、董帅是那个时代树立的偶像，是孩子们争相效仿的榜样。

记得我们的第一位班主任张老师当时身体不太好，于是班里走马灯似的频繁更换老师，这也使得课堂秩序更加失控。我所在的班级堪称全年级最难管理的，班里有“四大天王”，都是调皮捣蛋的高手。我们经常合起伙来挑战老师的权威，因此班级如一个师生斗智斗勇大打出手之地，老师的焦虑和暴怒有时候也会招来学生们进一步的报复。

有一次，一个新来的叫王元英的年轻老师试图用铁腕征服我们这个群体，她最拿手的惩罚伎俩就是让犯了错的学生背靠着墙一字排开，然后用食指猛戳孩子们的脑门儿，这样我们的后脑就会和墙壁猛烈撞击，形成二次伤害。很快，一个秋高气爽的下午，王老师赖以出行的心爱的永久牌自行车遭到了猛烈报复，前后车胎都被刺入了钉子，车座不翼而飞。

还有一次，一位监考的冯姓老师过于认真不离考场，并屡屡识破同学们作弊的花招，一时间铁证如山、收获颇丰。这位得意的女教师当时就坐在我的前边背对着我，她当时身着一件时髦的浅黄色的确良衬衫，我同桌的范小宝同学就不断地用钢笔尖触碰那件衬衫。每一次触碰都会留下一处被蓝墨水污染的斑痕，而每一次触碰之后，我和小宝都会心一笑，最终那件漂亮的黄衬衫后背闹成了斑点狗一样的效果。结果第二天，情绪失控的冯老师冲进教室，把我们两个揪到办公室好一顿咒骂。

难以应付孩子们超常破坏力的学校不得已把惩戒的权利还给家长，老师和家长沟通则是通过“家访”。每次家访之后即是家长们棍棒飞舞、孩子们鬼哭狼嚎的时段。那时的家长都有一套整的教训、体罚方式，按照孩子所犯错误的级别对应实施。从罚站、跪搓板到用尺子打手掌、擀面杖击打躯干，再到铁器抽屁股，更不用说揪耳朵、“啪啪啪”地左右开弓扇大嘴巴了。

有段时间，同龄的孩子着了魔似的，一个接一个离家出走。起因多少是由于这些孩子在学校犯了错误，担心回家接受恐怖的体罚。而一旦享用过“自由”之后，就会对严厉但乏味的规训产生更强烈的逆反。这种精神性传染病一时间搞得学校和家长人心惶惶，出走的孩子有的被家长找回来规劝重返学校，有的被家长暴力教训心有余悸不敢再犯，还有一些就从此辍学，永远流落社会。

我家邻居的孩子原本是一个非常乖的男孩，搬入这个社区后受环境浸染急剧变质，终于有一天彻夜未归。那个晚上，他父亲焦虑万分，我也几次外出协助寻找。第二天凌晨，这孩子的家长终于在一处规模庞大的砖垛上找到了他，据说当时他和另外几个夜不归宿的孩子在玩儿我在幼儿园逃学时的游戏——搭房子。那时候，逃学是较为普遍的现象，这也许是一种寻求独立的潜意识作祟，而连家也不回就是非常危险的思想表现了，并且一旦突破这个临界点就一发而不可收拾。我一直认为自然人身上突然显露出来的戾气和重工业文化气质的粗粝有关。在这种环境里，人会变得简单、麻木，甚至习惯于暴虐。

从幼儿园升入小学后，我感觉那种令人窒息的约束感愈加强烈。班级里的打斗、折腾消耗了大多过剩的精力，社区里惊心动魄的家族间斗殴，流氓团伙的横行乡里，家庭里和哥哥的竞争、夺食的失落以及各种偷吃引发的训诫、责骂、体罚……在这方狭小天地，我们无法执掌自己的命运，如此匆忙、疲惫。潜意识里，我一直想回到过去，回到农耕文化的母体中，在那里我才会有爱、自信、自主和自觉。

“从前有座山，山里有个庙……”不知从何时起，我知道了“和尚”这种身份，也听说了他们终身不娶的特点。后来我又听说山西有个神奇的地方——佛教圣地五台山，那里的和尚整日与青山绿水为伴，与鸟雀鱼虫为侣，逍遥自在。他们是一群遗世独立，游离于工业社会捆绑之外的人。在性意识尚未萌发的时期，我觉得那是一种自己梦寐以求的理想生活状态。

在我的想象中，五台山的场景一定如连环画《西游记》中描绘的一样，处处奇峰叠嶂、异木峥嵘，香烟缭绕梁柱之间，祥云瑞彩庑殿之上；僧侣慈眉、信徒善目，晨钟暮鼓、经颂浑厚。潜意

《集体罚站》 素描，作者：王宁

识里，我想逃离这个被肢解的时间所控制的社会。我在等待出走的机会……

试错的人生

出走大多和犯错的程度有关，孩子们犯了错之后一般会进行简单的自我评估，轻一些的错误要忍受严厉的训诫，重一些的要承受皮肉之苦，而严重到无法承受的程度就必须想办法逃脱惩戒，最直接的方式便是出逃。出逃最重要的目的是逃脱接受惩罚之前那漫长的等待，那种缓慢的煎熬比突如其来的暴揍难挨得多。

偷家里的粮票是一件不太好定义的事情，因为粮票只是一种凭证而非货币，它和布票、肉票一样，是货币在特定领域实现价值的许可证。粮票分地方性的和全国性的，适用范围有大小之别。粮票是把人固定在一定区域内的行政手段，是行政对货币的打压，对于人口的流动是一种巧妙的限制，因此粮票的价值也在于对流动的支持，进一步说，流动人口对粮票有更加迫切的需求。

在那个时代，人的流动是严格受限的，无论是城乡之间，还是地区之间。公职人员出差需要开介绍信，方可住宿和兑换出差目的地的粮票。但有一种人的流动是难以控制的，那就是穿梭于城乡之间的车老板。他们手执长鞭斜倚在木制的大车上，赶着牲口满载着货物从乡村来到城市，源源不断地供养着嗷嗷待哺的工业化建设。车老板在相当长的时期内扮演着农耕文明支持工业文明的媒介，扮演一种身份较为模糊的介乎城市和乡村之间的人口角色，享受着相对自由的特权。

当时我们这些不安分的孩子发现了一个秘密，车老板对粮票有着无穷无尽的需求。他们会和城里的人用钱来兑换粮票，地方粮票每斤一毛五分，全国粮票每斤两毛五分。于是我们开始“偷”家里的粮票，用它和过往的车老板兑换现金，这是一种容易得手又负罪感轻微的行为。兑换的勾当一般在宿舍区外围的过境公路上进行，一是那里过往马车频繁，二是那里在特别的时段熟人稀少，交易不易被发现。

一般来说，用粮票换现金需要两个人协作完成，一个负责望风，另一个和车老板搭讪。一旦交易完成，合伙人也会享受后期的福利。挥霍成果的快感是无与伦比的，那是贫穷时代最荒唐的景象，一直在我的记忆中闪耀着邪恶的光芒……

在较长的一段时间里，我和另一位小伙伴交替窃取各自家里的粮票，然后共享这肮脏但丰厚的成果。放学之后，我们徘徊在商业较为密集的西马路一带，有节奏地慢慢消费各种零食。糖果、水果和糕点这些甜蜜的食物填充了味觉的亏空，突然出现的物质丰富排遣了生活的乏味，这种超现实的状态让我们进入短暂的飘然若仙的境地。

然而在幸福感间歇的时候，亦会有一种隐忧萦绕心头，暗示这种及时行乐的生活即将付出的代价。“粮票行动”每次出手都是五斤，冲动时会达到十斤。这个细碎的行动不断累积，最终会形成可观的数量，没有一个家庭会忽略这种变化。终于有一天，母亲和父亲对这个现象产生了争议，而当他们认真核对完日常开销的账目，便把怀疑的目光投向了装作若无其事的我。

一天早上，他们告诉我晚上回来要和我谈及此事，这一句话仿佛瞬间改变了我周遭的世界，让我坠入恐惧的深渊，那昏暗漫长的等待更是极其压抑。于是，我想到了逃亡，不仅是逃脱惩罚，也是逃脱羞耻，我想逃到陌生的环境里重新开始人生。此时，“五台山”的幻象突然显现了，它带着神奇的光环浮现在我的脑海中，我仿佛听到了遥远的召唤。

下学后，我迅速和那个小我两岁的伙伴见了个面，评估了事态的严重性。我坚信这次“粮票行动”败露已成定局，惩罚力度也将是空前的，对于始作俑者而言唯一的选择就是走为上。我开始做那个小伙伴的思想工作，告诉他即使像鲁智深这样的逃犯，在佛教圣地也能得到包容，何况只是涉足“粮票行动”的我们。我还告诉他五台山大体的方位和路途，并初步确定了出走计划。那孩子信誓旦旦表达了坚决支持我的信念，于是我们开始“逃亡”。

演戏一样的逃跑开始了，我们没有像往常一样回家吃饭、写作业，而是在家长审讯之前突然蒸发了。察觉到异常后，家长发动所有的邻居协助寻找，并在重要的隘口设卡堵截。我们借着夜色躲避、逃遁，远远看到许多手电筒的光柱在晃动，几个离开宿舍区的路口都有熟悉的身影和警觉的目光。

邻居们布下的天罗地网并不可怕，我们儿时藏猫猫的游戏玩多了，练就了一身躲藏的本领，储备了许多藏匿之所。但可怕的是家长动员了很多大我们几岁的孩子参加搜寻，这些家伙谙熟藏猫猫的门道，对我们来说是巨大的威胁。

记得我们原计划是熬过这艰难的一晚上，再去火车站、汽车站之类的地方搭乘交通工具向北走。东躲西藏一阵之后，身心俱疲，我俩找了一个隐蔽的水泥管道铺了一块草垫子躺了下来，然后在满怀憧憬中睡去。

突然，几道手电筒光柱照在我们身上，紧接着是一阵兴奋的喧哗："在这里！"没等我们反应过来，几只大手已牢牢将我们控制，我拼命挣扎着、叫骂着，但无济于事，众人像猎人打了一只狼一样抬着我喜气洋洋地向明亮的楼群走去……

我人生中的第二次逃亡，就这样在人民群众的围剿之下夭折了。

《抓住他》 素描，作者：杜宝印

铁之道

两岁时从农村回到城市的过程，让我记住了铁路，记住了车站和各种颜色的车辆。朦朦胧胧记得奶妈他们带着我穿越过一个大型的货车编组站，视野里好多好多条铁轨，好多好多的车辆。一串串横躺着的、罐状的、涂了橘黄色或青灰色油漆的车厢，黑色的、条状的、对天空敞着口的货车，还有一列列像房子一样带小窗户的闷罐车……

火车站犹如联结农村和城市两个世界的渡口和驿站，旅客熙熙攘攘、络绎不绝。被一条黄杠标印的绿皮车厢就是渡船，木质的内饰保持着船舱的印记。人们在这里整装待发，车头沉重的喘息和逐渐加快的节奏仿佛既有空间坍塌的隆隆巨响，又像是新生空间的奋力掘进。空间、环境随着列车在大地上的穿越而渐次打开，人随着空间的挪移不断地转化身份。

后来很长一段时间的城市生活中，我一直与铁路相伴，因为矿机宿舍区北边就有一条主干线——京原线铁路。那是一条在中苏关系紧张的情况下修通的具有战略意义的铁路，它向北穿过原平、忻州，再经过河北跨越太行山，一直通向北京地铁一号线、西郊机场和南苑机场。每天一列列火车来来往往，路过社区时总是拉响嘶吼的汽笛，喷出一团团白雾，像是在炫耀，更像是在宣泄。

我从小就对火车和铁路怀着一种复杂的感情，一方面，我知道是它无情地把我从乡村带到了城市，另一方面，我隐约感觉它也是我重回乡村的唯一希望。后来这痛楚随着我对城市的接纳渐渐消逝了，而那两条并行远去的铁轨就成了我想象未来的线索。

流动的景观

农耕文明的社会里，河流、港口是形成人口的集聚、催生城市发展的动脉和心脏。这是因为水运是那个时代最重要的交通方式，于是临水而居的地方诞生了许多的文明。蒸汽机发明之后，人类改变了经济循环的空间途径，铁路成为很多工业城市发展的新的命脉。比起浪漫舒缓的漕运工具，火车是高效而坚硬的，它强大的运力加快了城市发展的节奏。在火车的强力驱动下，不仅城市的版图在大幅扩展，城市的数量也在迅速增长着。我非常喜欢听蒸汽机车启动加速过程中的节奏变化，那是一种让人血脉偾张的声音，如同一种号令，让人类社会这个“超个体”变得振奋，充满欲望；也像一个巨大生命体沉甸甸的呼吸声，充满着生命体征的磁性和爱意。

我生活在铁路边上，京原线铁路就从我们宿舍区北边果断地斜穿而去，像一个关于未来意志的坚定表达，怒斥着两边千沟万壑的荒原以及凌乱的屋舍。铁路还带给我们生活中流动的景观，它是工业美学在空间流动中的形态表现，一次次洞穿着农耕文明破碎的现实。铁路两侧是我们儿时的乐园，多少美好的遐想，多少惊心动魄的场景，多少悲剧都紧密围绕着这条动脉，像输送电力的电缆和因其生成的磁场，如影随形。

闪着乌光的铁轨恣意妄为地铺陈在碎石和枕木上，由东向西北方向扬长而去，另有一条公路几乎平行地追随着铁路的身影莽撞地延伸。公路和铁路之间的空地，是一条带状的文明间的缝隙，也是我们“为非作歹”的乐园。农民利用这片被征用的土地种植蓖麻、胡麻一类的作物，当然收成肯定非常糟糕，因为这里是厂矿子弟胡闹的天地；职工医院在这里丢弃医疗垃圾，用过的试管、注射器、抽干净的药瓶、折断的体温计……这些看起来亮晶晶的玻璃制品对孩子们有着巨大的吸引力，大家争相捡拾，把它们变成生活中的容器或是折射未来的棱镜。

除了前文谈到的隔着铁路和北圪洞的孩子们“开仗”之外，还有一种制作凶器的方式和铁路有关：把七寸长的大洋钉套一个螺母绑在铁轨上，钉子尖迎着来车的方向，蒸汽机车疾驶而过，沉重的车轮将钢钉和螺母瞬间压扁在铁轨上，然后再带动起来抛向轨道外侧，孩子们就在火车驶过后沿着铁轨在附近四五米处仔细寻觅那把速成的匕首雏形。这简直是天然的车床和工艺，刀尖、刀身、护手、刀柄一应俱全，眨眼之间一把匕首就出现了。很多孩子都有这种土法制作的简易匕首，数量太多的时候会引起校方关注，学校就会在课间搞突然袭击收缴凶器。但是，野火烧不尽，春风吹又生，不久这条生产线就又源源不断地打造出新一茬的袖珍利器。

黯淡的生机

尽管铁路对于一切冒犯者都有着格杀勿论的威严，但它的两侧仍有许多忍辱负重的生物，它们并没有退让出被工业蚕食的空间。春天响应学校号召消灭四害时，我们会在这片土地上挖蛹，将夏天里讨厌的苍蝇扼杀在摇篮之中。那些米粒大小的蝇蛹混杂在土壤中，等待外部适宜的环境到来再破土而出。它们暗淡了色彩,粗鄙了肌理，尽量化作土壤的一部分,这是出于自我保护作用而造就的“天人合一”般的境界和姿态。但人类还是不能放过它们，因为它们除了在卫生方面早已背负了恶名外，在政治上也已经被宣判了死刑。

夏天，我们会到铁路北侧的一棵榆树旁捉一种叫“金疤牛”的甲壳虫，这种龟背形状的虫子会飞，其坚硬的黑色外壳上点缀着许多细碎的金斑，样子讨人喜欢。金疤牛性情温和，我们会在它的腿上系一根细线，然后用拇指和食指拿捏着它，嘴里念念有词：“金疤牛，金疤牛开花，我给你二两棉花。”听到口诀的金疤牛，有时还真的张开翅膀飞起来了。它的甲壳内藏着比蝉翼更薄更软的翼，飞起来时像一个机器和有机生物的结合体，飞行的时候像立体派油画中表现的物象那么恍惚。孩子们炫耀的就是金疤牛围着自己飞舞的状态，因为那根细线掌控着它飞行的范围。

蝼蛄是一种长相奇特的昆虫，它们像是蟋蟀和蜘蛛杂交的后代，有几分呆蠢。这家伙体长五厘米左右,长着一对掘进能力超强的前足，专在黄土之下进行破坏庄稼根系的工作。尽管这东西属于害虫，但

《孤独的天使》 摄影作品，作者：刘瑾

可以做中药。小时候还有一种关于蝼蛄的传说，称它的两只前爪除了能掘土之外，还有治愈皮肤病的功效。

在没有玩具的少年时代，一切活物在我们眼中都是有趣的玩物，因此在这块空地上捉蝼蛄也是一项开心的活动。由于蝼蛄擅长掘洞隐藏在地下，我们就采用电影《地道战》中汤司令对付游击队的办法——用水灌注其洞穴。这种在地道战里无效的方法却可以逼迫这个丑陋的家伙现身，不过我从未看到周围真有人用它治疗皮肤病。

铁路和公路之间还有一条工业排污沟，积攒着污浊的灰白色脏水，常年散发腐败的臭味。其复杂的成分也滋养了活跃的鱼蚤和一片片红线一般摇摆的鱼虫，白天的时候总会吸引不少养热带鱼的人在这里打捞。此外，这里也是一个藏污纳垢的阴暗皱褶，掩盖着一些不够体面的事实。在这里，我多次看到过已经死掉的弃婴，还有被过路汽车撞死后丢弃于此的牲畜。

总之，这一地带是工业社会里边缘性的空间，也是农业社会失落之地，汇聚了污染、荒芜，隐藏着遗弃、危险。但行政上的疏忽和管理上的松弛也激活了这片土地的另类活力，它不断生产着各种超乎想象的可能，曾是我们自由放纵的乐园。

铁血交通

在工业文明入侵农耕文明领地的早期，铁路和公路既是社会饱含希望的通道，也是危险的杀手。因为这是钢铁和速度对原有秩序的冲击和破坏，它们在大地上的走向既是自信的，也是武断和粗暴的。

天性好动的孩子们总爱挑战既定的规矩，于是这条铁路上不断上演着惊心动魄的游戏，偶尔也会有人失足酿成悲剧。

上小学的时候，虽然语文成绩很差，但我是为数不多的喜欢阅读的孩子，四年级之前就读了《铁道游击队》《林海雪原》《新儿女英雄传》《暴风骤雨》《红色交通线》等长篇小说，还读了《水浒传》和《三国演义》。尤其《铁道游击队》读的次数最多，后来又疯狂收集由该小说改编的连环画，对刘洪、彭亮等人的身手佩服得五体投地。小说中有一段描写刘洪飞身扒车，然后跨越车厢单手拧开拴车门的铁丝智取军火的情节，叙述得非常细致生动。

我有一回突发奇想，想身临其境体会一下刘洪队长的切身感受，于是在一列火车风驰电掣般驶来之前，匍匐在基石之上枕木之旁。当那列车带着巨大的轰鸣从我身体上方驶过时，那绝对堪称一种刻骨铭心的震撼和生死交际的洗礼，震耳欲聋的轰鸣和天摇地动般的震颤几乎令我心魄爆裂、真魂出窍。我想那是此生离死亡最近的一次。对生命的挑衅，让我痛切地认识到血肉之躯不堪一击。

电影《铁道卫士》中有一个高科长驾着吉普车追军列的片段，关于这个情节的讨论持续了十年不止。孩子们一直在讨论到底是汽车快还是火车快，可以说正是这个电影片段损害了火车的威严。有的时候，孩子们也会亲身挑战火车的速度，我们经常在火车头快要到来时比赛勇敢，斜穿或横穿铁路。

这种行为令火车司机恼火万分，每逢经过我们这方领地的时候总会拉响高昂嘹亮的汽笛，释放出大团大团的蒸汽，对孩子们进行警示和驱赶。但这根本无助于事态的平息，反而进一步刺激了孩子们肾上腺素的分泌。终于有一次，惨祸发生了，一个小我两岁的孩子在模仿《加里森敢死队》中的情节时遭遇了车祸，列车紧急制动后，车轮依然卷着孩子的身躯无情地转动，直至两百余米开外才停下。天真活泼的孩子最终失去了生命，车祸现场十分惨烈……

朝鲜电影《火车司机的儿子》也是一部少年儿童喜欢的故事片，尤其这部影片的故事情节和我们小时候的生活场景以及价值观非常接近。我觉得凡是活跃在铁路上的人都是幸福的，而那些会驾驭火车头的司机的形象就更加高大了。那些开着火车探出半个身子向前方瞭望，脖子上围着一条白毛巾的火车司机是我心中最为羡慕的能人。

当年的那些伙伴中，最终成为火车司机的只有发小王青一人，后来听说“老司机”王青大意失荆州，一次开火车时睡着了，结果撞上了另一个火车头。真没想到他竟然以这样一种特殊的方式，再现了电影《铁道游击队》《瓦尔特保卫萨拉热窝》中的某些场景。

技术系统的穿越

和铁路平行的那条路是一条过境公路，整天暴土扬尘车来车往，非常繁忙。粗放的柏油路面上，公交车、卡车、拖拉机是交通的主体，此外还有不甘退出主流的马车和个体交通依赖的自行车。触碰和挑战工业化的交通工具是过渡时期人类的普遍心理，于是汽车和司机这两种新生事物就会被人们关注，各种司机无一不是牛逼哄哄的，他们比钱广之流的车老板更高调，吃香的、喝辣的、大嗓门说话。那时候不论什么车型的汽车都是社会的宠物，总是被擦得锃亮，如

《草莽英雄》 油画，作者：陈流

社会生活素描中的高光，牢牢占据着人们的视野。但是宿舍区外围公路上来来往往的机动车辆就是另一种姿态了，它们大多成了青少年羞辱的对象。当校园和宿舍区的运动和游乐设施无法满足青春期躁动的需求时，孩子们就会把过剩的精力释放到校园之外空间更广阔、节奏更快的地方，追逐那些力量和速度更猛烈迅捷的对象。

放学之后，孩子们成群结队聚集在公路两旁，像非洲草原上的鬣狗群体一样巡视着过往车辆，等待出击的时机。带车斗的卡车和拖拉机是他们青睐的对象，那些身手敏捷的少年在汽车、拖拉机经过的时候，助跑、侧身、伸手抓住车体构件或者车斗的围板，紧随几步之后一跃身就翻进了车斗之中，然后骄傲地向道路两侧挥手致意，像征服烈马的骑手般自豪。这种游戏一度成了一种危险的时尚，引得孩子们争先效仿。《天下无贼》中的贼王有一句台词："不怕脚踩风，就怕手抓空。"偶尔这些高手中也有失手摔伤的，这就会引起学校的重视，于是三令五申禁止这种冒险的游戏。但由于课堂和社区内的设施缺少竞争力，孩子们依然我行我素。扒汽车是扒火车的基础，孩子们中的佼佼者会像铁道游击队那样挑战疾驶而过的火车，我的发小"上校"就是一个典型，记得八十年代他曾和我炫耀过那种经历。

还有一种冒险行为是骑着自行车追逐机动车，再用一只手抓住车身借力出行。我后来竟然成了这方面的高手，一度可以成功抓住卡车甚至电车，拖拉机更是不在话下。这种借助机动车体验超越自行车速度的方式现在看来也可算作一种穿越，它穿越的是技术系统，因此感觉非常独特。但是这种方式非常危险，因为速度虽然进入了机动车的系统之列，但自己的身体和直接借助的自行车还处在非机动车系统内，到了联系突然断裂的时候，这种错位就会造成严重的后果。后来我由此经历过一次严重的摔伤，这个故事将在后文谈及。

下雪之后，机动车的速度都大大降低，于是孩子们又换了一种玩儿法。大家脚蹬塑料底的懒汉鞋，一个接一个接龙似的扒在车的后边蹭冰。卡车还好一点，人可以站着滑，若是公交车就一个个都蹲在地上用手反扣着车身下沿滑行。这种情况下，若是一个急刹车，蹭冰者就会一个接一个滚到车底下。但那个时候，孩子们就是喜欢危险的游戏，我想这是天性之中的乐观主义罢。

机动车崇拜

在农村奶妈家生活的时候，我几乎每天早上都会见证一个重要的活动——发动拖拉机。那是一台锈迹斑斑、奄奄一息的深灰色拖拉机，但是一旦它发动起来，其运力依然远超村里最强壮的牲口。对于村大队来说，每一天最大的难题就是如何让沉睡一晚的它重新醒来。这时全村的壮劳力都会聚集起来帮助它重生，大家要推着它跑很长一段路，爬至一个高坡的顶点，然后在下滑过程中拖拉机手机敏地配合，借着势能朝动能的转换发动它。当这台耄耋之年的机动车发动起来之后，大家兴高采烈地为它欢呼、跳跃，如同在完成一次盛大的庆生。

那时跑长途的司机还告诉过我一则发生在乡野路旁的趣事，说在山西的山区里，路旁经常站着一位怀抱老母鸡的老奶奶。她会央求路过的司机载她一段路程，当汽车开出一段路程之后，老奶奶把老母鸡交给司机作为酬劳，然后下车原路返回。原来老人家不是为了捎脚，而仅仅是为了体验现代交通工具所带来的全新感受。

如今，在所有城市闹堵车的时代回忆那个机动车稀少的岁月，会产生一种愧对人生的感觉。那个时候坦荡的公路上一骑绝尘是最平常的景观，那是一个路贱车贵的时代，许多公路修得粗糙无比，连道牙子都没有，道路更多的时候是给非机动车用的。

孩子们如此迷恋机动车，由此引发的荒诞事件层出不穷。我哥哥很小的时候扒在一辆上海牌轿车的保险杠上招摇过市，当轿车驶离宿舍区开始加速时，他慌忙之下跳了下来，摔成了脑震荡；我一个同学的哥哥更是胆大妄为，一次夜里偷偷开走了省军区篮球队的解放牌汽车，后来在被“追捕”时慌不择路，撞上了电线杆。

楼上的邻居“愣狗”是一个憨厚的青年工人，由于家庭经济困难没有自行车，只能每天步行上下班。一次，一位当时做厂领导的邻居下班途中心生怜悯，让愣狗搭了他的专车回家，我清楚地记得愣狗下车后忘乎所以的样子。这莫大的荣耀对于一生清苦的愣狗来说来得太突然，他下车后神采飞扬、红头涨脸，手舞足蹈地在社区里跳跃，并且他好像被这突如其来的幸福搞乱了神经控制系统，脸部表情肌凝固成了一张憨笑的面具，嘴里还胡乱地喊着什么。

我的一次经历也堪称经典，体现了生命力和现代化交通工具的极端博弈，最终结果是生命力在求生欲望的支撑下获得惨胜。

夺命而逃

当时小学新的三层教学楼正在修建中，其主体结构已经完工，进入建筑安装阶段。工地成了孩子们的乐园，大家最热衷的一个项目就是从二层楼的窗口跳到楼下的沙堆上。那种失重感在没有过山车的岁月里，有种说不出的刺激和快感。每次拉沙子的拖拉机一来，我们就蜂拥而至，在新的沙堆上狂欢。

一年冬天，下午放学后，又来了一辆大型的运沙拖拉机，我们照旧围着它玩耍。后来，一批孩子死皮赖脸登上了车斗，司机和押车的民工百般劝阻无效，只好拉着一车孩子回返。一些孩子陆续在不同路段溜下了拖拉机，而包含我在内的六七个孩子因贪图出游的快感一直没舍得下车。

就这样，拖拉机一路向北开了近两小时，接近黄昏时到了一个村口的岔道上。司机停下来赶我们下车,并告知已经开出了五十华里。望着这陌生的区域景观，看着将暗的天色，我们这几个无知无畏的莽撞少年才感觉到恐惧的来临。

大家此刻只有依靠自己的双脚，才能从荒凉的郊外回到温暖的城市。但是方向呢？关于路径的记忆早已模糊不清，我们只好凭着记忆先跑了一段路程，最后在实在无法判断回家的方向时，却看到了一条铁路。我突然意识到这条铁路就是从我们社区外围向北延伸的那条京原铁路线,沿着它跑一定能回家。我的提议得到大家的认可，我们开始沿着这条铁路狂奔。大家严肃地认识到，必须要在天完全黑下来时跑到一个能辨认出来的区域。

回想起来那次我们一行六七个孩子沿着铁路仓皇奔逃的情形真是极具画面感,若拍成电影绝对感人。那真是一次呕心沥血般的奔跑，每个人都被恐惧和希望发掘出体力的极限。我们一方面是在和时间赛跑，另一方面就是彼此用比赛的方式互相刺激。好在那时候的孩子都非常能跑，跑在后边的孩子一边哭喊，一边奋力追赶，黑夜像一头怪兽，渐渐吞噬被我们甩在身后的轨道……

天终于黑了下来，铁路旁的道路愈发凹凸不平且布满荆棘，我们的衣服上、手上都布满划痕，大家不得已又拐到公路上继续奔跑。昏黄的路灯映照着一组人失魂落魄的神情，投射出仓皇不堪的身影。每个人都跑得大汗淋漓。后来跑散了，有的扒了驶向南向的车辆，有的则落在后边不见踪影。我和另一个同伴继续跑着并不住左顾右盼，希望寻找能够搭乘的机动车。到后来实在跑不动了，就上了一辆马车，央求车老板载我们一程。好心的车老板收留了我们并策马扬鞭提高了速度，我和那个伙伴竟然在寒冷的夜里疲惫地睡去。直到到了太钢的大门附近，车老板唤醒我们，与我们分道扬镳。

之后我们继续一路小跑，等到达尖草坪一带，双腿已如灌了铅一般沉重，心肺的疲劳也已到了极限。这时一辆卡车在丁字路口转弯，看到它正在减速，我没加思考就紧跑几步，把双手搭在车斗的栏板上，因为此时只有胳膊还有一些余力。卡车司机可能感觉到有人在扒车，于是猛踩油门，我的身体立时就像被大风吹起的门帘一般飘荡了起来。但是此时自己已顾不得这种失态，只想让它快速拖带着我向回家的方向疾驶。

记得那条公路在涧河村路口附近有一段起伏剧烈的上下坡路段，应该也是泄洪的通道。所有汽车经过这段坡路的时候都会采取制动措施，以控制车辆的安全速度。车在爬坡的时候速度往往比较稳定和缓慢，我知道自己必须在这个时候跳车，否则过了这个坡后，车一定会加快速度，尤其在夜里。

我下定了决心，眼看着这辆大卡车开到了坡的尽头时松开了双手，只听得“扑哧”一声，我四肢着地重重摔在冰冷的柏油路上，还好没有磕着脑袋，否则肯定就挂了。我好一会儿才爬起来，双手像熊掌一样肿胀起来，麻木得像被无数的细针刺扎。这时旁边路过的一个骑车的工人善意地扔过来一句话：“你咋不跑几步再松手啊！”这句话虽有几分责怪，但带着人性的温度，让我终生难忘。

晚上快九点时，我带着一身伤痛小心翼翼地推开了家门。赶巧那天宿舍区停电，黑暗掩盖了我遭遇的所有不幸和难堪。父亲在蜡烛下写着什么文件之类的，头也没抬地问了我一句：“怎么这么晚才回家？”我故作镇定道：“老师留我在教室里搞卫生了！”出人意料的是，这一次父亲竟然没有继续追问。

这次惊险的经历值得我一生自豪，这是潜意识作祟惹来的祸端，是再次出走对意志力和体力的考验。我没有迷失，能够循着那条一直给我暗示的铁道重返家园；我大难不死，能够抓住稍纵即逝的时空抓手获得解脱；而且我竟然依靠黑暗躲过了常规性的责骂和体罚，这恰如其分的阴错阳差让我第一次那样强烈地感受到家庭的温暖。

我的大学·梦

1978年，我进入初中，而此时正值中国社会发展变化的一个重要拐点。

“文革”结束后是中国社会迸发巨大能量的时期，如同一个被去除束缚的身体，长久麻木的神经开始恢复知觉，痛感和幸福重新回到人们的意识之中。未来出现诸多的可能性，但现实却变得复杂起来。历经两年肃清“四人帮”流毒的阶段似乎告一段落，社会进入思想解放、知识崇拜的阶段。知识分子开始被重用，高考成为社会中最热点的话题和最亮丽的风景，各种科研神话和高考英雄层出不穷。攻克哥德巴赫猜想的陈景润，十三岁考上中国科技大学少年班的神童宁铂，十一岁考入中国科技大学少年班的超级神童谢彦波……他们俨然是新时期的平民偶像，对于激励全社会学习文化课、对于个体期望变幻成为超体极具蛊惑。

此时连环画进入失落期，而科普型书刊，如《少年时代》《我们爱科学》，成了少年、青年阅读的对象；伤痕文学改编的电影暂告一段落，《第二次握手》这种讴歌爱国知识分子的影片场场爆满；同时随着政治格局的变化，美国、日本的科幻电视剧，如《大西洋底来的人》《铁臂阿童木》也出现在黑白电视机的屏幕上，让中国人看得

《春天的阳光》 油画，作者：宋永红

如醉如痴……不久，不甘示弱的中国文艺工作者也拍出了国产科幻片——《珊瑚岛上的死光》。民族主义在关键时刻的确有一种神奇的力量，对我们这个社会的发展一直产生着不可忽视的作用。

校园内外

继 1977 年作家刘心武的《班主任》出版掀起伤痕文学的疾风之后，中国的社会舆情开始转变，大众迅速从沉湎于精英阶层的批判性和痛切回忆中解脱出来，开始投入到憧憬未来、拥抱幸福的现实中。那些曾经受到批判、封杀的文艺作品接二连三地解禁，重新登上银幕，人们从过去的文艺所酿造的人性余温中获得了欲望的萌发。中国社会的情色残留虽然归功于手抄本，由于电影胶片易于保存和再现，全面解禁却是从电影开始的。

1960 年拍摄的《刘三姐》的重映获得了巨大反响，这是长时间禁欲主义所造成的症候。当时在矿机宿舍区里，当工人俱乐部播放这部今天看起来略有几分浪漫主义风格的隐晦的爱情故事片时，用万人空巷、一票难求形容一点不过分。几位年轻的工人因为一反常态连续观影而引起了团组织的注意，据说当时的观影纪录在他们之中不断地被打破，观影次数最多的一位男青年居然连看十六遍。团干部找他谈心，问他为什么看这么多遍时，这位青年坦诚地告诉对方："我想看看阿牛为什么那么有福气，找到了刘三姐。"这真是一个催人泪下的来自普通人的故事。

1980 年上映的《庐山恋》也是一部改变中国电影史、影响社会风尚的电影。郭凯敏、张瑜两位俊男靓女所扮演的角色在片中的大胆示爱，引爆了这个社会追求情爱的激情，同时女主人公在影片中令人眼花缭乱的着装扮相也掀开了中国人民新时期的生活美学。当然保守势力依然存在，这部饱受争议的电影在我那个子弟中学就被一些老师斥为“流氓电影”。但诋毁和防守已经无济于事，多如牛毛的“流氓”率先效仿电影中的着装,试图在现实中塑造属于自己的“庐山恋”。

和愈演愈烈的社会幸福图景相比，学校里还是相对压抑人性的。因为每一个学生身上寄托的是整个家庭的期望，他的成功必须以付出自由为代价。那时候，叶剑英、马克思等人的励志话语用书法的形式进行表达，高高挂在墙上，鞭策孩子们努力学习、只争朝夕。最著名的就是叶剑英的“攻城不怕坚,攻书莫畏难。科学有险阻,苦战能过关”这首短诗，这是艰苦奋斗在新时期的过渡版本，的确效用不错。但社会风景剧烈的变化对校园依然有着巨大的影响，这一时期，校园中的人文景观是复合型的，由不同类型的学生主导着，在子弟中学尤甚。

慢班之殇

中国的义务教育中分班的历史就始于这个时期，这是在教育整体环境不佳的情况下的一种选择，虽不合法，但是有其合理之处。它能有效组织起有限的教育资源，为国家建设提供基本的“优质人口”。但它的“恶”也是强烈且深重的，它铸就了一种糟糕的社会风尚并代代相传成为传统。它的“恶”就在于放弃了教育中最重要的

"善"，它功利、无情，是培育"精致利己主义者"的具体措施。

初一那年，我们年级六个班被分为"快""中""慢"三个等级，"快班"配备了相对优质的教育资源，希望未来能够出现几个希望之星，在升学考试中为学校争光，让职工们对子弟中学抱有最后一线希望。"慢班"汇聚了全年级最不爱学习的问题少年，配置的老师们的主要任务是有效管束纪律，避免学生在学校里和社会上"捅娄子"。

由于小学五年级的算术成绩出色，我也得以进入所谓的快班，享受着仅有的些许教育优质资源。但我也目睹了这种人为的分化除了形成迥异的学习小环境之外，也造成了不良的心理暗示的事实。分到慢班的同学大多自暴自弃，将不满变为报复行动，不断冲击着学校的教学秩序。

这一阶段，学校的秩序严重失控，到处都是因调皮捣蛋被赶出教室闲逛的学生。他们三三五五聚在一起，每天为争夺头领地位大打出手，在快班门口哗众取宠，挑战老师的权威。

慢班其实一点都不慢，这些学生精力过剩，在许多方面都表现出非凡的"创造力"。每到考试的时候，他们作弊的方法总是令人意想不到；他们骂人的词汇也不断推陈出新，直抵人类伦理的底线；他们大多好勇斗狠，在相互殴斗中升级采用的手段，几乎每天都有人在打斗中挂彩，被送往医院；他们还大都早熟，对男女之间的事情比快班的学生更早地得到自我启蒙，并果敢地在校园里展开行动。课间时分，他们会堵在有他们相中的女生班级门口，放肆地大喊那女生的外号，或抢夺对方的书包、文具；集体看电影时，他们会直接挤在女生旁边坐下，然后侧头专注地盯着对方；他们揣着照相机爬到笔直的杨树顶端拍摄女厕所；他们会死皮赖脸和穷追猛打，逼迫相中的

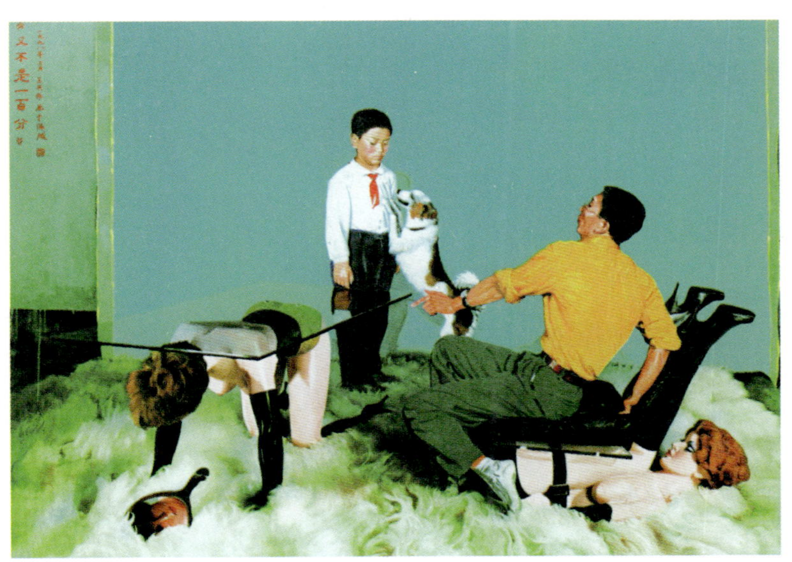

《又不是一百分》 油画，作者：王兴伟

女生就范，有一次甚至把一个女生的自行车高高挂到铁皮校门顶端的尖刺上。那个时期，校园里充斥着暴力和流氓行为，所有教室的窗户上都被迫蒙上了一层钢网，以保护不断被击碎的玻璃。

终于有一天，校门口的牌子上被人写上了“矿机动物园”五个大字，这是所有暴力活动中最高级的形式，极为罕见地体现了一次准确性和幽默感。

快班之痛

快班的氛围也是非常变态的，许多人都突然拥有了莫名其妙的优越感，并试图通过竞争继续分化这个群体。在这个班级里，老师鼓励不要命型刻苦学习的同学，强调成绩在对学生评价中的绝对地位。这和小学的时候提倡学雷锋做好事，学习张思德毫不利己、专门利人的境界，歌颂邱少云、黄继光等一不怕苦、二不怕死的英雄主义精神导向形成巨大反差。面对突然变更的价值观，我极不适应。

我好动的天性和好奇心仿佛遭遇到另一种壁垒，在一片埋头学习寂静无声的阵营中，我又成了边缘人物。无奈，我只好把所有的创造力都付诸“搞笑”的活动中，以此获得一丝存在感。在班级自习的时候，我基本接管了课堂，和另外几个不安分于学习的“同道中人”彼此呼应着，掀起一波一波的哄笑声。存在感虽然有了，但代价是沉重的，每次考试我都名落孙山。全班五十四名学生，我期末成绩最差的一次排在倒数第四，这个足以让父母蒙羞的纪录持续了一年多。

这期间，父母想尽一切办法帮助我跳出堕落的深渊，耐心启发、树立光辉榜样、课外辅导……可这些均未奏效，最后他们使出了撒手锏——大胆采用改革开放之初用于生产领域的“物质刺激”。父亲在一次期末考试前大声鼓励我说：“这次好好考，每进步一个名次，奖励人民币一毛钱！”听到这句话时，我仿佛看到了过去国产战争片中国民党军官的形象，听到了“弟兄们，给我冲！老子有赏！”那句陈旧的台词。结果我又一次让他们失望了……

那是人生中又一个暗无天日的时期，我厌恶上学，更害怕下学回家。因为班主任和数学老师都和我家住在一个单元里，这种便利条件致使我每一天的“错误行为”都会被告知家长，然后就是难熬的一个晚上。久违的体罚又一次莅临日常生活，甚至变成了每日晚餐的前菜，让我带着恐惧、就着羞辱和自卑下咽。而且打击力度与日俱增，达到了一生中的峰值。在班级里，我变成了一个反面的典型和恶作剧的高手。

不仅年级里把学生分为三六九等，同一班级里的学生也在继续分化。如果细心观察，你会发现分化的等级是沿着教室空间轴线方向变化的。从讲台下第一排到最后一排，就是一个班从优到劣的座次，而我自始至终坐在最后一排。后排是边缘地带，老师的注意力一般不会投放到此，学生也更容易忽略老师的谆谆教导。此地还往往聚集了全班最不爱学习的同学，也会产生抱团取暖、同病相怜的效应。

贪婪的“硕果”

1981年，励志电影《莫让年华付水流》上映，对全社会迅速升温的学习状态起到了推波助澜的作用。那部电影的主题曲整天在课间的高音喇叭中播放，当时红遍大江南北的歌手王洁实唱道：“年轻的朋友，青春的脚步，似行云水流；生活的道路，靠我们探求、探求。莫叹息、莫停留，莫叹息、莫停留……青春的心愿，在太空遨游；青春的旋律，为你响在心头、心头。要思考、要奋斗，要思考、要奋斗……”这歌每到课间操放风的时候就响起，连给学生松口气的机会都不愿意，它霸占听觉以至于最后形成条件反射，我一到课间耳畔就萦绕着这八十年代初期的主旋律。这种状况一直持续到十年之后才渐渐消失。

当时几乎所有的家长都跟打了鸡血似的，统统把注意力集中到孩子的学习这件事情上，每天漫山遍野的晨读的人和晚自习教室里人满为患的情形是此时人文景观中最壮丽的图景。我表面上也随大流参与晨读和晚自习，但完全是在应付，不是心猿意马，就是如坐针毡。不仅没有达到预期的效果，还经常惹出一些麻烦、闹出一些乱子，令老师深恶痛绝，让家长恼羞成怒。

许多时候家长会深度参与到孩子背诵语文、政治，解析数理化和学习外语的过程中来，所以晨读时经常可以看到父子或父女相伴在人口密度较低的地方朗读、背诵、考核的场景。中考和高考临近的时候，这种现象就会激增，成为遍布社区犄角旮旯的人文景象。

每年备考期间恰逢卧虎山上果实累累但又青涩之时，漫山遍野都是一片生机勃勃令人期待的景色。此时，专心学习的孩子看到的是风景，培育的是情怀；但对于我这类不爱学习但又必须应付家长要求的孩子来说，上卧虎山晨读看到的则是果实，是诱惑！终于，又一个极富戏剧性的故事诞生了。

记得是 1980 年 5 月的一天，我和另外两个同学装模作样一起去卧虎山晨读。书没看几眼，倒是看中了果树上挂着的那些青涩果子。此时，梨、苹果还都只是山楂般大小，青皮的核桃个儿稍大些。我们闪身溜进果园，一人放哨，两人采摘，没一会儿已是个个裤兜满满。揣着这份贪婪的“硕果”走出果林，我们一边走一边东张西望，贪欲满足之后，忧虑涌上心头。因为为了保证果园的收成，有护林员来回巡视，若被抓住的话，将面临罚款、关禁闭、写检查、通报学校等处罚。这时，兜里的果子俨然如一颗颗拔掉保险的手雷，越来越重，越来越危险。

果然，在下山的拐弯处，突然冒出三个护林员，其中两个膀大腰圆面露凶光。他们喝令我们站住，然后开始搜身，结果是铁证如山无法抵赖。他们一前两后押送我们去设在牛奶场的办公室接受处罚。这时候，我开始意识到问题的严重性了，于是产生了各种铤而走险的想法。第一个想法是逃脱，找一个拐弯处有树林的地方撒腿猛跑。可是那盯在后背的两双眼睛时刻保持着警惕，而下山的路两侧都是开阔的土坡，无处藏身。第二个想法非常危险，那就是突袭对方，重创他们之后逃跑。

结果我刚捡起一块砖头，就听得身后一声怒吼：“住手！你还想行凶么！”喝止我的是身后那个外号叫“大青果”的青年，这家伙住在邻近我家的一栋楼里，演过话剧《西安事变》中张学良卫队的成员。这时我才意识到，这回是跑了和尚跑不了庙了……

操练操练

在牛奶场东侧的那排平房里有一间处理治安事件的办公室，进去后，我看到一个满脸正义的浓眉大眼的三十岁左右的男人，他双手按着桌子，怒视着我们三个蟊贼。

首先是落实罪证，几个人监督我们把各自兜里的果子分堆摆放到桌子上，然后论罪处罚。当时我们被告知处罚的方式有两种：其一是罚款，其二是移交派出所。而罚款标准是一个小青梨罚一元，一个青皮核桃罚五元。由于我在路上趁人不注意的时候扔掉了大部分果实，所以我兜里拿出来的只有一只梨和一个核桃，核计罚款六元。而另外两个同学一个被核定罚二十元，一个罚十五元。听到这个数字，我们三个都傻了，即使是罚我那六元也是一个不小的数额，何况另外两位。于是内讧开始出现，另两位同学开始相互推诿果实数量的归属问题，这倒是正中审问者下怀。

荒诞的一幕出现了，审讯者拿起一把扫帚塞到其中一名同学手中，指令他抽打另一位同学。这是挑起内部矛盾让两位同学狗咬狗的伎俩，外号“大李子”的同学开始还不愿意拿，结果“啪”的一声挨了一个大嘴巴，接着在一声严厉的督促下开始用扫帚把抽打另一位同学，同时“哇”的一声哭了出来。这招的确歹毒，之后他们两个还真的互相咬将起来。这期间我被晾在一边，没人理我。也许是他们看我比较“油皮”，先惩处另外两位，杀鸡给猴看，试图起到震慑作用。待到恐惧的氛围营造得差不多了，他们开始把矛头转向了我。

“你爸爸叫什么？”“你的学校和班级？”“知道不知道你犯下了严重错误！”……

面对连珠炮似的发问，我对答如流。

“小刘，马上跟派出所说一下，中午把人送过去！”他们开始动用最严厉的威吓。

“要么罚款，让你们家长拿钱来领人！”

我说：“没钱！”

“啪！”旁边那个黑不溜秋、膀大腰圆的后生一个巴掌扇过来。我当时就急了，操起一个铁皮簸箕，对他大骂道：“你想干吗？出去练练！”

“嘿，小子，敢顶嘴！看你到派出所还敢不敢硬气！”

正当我们激烈争执之时，院子里传来熟悉的青年人朗朗背诵课文和中年人循循善诱的声音。我心里猛一紧张：“不会吧！难道是哥哥和爸爸的声音？”真是怕什么来什么，果真是父亲陪着哥哥复习政治路过这里。我一想这下麻烦了，赶紧降低了嗓门。

但是“大青果”认识我父亲，出去直接把他叫了进来，这下可尴尬了！看来我严重干扰了父亲望子成龙的心情，那时每当他为老大畅想美好未来的时候，我总像是掠过他思绪的黑影。这次看到我糟糕的状况，他肺都气炸了，几步抢上来就要抡开了揍我。当听到审我的那位说我不服审问，还要和人家出去“操练操练”时，他脑子里估计已经天旋地转。

这是初中阶段我最后一次给家长惹麻烦，此后，我鬼使神差一般逐步步入为升学考试而学习的正轨。

大学梦

父亲的一位老同学张伯伯在祁县的军工研究所做政委，常来我家。他倒是一直非常器重我，提醒父亲给我更多的关注。张伯伯的儿子大虎比我大四岁，却是我非常好的玩伴。大虎从小也不是个省油的灯，在学校和生活区制造过不少令人啼笑皆非的事件。但在1979年的高考中，这家伙居然一鸣惊人考上了大学。在太原读大学期间，大虎有时会来我家里吃饭，他饭量大得惊人，一次可以吃满满四大碗米饭。

大虎的饭量和他当运动员有关，他喜欢排球，在大学校队里担当副攻手。来我家里的时候，他常穿一双蓝色的旅游鞋，这是一款来自现代社会的、超越传统回力球鞋的性能且具备未来美学样式的鞋。这种鞋体现了一种新的美学系统，色彩鲜艳、装饰给力，即追求健康的同时兼顾美观。八十年代初期，这种款式的运动鞋和羽绒服一样，都表现出运动美学特有的气质，不时会出现在运动员和流氓的群体之中，表现出勇于创新、不拘一格的生活态度。大虎当时的穿着是混搭风格，脚上的装扮俨然已经迈向了现代性，但上半身依然穿着古板的蓝色中山装。我认为这就是个人和社会之间的紧密关系，它们在赛跑，社会在前，个人在后拼命追赶。

《白日梦》 丙烯画，作者：刘野

大虎所在排球队的成绩非常优秀，是全省高校比赛的冠军。1980年，他们代表山西省参加全国联赛，临行前，他来到我家里小住了几日。他和父母谈到了很多大学里的事情，学习、生活、运动、情感……旁听的我第一次对大学产生了生动且具象的认识，因为过去我所有关于大学的认知仅来自于两条线索：高尔基自传改编的连环画《我的大学》和电影《决裂》。高尔基所说的大学根本上就是复杂艰苦的社会环境，这个对我没什么吸引力，因为我所处的环境更乱、更惊险；电影《决裂》中描绘的大学基本上是被丑化之后的“人性堕落的巢穴”。而大虎所描述的自身体会折射出了大学的安宁和浪漫，令我向往。当他说出自己在重庆参加完全国联赛准备去长江三峡旅游的计划时，我被这种生活的丰富多彩彻底迷住了。那天饭桌上的畅聊令我心猿意马，我开始产生了一个非分之想——上大学。

《花城》杂志曾刊登了一篇小说《谁与我同行》，是以南京工学院建筑系大学生恋爱为主题叙事的中篇小说，采用了散文式的叙事风格。连续几天晚上睡觉前，妈妈都会把这部小说分段读给我们听。当时我虽情窦未开，但文章描述的大学校园的静谧、建筑的典雅、学习生活的多姿多彩再一次吸引了我。我想独立，想再一次逃离灰暗的现实，寻找一种理想的境界。

那时能考上大学的孩子都是社区里的英雄，其事迹被人们添油加醋后到处传扬，他们的家长也总是满面春光。我们子弟中学在以往的高考历史上，最高纪录是一年内考上两名本科生，之后基本上年年“光头”。要上大学，必须先考入市属或省属重点高中，否则基本等同进入绝望的境地了。

如果当时我把考大学的想法说出来，一定会被周围人当作笑话，因为我糟糕的学习状态早已是众人皆知。学校里不止一个老师曾经对我妈妈说过："你们家苏丹，还想考大学？门儿都没有！"这话对当时的我算不上什么打击，因为我从小就做好了上山下乡的准备，只是社会制度和风尚的急剧转变令我猝不及防，但周围同事这样的评价的确会让父母羞愧难当。

初中三年级开始后不久，一天，妈妈正襟危坐，把我拉到身边语重心长地说："爸爸妈妈没有能力给你转学了，要想实现梦想，考上大学，就靠你自己努力吧。"这次的谈话非常简短，没有说教，没有比较、借鉴，也没有情绪化的煽动和警示，但在我心里引起的震动非常大。我突然意识到眼下已经没有多少时间，要奔向自由人生，只能靠自己的努力。

物理老师和天主教徒

我在最危险的时候遇到了两位老师，一位是小学四年级时候的算术老师郭秀青，另一位就是这个时候遇到的物理老师郭增禄。神奇的是她们都是天主教徒，一个在"兵荒马乱"的时期关注到我熟读《水浒》这件事情，她的称赞和鼓励让我对学习有了些许兴趣，从此悬崖勒马、另辟蹊径；另一位在我青春叛逆期准备背水一战、绝地求生之时，施以援手，助推我抢滩彼岸。她们用包容和爱接纳了我，让我重新审视自己，发现并释放自己的潜质。

矿机厂向南一公里，解放路东侧有一座体量巨大的天主教堂。那座土红色的建筑被隔离在高高的围墙后边，即使这样，它尺度巨大的立面还是突出于围墙之上，构成了解放路沿街立面富于变化的轮廓线。那布满盲窗、罗马风格的建筑立面形态独特、构图严谨，有别于遍布北城区的工业建筑和四平八稳的办公楼建筑，相当醒目，同时充满神秘感。由于“文革”期间对天主教的丑化和污蔑，小时候路过这座教堂的时候，我总以为这座没有光线的建筑里隐藏着阴谋和罪恶。但是这两位老师用具体的行为感动了我，也令我对过去的宣传产生了怀疑。

郭增禄老师戴着一副宽大的黑边眼镜，操着一口标准的太原方言，她的面孔永远保持着一种少有的冷静。更重要的是她的物理课上得朴实、厚道，注重实验对理解和记忆的影响。而所谓厚道就是不刻薄，课堂上多鼓励少批评，尤其不对学生过于轻率地定性。这种态度让我如释重负，忘记了“讨厌鬼”“坏蛋”等身份，专注于知识本身。意识上的松绑迅速地影响着我的状态，之后的进步速度甚至经常令自己困惑，好在时间不多无暇纠结。

物理课成绩的变天引发了连锁效应，我的数学、化学、语文成绩也开始全面提升。一个学期过后，我竟然进入班级前十名的行列，这个成绩就很有希望考入重点中学了。中考的时候，尽管英语只考了 34.5 分，我还是如愿以偿考入了省重点太原六中。这也意味着我即将离开生活了十二年之久的矿机宿舍大院，进入全新的环境中学习。这简直是具有魔幻感的人生历程，每次回想起来都还有点不可思议，仿佛是冥冥之中循着某种暗示和指引前行，但从现实意义上看，这是我朝着梦想迈进的第一步。

直到现在，我都对两位郭老师心存感激，是她们在最危难的时刻拯救了我，每逢想到这里，我总会以为这是一个宿命的暗示。近十几年来，我多出入于意大利、德国、奥地利等天主教国家，每逢看到那些伟岸、沧桑的殿堂，看到信徒虔诚的目光，我就会想起我人生中遇到的两位善良的老师。后来听说郭增禄老师一直住在美国，两年前我们通过一次电话，可惜她耳朵不好，无法听到我时隔三十多年之后对她表达的谢意。

“进山”与出关

我的高中校名叫“进山”，在此学习三年之后，我实现了“出关”的夙愿，不仅走出了娘子关，还一个猛子闯到了山海关外。

进山中学

自 1977 年恢复高考制度以来，中国社会重新贯通了个人在社会公平上行的途径，正确疏导了生命能量流动和制动的环节，“文革”以来的一切乱象逐渐趋于平静。接下来就是理性的个体开始寻找成长的温床，其中优秀的中学就成为全社会的宠儿和焦点。在相当长的时间内，教育资源的匮乏和不均衡构成了一对愈演愈烈的矛盾，强的愈强弱的愈弱。这对既相生又相克的矛盾破坏了整个社会的教育环境，受益的只是那些处于优化之后中的小环境里的人。

生源一直被看作功利色彩下追逐教育成果的重要资本，高中如此，大学亦如此。当时（估计现在也如此）一个城市中的优质高中汇聚了两种类型的学生，其一是通过自己努力获得优异成绩的学子，另一类是拼爹的学生。像矿机子弟中学这类教育机构，就是典型地处在下游且不断败坏的环境中，教师和优质生源不断流失使得知识的流动阻滞愈加严重。早在初三之前，一些同学已经借助家长的努力实现了“移民”的梦想，捷足先登进入优质高中。而我则必须付出更多代价，才能在日后的中考中实现这个愿望。

1981 年 9 月，我正式进入太原六中读高中，省重点中学校园的气象和子弟中学差别太大了，令我在入校之初感到几分惶恐。那时的六中像一个大隐隐于市的庙宇，深藏于残败市井细碎的肌理之中，其内含锦绣，古木交柯，参天蔽日；其克己复礼，学舍俨然，庭阶寂寂。走进校园，立刻就会感受到它非凡的历史和执着的理念。而一部校名更迭史总是密切关照着政治史，太原六中原名“进山中学”，创建于 1922 年 9 月，是一所曾经享有盛名的学校。1952 年更名为太原市第六中学，1985 年又恢复原先“进山中学”的校名。

进山中学的校训中，有两条对我的人格和素质塑造起到了非常重要的作用：一条是强调劳动和学习的关系，另一条是提倡多样化的培养方针。同时，我入学的时候恰逢中国高中开始启用三年制的过渡时期，同一个年级分两年学制和三年学制，学生入学后可以根据自己的条件选择。父母出于对我基础的担忧以及对哥哥高考时间整体规划等方面的考虑，最终让我选了三年制。这样一来，此后的三年中，我就得以从容不迫、拖泥带水地度过了美好的高中时光。

南北轴线

进山中学的校园格局体现出偏执的中轴线规划理念，一根明确的轴线贯穿了整个学校狭长的空间地带。校园地势北高南低，因此这条轴线也得到了进一步的强化。它起始于南临上马街的平面呈八字形的校门，校门的建筑形制采用了“三间、四墩、七楼”的砖牌楼样式，空间叙事的起始已经开始标示出这个学校执守道统的立场。

校园前部空间细长，像一条陵园中的甬道，可以让人们在行进中继续发酵敬慕的情绪。两列古老的槐树相向而行，筑就了一条狭长的视廊，幽长而深远。这样才能让进入者的视线缓慢抵达灰色教学楼人字形的坡屋顶建筑，再聚焦于主立面上那颗红色的五角星。这条被道路、古树、建筑、装饰强化的主轴，极沉着地渲染出这所历史悠久的学堂肃穆神圣的气质。

空间叙事的高潮就在教学楼一带，它位于轴线中部。前边辅以整个校园最为开阔的空间，是学校运动场所在地，东侧是篮球、排球场地，西侧是田径场地。我的高中是当时重点中学中少见的注重素质教育的学校，学生课余生活丰富多彩，所以这部分空间一直是校园中最活跃的地方。

轴线后半段依次分布着教师办公区、实验室、图书馆、食堂、校长办公室和后花园。这条轴线近四百米长，终结于北端挂着“春华秋实”牌子的一个四合院落。那是一个有点神秘兮兮的地方，院内西厢房的门总上着锁，从门缝窥视，看到的是落满灰尘的凌乱的家具和散落的书籍，仿佛被遗弃和忘却的失落空间，似一个时间的断崖，悬念重重。如果说这个院子是整个校园空间叙事的尾声，那么院子东侧的紫来园就是绕梁三匝的余音，有几分羸弱、几分残缺，又恰恰是当时人文状态的一个精准的写照。这里是晨读和晚自习前调整心绪最好的去处，是涵养卑微人性的温床。

《解放》 综合材料作品，作者：李天元

古木与建筑

由于所从事专业的原因，我一直关注环境具有的教育作用，而从对自身成长过程的分析来看，在这一点上，我的受益是毋庸置疑的。一个人的道德情操很大程度上会受环境的影响，进山中学校园独特的气质对我的身心之浸染、熏陶既是直接的，又是潜移默化的。

昔日进山中学的校园空间中蕴含着浓郁的三晋古风，又残存着几丝淡淡忧伤。它营造的底色是木构灰砖的折衷主义样式，几乎所有建筑都顶着庄重的坡屋顶，如一个民国的遗老遗少族群，纵使岁月如烟，依然正襟危坐，沉湎于往日的威严。主楼北边的几座一层硬山坡顶建筑是教研室和实验室，墙身弹痕累累，想必曾经历过一场恶战。操场西侧矗立着一座西式装饰主义风格的礼堂，尽管装饰纹样被简化了，但仍然气度不凡。可惜这座礼堂在我们入学之前遭遇过一次火灾，一直大门紧闭，玻璃上布满尘垢，零星的野草从龟裂的台阶缝隙中长出，宣告着这一伟岸建构的死亡。

然而总体上看，进山中学是生机勃勃的。校园中树龄五十年以上的乔木很多，乔木种类包括刺槐、榆树、松柏、杨柳和少许的果树，花灌木包括丁香、榆叶梅、迎春和连翘等。这些树木被重重叠叠的院子护佑，躲避过了孩童的摧残，拒绝了城市建设的危害，它们之中的每一棵都身形茁壮、风姿绰约。一些古树甚至需要两个人才能围抱，于是整个校园树冠如云、浓荫蔽日。记得高三那年，校方管理者给它们都编了号，高龄者竟有七百多株。这些苍劲古朴、悠然

进山中学校门 图片提供：张晨光

自得的树木是校园景观，也折射出进山中学尊古崇道的人文精神。此外，这些参天古树还是校园历史的见证者和述说者，它们夏日里把浓荫铺陈在大道、墙身和鳞次栉比的灰瓦上，冬日把稀疏的影子写在地上，刻进人心里。

每年春天，迎春花最早揭开了万物复苏的序幕，黄绿色的枝条从紫来园花圃矮墙的装饰性孔洞中伸出，带着满臂明黄的小花向外界倾诉冬天里的困顿，吐露知春、喜春、报春的情怀；之后，紫来园一带的榆叶梅也竞相开放，先是硬朗干枯的枝杈上生出无数芽苞，然后花朵在几天内持续爆发，把校园空间中最寂静的角落变成最热烈的场合，仿佛到处是生命力绽放发出的暴响不绝的声音。夏天，米粒大小的白色和淡紫色的丁香花一束束跃然枝头，它们虽然低调，却能以另一种方式表达存在：小花悄无声息地散发“植物的荷尔蒙”，一夜之间芬芳满园。

秩序

进山中学的秩序不仅仅表现在空间的组织上，更在于它松弛有度的校园管理。第一次步入校园，我最突出的感受是它的庄重和神圣。之后的学习过程中，我第一次享受到校园环境应有的秩序和安宁。这是一个可以让学生安心读书，教师认真备课，课堂上每一个人都能全神贯注的地方。完全不像子弟学校，整天介风起云涌、龙蛇争霸般“荡气回肠”。曾经那些漫长混沌的岁月里，永远弥漫着一种明净和污浊、礼数与暴虐相混合的气息。

初中教室的门经常在上课过程中被粗暴地踹开，然后冲进几个暴怒的青壮年汉子殴打惹是生非的孩子，老师只能站在一边目瞪口呆地盼着事态平息；有时老师收完作业暂时放在讲台抽屉里，晚间可能就会有蟊贼翻窗潜入，把作业本盗走……而在这所市属学校，这种令人恐怖和啼笑皆非的事都不复存在。

1983 年“严打”之前，太原市的社会治安形势应该说相当严峻。进山中学的校园能保持安宁主要得益于几方面因素。一方面，密闭的围墙隔离了嘈杂的社会，强有力的监督和管理缔造了良好的氛围。校园东、西、北三个方向都由教师宿舍区和教育学院以及另一所中学包围着，只有东侧的一小段围墙和南校门、西校门与外部直接相接。东侧围墙很高，且挨着篮球场和排球场，视线开阔，并且由于那时西门只在放学时开放，其余时间都上着大锁，因此与教学无关的社会闲散人员若企图进入，也只有通过狭小却庄重的南门。有一次，我亲眼看到几个体育老师率领一队校工勇猛冲击，将闯入校园的一群寻衅滋事的社会青年驱赶出南门。

另一方面，学校严令禁止在校生动用校外的社会势力介入学生之间的纠纷，处罚措施相当严厉。因此，高中三年，我几乎没看到过校园内发生肢体冲突。

此外还有来自学校每一个个体的共识，不仅是教师，也包括学生。因为在学生眼中，学校就是一艘众人赖以抵达彼岸的大船，校长是船长、是舵手，教师是兢兢业业的船员。这俨然是一个利益共同体，大家共同维护着校园之内一切的设施、一草一木及所有规则。这种温和、有序是美育的起点，灌溉着我的良知，让它慢慢萌发和成长。

跑校和扒车

进山中学离矿机宿舍较远，要跨一个行政区。我每天要骑四十五分钟自行车来此上学，三年里风雨无阻。这样的长途奔波除了辛苦以外，有时还有一定危险。首先是辛苦，早出晚归的作息到了冬天几乎是每天两头见星星。

山西的冬季寒冷干燥，长时间骑车需要棉手套、口罩、棉帽、棉鞋全副武装，加重了骑行的负担，影响了反应能力。山西的春天和秋天虽然雨水少，但那风是恐怖的，尤其沙尘暴每年都有几次，刮得天昏地暗，十米之外不见景物。严重的时候，那强劲的风可以抵消骑车人全部的努力，把车与人定在路上，如同一座座动态十足的雕塑。

对于跑校者而言，自行车如同坐骑，是求学历程中不可分割的一部分。我的“坐骑”非常特别，是一辆父亲在六十年代花九十元买的二手自行车。过去山西人对自行车很讲究和爱惜，而那辆车原本在矿机社区就是一个笑话，因为它真和侯宝林先生的相声《夜行记》中描述的那辆车一样，“除了铃儿不响，其他哪儿都响”，老得不能再老。

在自行车清一色是黑色的时代，那辆破旧的军绿色自行车显得格外扎眼。而我最怕的就是扎眼，因为这种扎眼让所有的寒酸暴露无遗。我一怒之下用油漆对车的外观做了大胆修饰，用更刺眼的柠檬黄涂在车身上，挡泥板和链盒上按照自己的意图刷了若干装饰图形，于是这辆破车简直成了一朵奇葩，在八十年代自行车的海洋中尤为醒目。当时我正在背诵李白的《将进酒》，父亲带着嘲笑的口吻把它比作“五花马”，对此，我只能苦苦一笑。

辛苦的跑校历程也迫使我成了一名扒车高手，因为这是省力又风光的事情。骑车的时候一旦看到同路有开得比较“绵”的卡车或拖拉机，就会不失时机地紧蹬几步追将上去，然后右手扶着自行车车把，左手伸出去抓住车斗上的构件，这样我就变成了它的附属部分，速度大增。

八十年代的太原路面上，扒车是一道粗犷又离奇的风景，是体现胆魄和身手的冒险出行方式。这种省力但危险的运动一旦上手，就会成为每天乐此不疲地追逐的一种快感。那种单手控车、单手牵挂的动作，潇洒！那种穿越交通工具性能产生的风驰电掣般的感受，刺激！每天上下学在建设路手搭机动车狂飙的时候，我仿佛觉得全社会都在看着我。

那时候扒车上了瘾，技艺不断提升，我几乎可以征服除了轿车以外的所有车辆，包括很难搭手的无轨电车。这种对机动车的侮辱无疑也是对驾驶员的冒犯，因此扒车的潇洒中经常夹杂着扒车者和司乘人员的“斗争”。有几次扒电车时，售票员从车窗里伸出手，用木票盒敲击我搭在门框上的手；更多的时候，司机通过反光镜看到我得意忘形的样子时会恼羞成怒，进而猛踩油门。此时，我的身体就会被加速的车体牵引，离开自行车座，这是非常危险的时刻，必须控制身体和自行车的整体性，迫不得已就必须放弃。

高二那年，我终于出了一次事故，被一辆其貌不扬的加带挂斗的卡车甩了出去，失控的自行车在道路上急速扭了几个S形后，掼倒在路面上，我几个翻滚下来已经遍体鳞伤。最后，我爬起来推着损坏的自行车一瘸一拐来到学校，在众目睽睽之下步入教室。这是我高中学习中第一次上学迟到。

老师们

刚到新环境时，我怀着许多忐忑，感觉每一位同学都是规规矩矩的好学生，而过去环境中已经习惯了的那类混世魔王全然不见了踪影，我真不知道自己能否适应这种良好的环境。由于不了解我的过去，六中的老师对我都很友好，即使是批评也带着浓浓的善意。这种情况下，我就顺水推舟伪装得温文尔雅，时间一久竟逐渐忘记了笼罩在头顶的阴云和一直背负的阴影，开始了新的人生历程。

高二开始文理分班，这次选择对我是根本不需要纠结的事。那个时候中国社会文化中崇尚实用主义，选专业也会估量未来的应用前途，因此社会上一度鼓吹“学好数理化，走遍天下都不怕”的歪理邪说。我的数理化成绩都还不错，就坦然地选择了理科。但是三年学习中印象最深刻且对我影响深远的，却是两位语文老师。

杨文明老师是我高中阶段的第一位语文老师，教了我们不到一年，但是他对我的启发一直到今天还在。杨文明老师穿着讲究，举止儒雅，一看就是个文史哲系统中人。他上课的方式非常独特，把更多的时间交给学生阅读，他自己只是不停地在教室里踱着步子，然后耐心细致地回答学生的提问。这种方式无疑是大大超前了，过去的学生大多数希望听到老师通篇的讲解，习惯于被动地接受灌输。

而对于这种针对个体的、主动式的、带有讨论意味的教学明显不适应甚至反感，于是课堂上反应冷淡，家长们议论纷纷。

杨老师给我们布置的第一篇作文是关于中秋节的，题目是《中秋月》。我的作文在父亲的指导下一鸣惊人，文章引经据典，天南海北一通神侃，远远超出了中学作文模式僵化的格局。当时杨老师在课堂上给大家读我的文章，弄得我一开始以为自己做了写作跑题的反面典型。

杨老师最棒的一堂语文课，是讲鲁迅先生的《记念刘和珍君》。那是一个阳光明媚的上午，他身着深蓝色中式棉衣，不苟言笑地径直走上讲台，然后一反常态，为我们动情地通篇背诵《记念刘和珍君》。杨老师是北京人，他标准的普通话加上每每恰到好处的发力煽情，再结合那一连串有力而克制的动作，使同学们彻底震惊了。我们感受到了思想和语言的力量，杨老师通过精准的方式把这种力量传递给了我们。

白鸽昕老师是我的第二位高中语文老师，和杨老师的创造性相比，他年长、稳健、知识渊博，注重语文基础性知识和修养的培育。他给了我对语言非常理性的认知。高二第一个学期，期中考试的作文题目拉开了议论文写作的序幕，那次考试作文要求评价学校里发生的一件事，结果绝大多数人按着惯性又写成了散文。全年级八个班几百名学生的作文只有三篇有点议论文的模样，这其中也包含我的作文。

811 班一位同学的文章写得非常出色，深刻批判了当时风行校园的“五讲四美”活动中显露的只做表面文章的风气，老师们对此文给予极高评价，并在其余各班广泛推送。当时白老师用他带有浓厚福建口音的普通话朗读了该文，这件事情至今仍然让我非常钦佩，它足以反映出当时六中语文老师的整体素质和崇尚理性、倡导自觉思考的价值观。

美术组

我刚刚入学，父亲就听说学校在筹备美术组，他非常积极地督促我报名。由于错过了报名时间，他好像还专门给班主任王琦老师写了一封信介绍我的个人爱好。当时的高中，一切为了高考，成绩就是命根，绝大多数家长和老师都不支持学生过多参加课外活动。但我的情况比较特殊，父亲一直希望我读一个文理兼容的专业，并很早就为我选择了建筑学，因此他一直暗中做着酝酿和铺垫工作。

当时的美术组就在我班级的隔壁，一个隐蔽在安静角落里边缘性的空间。美术老师是刚调入学校不久的靳成章老师，他戴着一副深色宽边眼镜，一年四季大多数时候都穿一身灰色的中山装。当时美术组里一开始的成员中，我是唯一的一位高中学生，也就成了靳老师的助手。

那个时候的中学美术组担当着学校文化氛围营造和宣传工作，校园里主要的几块黑板报都是靳老师负责的，每次我就作为助手协助他写字、画插图，连校门口的几个用红漆描摹出来的大字也是由我们完成的。由于没有专业考试的压力，美术组就成了自由表现、施展才艺的地方。学生们可以把自己擅长和喜欢的各种类型的作品，素描、水粉、水彩、水墨甚至工笔画拿来让靳老师评价和指导。这样自由的氛围在当时的重点中学里实属罕见，空前绝后。

每隔半年，美术组还会在校园里举办一次展览，每一次展览都没有用专用的空间，而是直接把参展作品粘在户外展板上，那简直是一种完全开放性的展览方式，堪比中国现代美术运动中的“星星画展”。第一次展览由美术组十余位成员递交的几十幅作品组成，密密麻麻安排在几大块宣传展板上。课间参观的师生还真不少，络绎不绝的观众围着作品品头论足。

这一次，我的作品数量最多，由此名声大噪，回到班里也会听到一些同学窃窃私语地议论。靳老师喜欢工笔画，我在高中的头两年也经常摆弄笔墨，山水、人物、花卉，遇到什么画什么。此外，我还和靳老师学会了托裱的技能，即使回到家里，也能在简陋的条件下完成基本工序。

和今天考前班的专业性相比，高中的美术组更像是一个兴趣小组，松散、自由，这一段经历于我而言却非常重要。多年后，我在绕了一个巨大的圈子之后进入了美术学院，应当和这一段的启蒙有一点关系。虽然这仅限于情感方面的联系，但是情感的种子也许就是个人发展最为重要的潜在因素。

食堂的物质文明和精神文明

跑校的学生可以申请在学校食堂吃饭，这份福利也给了我许多难忘的记忆。食堂位于中轴线后半段东侧，是一座坐东朝西的坡屋顶建筑。入口直接开在西面的山墙上，似乎总挂着厚门帘。室内设施相当简陋，印象中几乎没几件家具。开饭的时候，我们要么直接站在饭厅里进食，要么端着饭盒满校园乱跑。洗碗的长条水池靠在南向的侧墙上，会提供开水供师生刷碗和饮用。

高中食堂的清苦是令人难忘的，虽说当时已经是改革开放之后农村生产力得到很大解放的时期，但社会总体的日常食谱中，粗粮依然占有一定比例。窝头、发糕、玉米面糊糊是粗粮“粉墨登场”的粗糙样式，一般出现在早餐和晚餐中。中午的饭菜略好，会有面条、馒头，有时甚至会出现南方的糙米饭。早餐、晚餐的配菜都是山西人最拿手的各种咸菜，而中午所谓水平提升之后的炒菜则没有给我留下任何印象。唯一一次留下印象的菜肴还是因为一起群体斗殴事件。

在争分夺秒准备高考的日子里，没什么人会滋生享乐意识，对于学校的食堂，更不会有人抱有任何幻想。平时肉馅包子的出现已经是抵达期望尽头的事情了，更不要说满浇着诱人汤汁的肉丸子。因此，1983 年深秋的一个中午，当食堂小黑板上突然出现平日少有的“溜丸子”这个菜名时，我们这群可怜的“食客”根本无法抑制住激动之情。大家开始情绪骚动，平日里秩序井然的食堂出现了少有的拥挤。

突然，我看到前排有人打斗，我的一个同学和另外两个穿军装的学生拳脚相加打在一起。一般来说，中午一起用餐的同学都比较要好，于是我想都没想就冲上去加入混战。陆续地，又有其他同学加入进来，六中的食堂里第一次出现这种全武行的场景。混乱中，学校里一个姓俞的工人上来就踹了我几脚，另几位老师也开始拉架，算是控制住了局面。这时候我才突然醒悟，这里不是子弟中学，打群架在省属重点中学里是很严重的事情。想到这里，我又联想到不

《英雄》 综合材料作品，作者：李天元

久将至的高考，不觉出了一身冷汗。下午战事继续升级，演变成了更大规模的两个班级之间的冲突，终于质变为一起严重扰乱学校教学秩序的事件。

第二天课间操结束后，在全校的大会上，教导主任刘老师语调严厉地谴责了此事，并当众点了三个祸首的名字，我当然也在其中。这是整个高中期间自己的名字第一次在全校大会上通过高音喇叭播放，可惜是负面的。

之后的一段时间是我升入高中之后最黑暗的时光，不断找教导处领导陈述情况、检讨错误，乞求校方给我改过的机会。因为我深知，这个时间节点上如果被给了处分将严重影响自己的未来。最终，我们可爱的班主任尹靖立老师“奋力抵抗”，坚决不接受校方过于严厉的处理决定，这才使原本的处理方案打了些许折扣，而情节略轻的我侥幸免于背上处分。

走向外边的世界

对于我而言，当年悬崖勒马、绝地反击就是希望通过高考走向更广阔的天地。三年的从容等待很快进入尾声，无论是课堂还是家里，氛围越来越紧张。课堂上，老师开始圈划复习重点，甚至孤注一掷地押题，一轮轮模拟考更是把紧张的氛围逐渐推向高潮；在家里，每一个即将参加高考的学生都成为整个家族关注、关照的重点，家务活没有了，营养不断加强，同时，为孩子谋划未来的专业和学校成为家长们每日里最过瘾的话题。

应当说父母对我的了解还是非常透彻的，这是十几年来“斗智斗勇”的结果。他们坚决不让我选择医科这类关乎人命大事的专业，坚信我有一天会把剪刀或纱布留在患者肚子里。他们一如既往地动员我选择文理兼修的建筑学，这一点我今天回想起来仍然感激涕零。因为我当时的想法很简单，无非希望走出娘子关，看看外边的世界，走得越远越好。而且我生性好动，最喜欢地质勘探这种漂泊动荡的工作生活状态。记得当时写过一篇宣泄这种想法的日记，父亲“偷看”后和我做了一次深谈，委婉地劝我把这个想法扼杀在动念之初。

高考的时候，我的考场设在离家更远的太原一中，距离超出了自行车出行的常规范围。于是家里如临大敌，在各方面进行了充分的准备，妈妈特地借了一个亲戚在火车站附近的房子供我午休用。考试的场景就不用说了，安静到听得见钟表表针如“凌迟”一般在残忍地削减有限的时间。

蔓延在考场内外的焦虑，还有骤然响起的冷酷铃声——这种由政策、制度、规则、格局、文化积习以及控制时间的道具共同营造的空间氛围炙烤着个体的身心，它是许多人一生都难以忘怀的。我也如此，时隔三十多年，那急促的铃声依旧不定期地光临我的梦境。

妈妈多次讲过，在我出生后不久，她曾找人算过一卦，卜算者说：“这个孩子将来会离你们很远。”“父母在，不远游，游必有方”，但我高考后所报志愿大多很远，都在一千公里之外，最后录取我的院校在距太原一千八百公里的哈尔滨。这的确应验了算命先生的预言，我一下子不仅走出了娘子关，更是越过了山海关，即将抵达一个文化和气候完全不同的环境。

至此，从初三发力到高中谨小慎微地学习和“做人”，我历时四年完成了从小就许下的心愿。1984 年 8 月底，我背着行囊，提着爷爷当年从安徽去北京求学时用的那只黑色漆皮箱子，在父母和同学的陪送下登上了北去的列车。站台上，一声长长的汽笛嘶吼出我潜藏多年的心声，身体伴随着列车沉重的喘息终于启程。十二分钟后，列车路过矿机宿舍，透过车窗望去，那片灰色的楼群已经掌灯。灯火阑珊处是我曾经温暖的巢穴，那片铁路和公路之间的空地上依然有顽童的身影，但这景观中的一切都在列车的疾驶中被压扁，成为模糊的片段，甩向我身后……

第四辑　空间往事

集体大澡堂

罗马人营造的卡瑞卡拉大浴场是世界建筑史上的奇观，也是洗澡和文明复杂关系的证明。澡堂在中国历史上的存在始见于宋元时期的文献，那时候它被称为“香水行”。《如梦令·水垢何曾相受》一词中有“水垢何曾相受，细看两俱无有”两句，又寄语揩背人曰:“尽日劳君挥肘。轻手，轻手，居士本来无垢。”大文豪苏东坡在文字中不仅提及洗澡，还谈到了搓澡这种衍生服务。

进入现代社会，澡堂成为公共性服务设施，以集体沐浴方式进行个人卫生维护的事物据说也是工业文明的产物。据我猜测，中国最早的现代性澡堂和工业生产有关，它也体现了组织安排的效率性和计划能力。

太原最早的澡堂“大观园”开始于 1885 年，原本是达官贵人和商贾休闲，顺便谈生意、联络社会人脉之地，与古罗马浴场的性质相似。至于那个时候平民百姓如何洗澡，这事情不好简单归纳，估计是各显神通。1949 年后，澡堂走向大众化。1966 年后，城市里的澡堂更是强制取消了单间、盆塘、搓澡、按摩这些具有享乐意味的设施和服务，转而变成了轰轰烈烈的集体浴池。现在回想一下那种几十个裸露的身体拥挤在一起，热热闹闹集体沐浴、相互搓背的场景，真有些令人害臊。这是工业美学最坦诚的部分。集体变成了数字，河流堕落成了浴池，雨润变成了淋浴。

在一个自来水尚未完全普及入户、日常生活大多使用公厕的时代，洗澡是个生活中的大问题。每日一洗是不可能的了，但周末是消除劳顿、重新开始的分界点，节日更是历久弥新的日子。因此节前的澡堂总是人满为患，池子里的人像火锅里的肉，池子外边，众多的身体簇拥在淋浴喷头下伸长脖子，如饥似渴地争抢那忽冷忽热、忽急忽缓的细流，如一群群拔光毛挂起来的鸡。

太原市的澡堂多分布在南城，这是一个另类的历史遗存。这些澡堂见证了这座城市曾经拥有过的市民社会气质和曾经繁荣的商贸活动。这些过去只为个别阶层服务的设施，无论如何也无法满足一个“新社会”对整个社会的光辉承诺，于是一种新兴的集体大浴池粉墨登场了。它们是工业化的产物。

迷你泳池

大型国有企业在洗澡的问题上显示出巨大的优越性，堪称一种实实在在的福利。不仅宿舍区有公共浴池，每次只收费五分钱，工厂内部更是分布着许多澡堂。矿机厂区当时就有热加工区铸钢车间澡堂、锻压车间澡堂、铸铁车间澡堂以及中厂门大澡堂，这几个澡堂管得较松，平时也让职工带小孩来洗，其他地方的澡堂一般严禁外车间人员进入。这些澡堂每周六对全宿舍区的人免费开放，因此每逢周六，大家都会进入平时戒备森严的厂区洗澡。

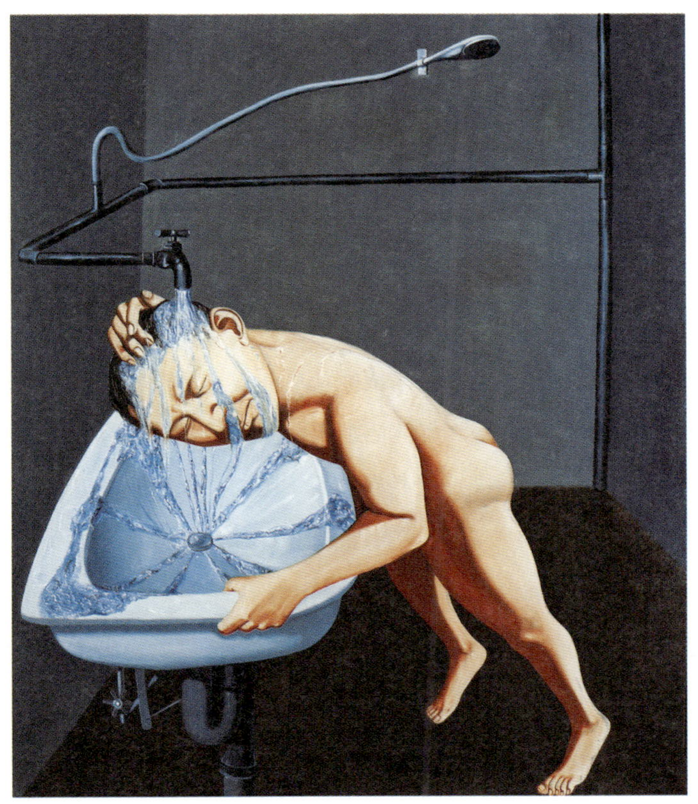

《慰藉之浴》 油画，作者：宋永红

那时候公共澡堂格局都差不多，外间是更衣室和休息室，里间是澡堂。澡堂里通常有两个水磨石砌筑的池子，内分两个台阶以便洗澡者或坐或卧。碗口粗的冷热水管穿越墙壁伸进池子里，这是粗陋的工业美学最直接的表达。若放的是热水，经常会烫到人，想要调到适中的温度是一件极有技术含量的事。淋浴花洒位于水池之外靠墙的一侧，是最抢手的资源，因为大家都知道淋浴的水质要远胜过池子里的水。

矿机宿舍的澡堂在工人俱乐部和医院之间，是一座不起眼的红砖建筑。更衣室和休息室混在一起，通向浴室的宽大通道两侧是用于休息和更衣的大通铺，其上铺着草编的席子。拖鞋是一块木板和工业胶带钉在一起做成的，穿着像日本的木屐，走动起来啪啪作响。由于这种拖鞋全部是成人尺寸的，孩子们穿起来走动时为了避免脚丫子从前方滑出去，就必须高抬腿踏步向前，这样“啪啪啪”的声响就更加明确和肯定了。集体浴池的公共感超强，有时候这种属性会让人们情不自禁地去侵犯私有物品，比如个人带的肥皂、洗头膏甚至毛巾。在工厂社区这种熟人社会里，一切都是大家的。

对于小孩子来讲，集体大澡堂是个水上乐园。其中的浴池简直就是一个迷你泳池，是锻炼兴风作浪本领的练习场。我儿时的游泳自习就是在这矩形的水池里进行的。首先是水下憋气训练，伙伴们经常切磋比赛，我可以一个猛子从这一头扎到另一头；也可以在这里练习基本的游泳姿势，自由泳太过扰民就来个舒展身姿的蛙泳，好看又中用；我当时掌握了一项可以在水里睁开眼睛的技能，以便在澡堂浑浊的水里潜泳应用，一到这个时候就骄傲地认为自己化身为了《巴布什卡历险记》中的男主人公。现代京剧《磐石湾》上映后，孩子们又开始模仿里面那个代号“08”的特务跳水的镜头，一个个站在高处跃入水中，不断惊起轩然大波，最后在成年人的破口大骂中戛然而止。

我的游泳经历就始于社区和厂区澡堂里局促的水池，然后从这狭窄阴暗之所游向社区北边的臭水沟，直至动物园里那个广阔的湖泊——龙潭湖。和我有同样成长经历的一些人，后来勇敢地奔向了几十里外浩瀚的晋阳湖，阴沟中练就的本领用在江湖里会有一定风险，勇闯江湖的同龄人中的确有个别沉戟汪洋的牺牲者。

稀缺的快乐

澡堂除了洗澡，还是洗劫的好地方。那时的一部阿尔巴尼亚电影《战斗的早晨》中，就有一群孩子趁着德国兵在河里洗澡弄得满头肥皂泡的时候偷走他们衣物和武器的情节。或许是受到了该剧情的启发，我们社区里的澡堂很快堕落，变成了窃贼的“天堂”。

当时，人们洗澡脱下来的衣服就堆在一个和休息的床连在一起的木箱里，箱子上没有锁，这就给窃贼提供了绝好的机会。由于太穷，盗贼们饥不择食什么都偷。兜里的零钱几乎是不可能偷着的了，那就偷裤子上的腰带、鞋或品相基本完好的衣服。这种偷窃产生的后果不会太严重，但非常尴尬，比如鞋被偷了，你就得光着脚回家，如果是冬天就必须托熟人从家里再拿一双替换的鞋子来。小时候，我经常在澡堂看到鞋子被偷无法回家的人蹲在铺上愁眉不展的窘况。后来由于此地偷盗状况过于严重，澡堂开始提供更衣柜的门锁，只是这种锁必须交两元的押金才能获取。

在城市粗糙的生活环境中，澡堂的温情是势不可挡的，褪去满是油污和灰尘的工装，之后，一切都是柔软温润的。肉身的曲线，荡漾的池水，润滑的泡沫。弥漫的水蒸气会进一步柔化空间僵直的轮廓，其中若隐若现的身体看上去有了几分美学的意味。水流沐浴身体的感觉之美妙也是实实在在的，每一次流淌都是一次洗心革面的清洗，都有一层启蒙的意味。

古罗马时期，澡堂是贵族和商人议事休闲之处，庞贝古城的废墟中依然到处有私家浴池的踪迹。从那些精美的马赛克拼花和内容糜烂的装饰壁画可以看出，澡堂是个令人飘飘欲仙、想入非非的地方。

“文革”时期，尽管澡堂里享乐的内容被取缔殆尽，但是洗澡的舒适感仍然实实在在感动着人性，于是一些猥琐的念头如苔藓一般在这潮湿的地方渐成气候。这里也是滋生关于人类身体的亚文化的是非之地。渐渐地，流氓和社会闲散人员占据了澡堂空间的主体和话语的主流，那些文了身的汉子俨然是这里的主人，他们聚在一起大声喧哗，放肆地笑着。还有一些体制内外的边缘人物，顽劣和攻击性使得他们挣脱了政治的管教，成为那一个时代自由着的城市游氓。这些人倒是更诙谐幽默，他们可以把猥琐、阴暗和激情、美妙勾兑，再用生动的情节叙事，生产出另一种时代稀缺的快乐。

一次，一个在社区有点名气的叫刘贵宝的“坏蛋”，居然在这宽阔的大通铺上讲了一个完整的色情幽默故事——“减肥俱乐部”。故事的发生地选在当时被大家看作花花世界、罪恶之都的香港，说的是一个要减肥的人在某个减肥俱乐部的情色遭遇。故事情节跌宕起伏，充满悬念又反复逆转，在一个完全没有幽默感的时代堪称经典，令人难忘。这些没去过香港的内地流氓开启了最疯狂的想象力，来

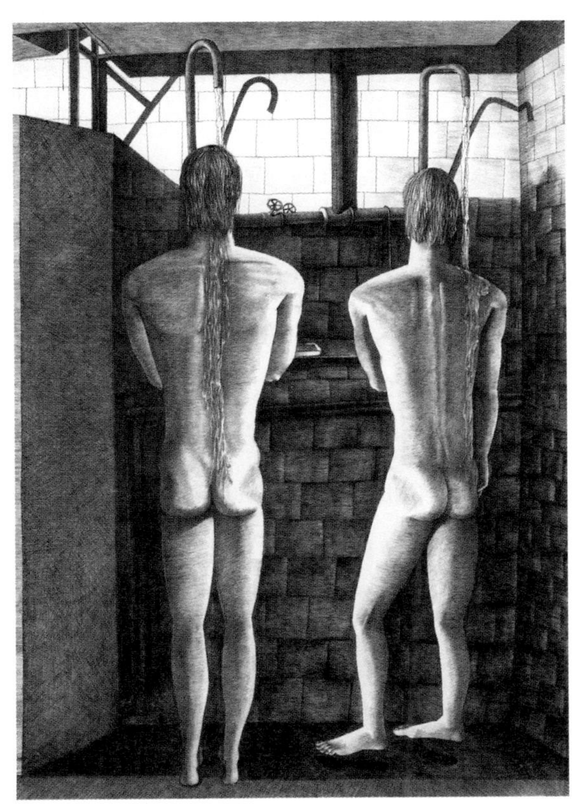

《陌生环境》系列之二 油画，作者：宋永红

缔造一个罪恶之都的罪恶，令它听起来既荒诞离奇又有几分刺激。

刘贵宝讲得眉飞色舞，围在四周的人既若有所失又忍俊不禁。一位路过的戴着一副宽大眼镜的老工人愤愤地质问道："谁告给你的？" 刘贵宝满脸坏笑，答道："报纸上看到的……" 这是我听到的最早的黄段子，这段子像一束邪恶的光芒，在物质和精神双重贫乏的时代透视着人性。后来，这位刘姓人士在1983年"严打"期间死于拘押期，关于他的尸检过程，人们也是在澡堂里听到的。

澡堂是身体的库房，也会让一些人产生另一方面的欲望。禁欲主义的社会环境下，身体被保守的服装严格看护着，于是异性的浴区就成为幻想的对象。偷窥是一种冒险行为，会让人身败名裂，但依然有人控制不住那疯狂的念头，去做飞蛾扑火的"壮举"。几乎每隔一段时间就会有男扮女装者闯入禁地，为一览美景费尽心机，但又总是逃脱不了被捉现行的命运，沦为众目睽睽下颜面尽失的可怜虫。这种冒险行为会在相当长的一段时间里成为社区里的话题，如同廉价的味精添加在乏味的饭食之中，人们借此聊以自慰。

简朴实用的集体澡堂因其不注重隐私和缺乏基本的生活美学，已经退出了历史。取而代之的是奢靡的洗浴风尚，自二十世纪九十年代以来，中国许多城市都成了浴都，在这轮洗浴文化的"创新风暴"中，太原洗浴业的骄子们一马当先，引领了时代风骚。那些勤勉的"新晋商"代表们精打细算，大做"水"的文章，一时间城市的地标中涌现出一拨儿又一拨儿的"浴都""浴宫""浴城"，它们气势张扬，广告语明暗喻结合，充满诱惑。昔日罗马盛世的所有风光在这些浮光跃金的场所里若隐若现，而迷恋这些地方的，又多是曾经浸泡在集体水磨石浴池里的幸福的人们。

大操场

过去中国社会的社区环境中大多没有真正意义上的广场，于是操场就替代了广场司职各种各样的社会功能。矿机子弟学校的操场就是这种典型的社会空间，它位于社区的核心部位，因此即使高大的围墙把它和周边道路、住宅、剧场分隔开来，人们依然要每天光临此地。

操场是这个社区中最炽热的一块土地。首先是因为它的大，孩童可以在这里开足马力任意狂奔；其次是它的空旷，只有在这里，高音喇叭的美学特质才能得到充分表现。它是这个人口密集的社区里最大的一块空地，可以汇聚最广泛的从体育锻炼到文艺活动，再到漫步、聚会等几乎除了生产以外的各种集体活动。因此，矿机子弟学校的操场虽然很大，但是没有草坪，密集的活动让那些草籽根本没有出头之日。

运动和表演

广播体操是大操场最名正言顺的主人，每到课间，偌大个操场的两个标高处就站满了学生，大家跟随高音喇叭播出的旋律和口令齐刷刷地做操。广播体操这种现代性工业产品，居然超越了地域间的文化、气候、地理等复杂因素，在九百六十万平方公里的土地上每天准时上演。

上课间操的时候，是操场这个空间最具神圣感的时刻，每个人或多或少都受到了这种仪式的影响。有标准模仿、有旋律引导、有视觉影响力，此时，个体意识魂飞魄散，集体精神大放光芒，整齐划一成为一种美学境界。广播体操的动作设计也是一种意识形态的具体设计，一招一式干脆、明确，极力突出舒展、挺拔，体现了正义，比喻了光明。这无疑是一种潜移默化的过程，令每一个个体每日沉浸于其中难以自拔。

哑铃操是介于广播体操和表演之间的群体性活动，非常之壮观，动作完全按照广播体操来编排，但每一个人手中多了两个轻飘飘的木质哑铃，如此这般当有几个动作需要两只手交合的时候，木质哑铃就会相撞，发出脆响。哑铃操形式大过内容，但齐刷刷的动作配合着齐刷刷的声音效果，声势浩大。这个节目平日没有，只在重大节庆前夕上演，而且每逢此时还要求统一着装，大伙为此不惜动用一切简陋的手段，比如用石灰把黑色或灰色的布鞋染成白色，将这种美学灌输效用发挥到极致。

真正的表演也经常有，那多是学校里的文艺会演。班级的诗朗诵和年级里的大合唱是表演的主要形式。个别时候也会有独唱，一些不自量力的小歌手踌躇满志登台表演，试图技惊四座。但由于场面太大且过于空旷，声场环境糟糕，每每让独唱者兴致勃勃而来却败兴而归。表演高潮的出现倒不是因为节目本身，而是在于歌唱者

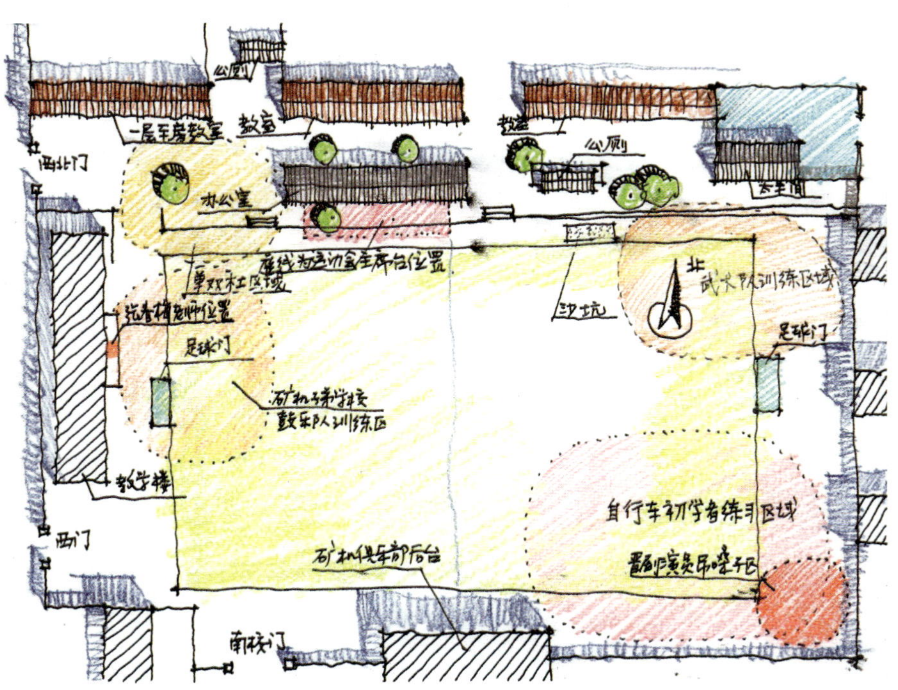

《矿机子弟学校操场平面复原图》 绘制者：苏丹

的跑调，在观众幸灾乐祸的哄闹下，惊慌失措的歌者慌不择路地让调门儿奔向了远方……

运动会

春季、秋季每年两次的运动会仿佛大操场的盛典和体检，每到此时，白灰会把已经模糊不清的跑道重新梳理，铁锹、筛网和犁耙将沙坑中的沙子重新过筛、铺平。红旗的阵列围合出空间的重点，衬托出视觉的中心。书写工整的条幅凌驾于主席台上空，虽总是一句废话，倒也不显得多余。《运动员进行曲》雷打不动地循环播放，让人们在持续亢奋中渐渐麻木。肉麻和雷同的稿件仿佛无休无止的接力，纷至沓来。空洞的口号响彻云霄，但是那些加油的呐喊声的确是发自肺腑的，证明了荣誉是竞争的结果。操场真是一个让身体快乐、思维停滞的场所，在运动会期间，它自身的价值得到了特别的体现。

投掷手榴弹成为中小学体育项目的原因不得而知，但却是广大同学的最爱，它让战斗和体育比赛巧妙结合起来，是践行“发展体育运动，增强人民体质”“锻炼身体，保卫祖国”的口号的最佳方式。那些平日里桀骜不驯、好勇斗狠的男生也多是运动会上的佼佼者，尤其是手榴弹项目，这得益于我们这个社区的孩子经常和临近社区的孩子发生冲突，就像巴勒斯坦的男孩们每日里所做的那种投掷。记得这项比赛中，最让人们期待的就是一个姓童的男生的出场，他拥有极为出色的投掷能力，他投出的手榴弹会划出美妙的弧线，直抵操场边界。

足球天地

足球比赛是仅次于运动会的群体性运动，我们那个社区的孩子和工厂的工人都非常迷恋足球，厂队更是多次荣获骄人的战绩。滚动的足球仿佛是他们的梦想，追逐和拼抢会消耗他们过剩的精力。我们这个操场还曾经是全国足球比赛的场地，这是许多人一辈子津津乐道的话题。虽说那个时候我好像刚从奶妈家回到城市，也就三岁左右，但那一次的比赛我至今记忆犹新，因为到处都张贴着两个运动员奋不顾身争抢足球的海报。幼小的我站在圈外，从成年人大腿的缝隙间望过去，满场都是身着色彩鲜明的运动服的人……矿机人除了热爱篮球以外，就是热爱足球，重工业的粗犷和球场厮杀的铁血混合在一起，发酵成可怕的烈酒，让人如醉如痴。

小学的时候，我的一个邻居大哥和若干有斑斑劣迹的社会青年把周围一票青年组织起来，成立了一支足球队，号称“矿机无名队”。他们自己组织训练，领队是个叫“臭疤蛋”的“老炮”，教练和队长一个个也都不是省油的灯。这帮人组成的队伍杀气腾腾地在太原市内到处挑战，足球比赛身体的对抗是冲突的引信，因此赛场内外的暴力就成了伴随比赛的另一项运动，几乎是赛一次打一次。但也就是这样一支类似还乡团的青年队伍，愣是在当年的太原市中学生比赛中获得了第二名的成绩，决赛中他们输给了有强大专业性支持的山大附中队。

这样一来，本来被认为是社区公害、名不见经传的队伍突然变成了社区里的英雄，令人刮目相看。当时正赶上“文革”后第一次工资改革，教师们为了晋升和涨工资闹得不可开交，绞尽脑汁地寻找机会突出业绩。体育老师们当时就打出了“矿机无名队”及其辉煌战绩这张王牌，其实大家都知道这支球队是自发组织的，和学校无关。“矿机无名队”的骄人成绩激励了很多热爱足球运动的孩子，孩子们都想加入这支强有力的球队，于是每天从早到晚操场上到处都是练球的人影。

后来，这个巨大的操场因为增建职工宿舍和扩建工人俱乐部的后台，在东、南两侧被割去了一半的面积。被进行了“胃切除”后的操场无法进行标准足球场地的比赛，于是就改成了七人制、七十分钟的小型赛事。虽说比赛规模小了、时间短了，但矿机人热爱足球的热情丝毫未减。1981年，中国足球队第一次冲击世界杯的壮举，再一次把矿机的足球氛围推向高潮。电视机前、街头巷尾到处是谈论足球的人，此时的操场更是成了足球横飞、人影乱晃的场所。每天黄昏，数十个足球、上百人纠缠混迹于这块不大的天地，我想即使巴西、墨西哥这样的地方也不过如此。

露天考场

利用开阔的操场考试是我所在的子弟学校的伟大发明，它彻底颠覆了这个空间的属性，使之由喧闹和富于节奏感的律动陷入死一般的寂静。这个灵光乍现的变通其实是一种无奈之举，缘于子弟中学学生们的顽劣。因为这里不爱学习的孩子占据大多数，平时不努力，临时就抱佛脚。每到考试时，也是“坏蛋们”施展各种作弊技能的时候，这些家伙发明作弊的手段根本不是为了提高成绩，而是“优雅”地挑战规则，以证明自己。他们会制作各种各样的作弊工具，藏在人们意想不到的地方，更有甚者还用皮筋给小纸条钉成的微型笔记本装上了收放自如的机关，令老师们防不胜防。

然而魔高一尺，道高一丈，狐狸哪能斗过老猎手！眼见作弊之风愈演愈烈，负责教务的领导索性就把一览无余的操场用作了考试场所。如此一来，在那足够大的空间里，每一个个体被空间隔离开来，坐在自带的小板凳上，大家都成为被审视的对象。老师站在那里居高临下，一切风吹草动尽在眼底。

这种一千多人一起考试的场景真是壮观无比。多年之后，我作为学院每年一度招生考试的巡考员，目睹了中国式艺考的规模才重温旧梦。那种场面上的宏大和空间中的静谧，以及营造出的诡异氛围，如同一部掐掉配音的默片，堪称一个时代的特写。

鬼抽筋

除了承担广播体操、足球比赛、考试这些主要功能外，操场还有很多其他数不清的功能。它俨然是这个社区的起居室，最具公共性。每一个人都把这里当成了自己家的一部分，起居也就充斥着人们各式各样的生活景象，极为丰富、生动无比。比如说，春秋季放风筝，半大孩子歪歪扭扭地学自行车，成年人饭后遛弯儿，学生榜样们的晨读，晋剧演员早上吊嗓子，临近黄昏时分光线黯淡后开始的男女约会，等等。还有一些极具特色的项目也会在这里发生，矿机武术队就是操场上的一道风景。

矿机武术队由来已久，创始人是宿舍区知名人士李祁贵。李祁贵是一个资格老且徒弟众多的武术大师，在我们那里曾有很多关于他的传说。李师傅擅长气功，功夫了得，据说“文革”中挨斗，李师傅在造反派面前诈死，没有了呼吸，但其实是在用肛门换气维持生命。我想这肯定是个笑话啦，百无聊赖的民间就是一片制造传说的沃土，不必当真。

不过武术队的的确确存在，且规模庞大，长江后浪推前浪，一拨儿接一拨儿出师，一拨儿接一拨儿拜师。操场的一角是李祁贵师傅每天早上率领徒弟们练功的地方。胖胖的、戴着一副褐色眼镜的老李认真指导着，徒弟们蹲马步、踢腿、空翻、枪械对练，很是热闹。另外，武术队训练时的穿着也颇讲究，红色或蓝色的灯笼裤、白色二股筋儿背心、白色的球鞋，好不威风。

我们这些进不了武术队的就远远看着他们的飒爽英姿，会气急败坏地一起喊着：“李祁贵的兵，鬼抽筋！”“李祁贵的兵，鬼抽筋”这句骂人话，在我的印象里持续了十几年。人们一直这样羞辱谩骂，李师傅和徒弟们一直这样忍辱负重地练着，双方竟然相安无事。

我对现代社会学谈到空间生产方面的一些理论深表赞同，空间既是社会的载体，又是不断反作用于社会的事物。社会依托于空间，空间形态是社会的一种表征。另一方面，空间生产社会能量，也生产社会文化。在我对操场的记忆中，所有的画面都是有人的，操场的魅力正在于此。各种各样的人聚集在开阔的操场上，进行各种活动，有的是为了自己，比如锻炼身体这种事情，更多的活动是和其他人相关的。人们在比赛中相互配合、进行对抗，在喝彩和掌声中获得存在感。即使像考场和公审大会这样充满敌意的场合下，人们的脸上依然挂满了微笑。这就是空间生产出事件所具有的能量，这能量无论正负都因其制造出的巨大旋涡而迷人。

社区里每一个人、每一个家庭都在情感和情绪上依赖这块巨大的空地。清晨，人们来到操场打开身体与心胸，为迎接新的一天做好准备。晚饭之后的黄昏，大腹便便的人们踌躇满志、步履轻松地来到操场；随身携带的半导体播放的晋剧梆子戏释放出高昂的腔调，手里扇子摇摆着，却怎么也跟不上戏曲的节拍；夕阳把西侧的教学楼扑倒在操场上，变成一个巨大的阴影，余晖四处散布着生活的谣言。

许多年以来，我做过好几次同样的梦。有一次，那个记忆中暴土扬尘的操场突然变成了一片水面，而我，则像一只蜻蜓一样掠过水面并不停地触碰着它，水面泛起阵阵涟漪……

西马路

西马路是工厂宿舍区西侧外围的一条干道，它是联系宿舍区到厂区以及宿舍区通向外部世界的主要交通的一段。由工厂大门通向生活区的大路呈一个长长的L形，像一条纤细的胳膊拥揽着另一个相邻的厂区宿舍。这条路先是东西走向然后向北拐去，西马路就是这南北向的一段。

这一段路的商业是自发形成的，但是轰轰烈烈、欣欣向荣，给我留下了别样的记忆。在这里，我们能看到从金融储蓄到出售烟酒糖果的副食商店，再到卖馒头的主食餐厅，直至垃圾清理和废品回收站这样的生活系统末端设施。

在这个社会系统中，宿舍区如同一个巨大的胃，司职消化和吸收；西马路则像一段肠道，控制着进食与排泄。但是体现在微观景观上，西马路是丰富的，活色生香的。

院落与看家狗

西马路是工业生活和农业生产的交汇地，一个个小院落是这里

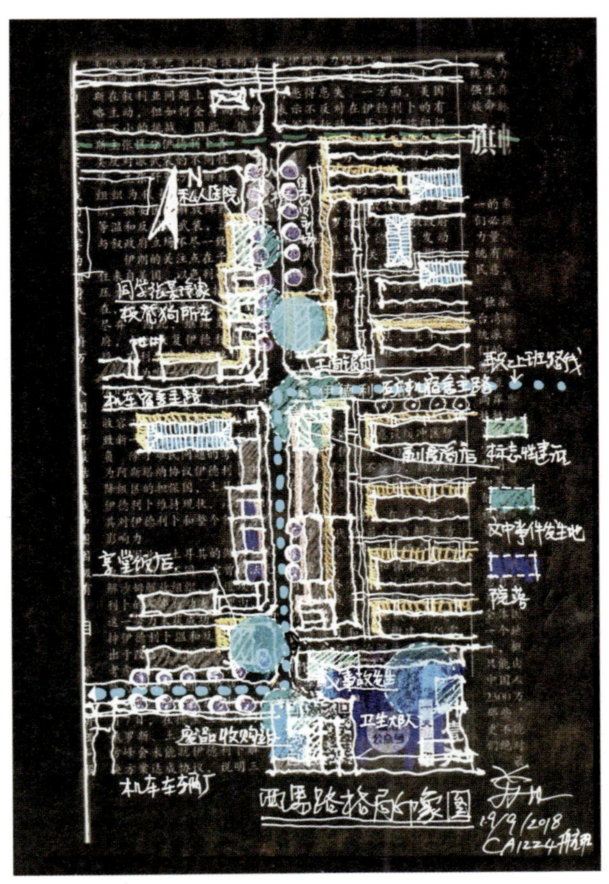

《西马路格局印象图》 绘制者：苏丹

空间的原型，它们沿着路西侧密切排布。早期的西马路几乎家家养狗。这些形形色色的土狗都是看家护院的好手，陌生人一路过家门就会咆哮，然后连带起一片狂吠。白天这些狗都处于散养状态，它们或蹲或卧守护在自家门口，耀武扬威、虎视眈眈地浏览着过往行人。行人一般都沿着东侧的道路行走，以防被这些癞皮狗纠缠。狗儿们不仅欺生，还欺负弱小者、胆小者。所以早期的西马路给我的印象是，那里是一个恐怖的地带，每当看到路过的小孩，这些狗仗人势的家伙就会冲过道路到马路另一侧袭扰孩子。吓得孩子们要不哇哇大哭，要不就掉头逃跑。这些势力的狗儿就是得势不让人，你越是畏缩逃跑，它们就追得越凶。

后来大家掌握了一种方法，就是当这些狗儿冲你狂吠时，蹲下身来做捡石头状，就会吓跑它们。我试过几次，好像不太灵。小学一年级同桌的女生叫张惠玲，她家就住在那种小院里并养着一只板凳狗。当时牛奶配给站就设在她家，每天早上，订牛奶的人家会去凭票领奶。由于当时我在学校经常和她打架，所以每当我去领奶，她就让板凳狗咬我。

工业来临之后，这里的生活样式开始发生变化。院落的封闭性被打破了，冷漠的围墙和紧闭的大门逐一变成营业的店面，西马路成了两个工业企业宿舍区商品和农产品供应的集散地。张扬跋扈的狗儿们渐渐消失了，郊区的农民们骑着自行车来到这里摆摊叫卖。即使在计划经济苛刻的年代，这里的农产品交易也非常活跃。一些脑子活、胆子大的农民会把自留地里产的农产品带到这里，以人民币和粮票交易。那些色泽鲜亮的水果、质感强烈的干果盛放在柳条编的篮子或敞口的麻袋里，极具诱惑力。这在“割资本主义尾巴”

的时代是冒着巨大风险的事情，但他们的确给贫乏的生活带来了少许快乐。

物质诱惑

西马路副食店鳞次栉比，但内容雷同，且一律采取橱窗开口售货的方式。副食店里的商品以罐头为主，算是工业生产的低端产品；糕点和咸菜各占两端，坚守着口味的两极。香烟和酒类是非必需品，也不能算作奢侈品，清教主义规训在这一点上打了少许的折扣。但是细看那些烟和酒也谈不上和享乐主义有任何瓜葛，简单的设计、粗糙的印刷、廉价的口感。最贵的香烟是牡丹、凤凰，最便宜的是一个叫“勤俭”的牌子，一盒只要八分钱。

对成年人而言，蔬菜、肉、调料是他们关注的对象，“文革”后期的限量供应已经到了维持生存的极限。有时候连酱油都会脱销，这时大家就会买一种叫黑酱的调料取而代之。黏糊糊的黑酱像油画颜料，是描绘那个至暗时代记忆底色最贴切的东西。而孩子们更痴迷于罐头和糖果、糕点之类的甜品，若没有能力消费这些，黑枣、果丹皮、柿饼、酸枣面也是孩子们祈求的对象。

西马路南端有一个叫享堂饭店的餐厅让我难以忘怀，倒不是因为它能提供什么令人口有余香的饭菜，好像那里根本就没有任何炒菜，除了过度蓬松的馒头，就是粗粝的窝头。造成我印象深刻的原因是那个餐厅外卖窗口的拥挤，因为馒头也是那个时候炙手可热的食品。

抢购馒头的风潮令这个饭店苦不堪言，有时候会祭出邪招来限制人们对美好生活的向往。有一段时间，买馒头需要搭配鸡蛋汤，多买多搭，实际上是变相抬价。买馒头时的长队和窗口前的争抢令人恐惧又不得不面对，我从很小就加入了拥挤的行列，带着家长沉甸甸的嘱托去和成年人比拼。那时候，我总感觉几米之外的售货窗口非常遥远。窗子里一侧的长桌上躺着两个扁平的柳条笸，其中一个放置蒸好的馒头，一个堆垒着锥形的窝头。人们为几个白面馒头而早出晚归排队等候，甚至争抢拥挤，全然不顾颜面。

缓冲地带

矿山机器厂和机车车辆厂之间，只隔着一条西马路，马路以西是机车厂的宿舍区，东边则是矿山机器厂的宿舍区。西马路如同剑拔弩张的国界，隔开了风格迥异的两个世界。机车厂宿舍区的南端就是厂区，那里的职工上班极为便捷，工厂的能源也可以直接输送到生活区，而矿机厂的生产和生活区的联系则要穿越机车厂生活和生产之间的缝隙。

小时候，两大生活区最为明显的生活品质差距就是暖气设施，机车车辆厂的工业能源管线轻而易举地跨越狭窄的马路输送到他们每一个家庭，而矿山机器厂的家属们在八十年代中期之前一直是靠燃煤取暖过冬，这是我们在竞争意识中唯一自卑的地方。

除了冬季生活舒适性之外，采暖方式还产生了卫生品质、空间形象甚至健康方面的区别。两大生活区尽管只相隔一条马路，但卫生状况迥异，矿机宿舍区垃圾的数量和类别要远远大于邻居，宿舍楼区的空地上长久地堆放着炭块、蜂窝煤和一种叫作煤糕的东西。这些物品分属不同的家族，它们码放整齐，顶部遮盖着油毡，这些凌乱粗粝的体块随意堆放，将原本秩序井然的空间分割得支离破碎，形成无数的视觉盲区。这种格局和景观形态对人们的影响既是直接的，又是间接的。

西马路是两个社区空间清晰边缘的夹缝，是我们共用的商业街区。西马路也是隔阂与偏见的缓冲地带，在生活必需品的逼迫下，大家放弃了所谓的政治立场，回归到生存的初始状态。只有在这里，大家可以相安无事。

小偷与大盗

西马路是迷失于社会之中的叛逆少年的乐园，因为这里是全社会物质最丰沛的地方，极具诱惑力。那些野孩子们依靠暴力和偷窃能获得额外的给养补充。追求享乐主义的思想从嘴做起，这是任何说教都无法抵挡的。抢夺和扒窃是西马路上每天发生的事情，明火执仗的抢夺主要针对的是进城卖农产品的农民，并经常酿成严重的血案。“温文尔雅”的扒窃则是针对自己人的，老人和妇女是少年们下手的主要对象。

记得西马路曾经有一个传奇的少年，他的小名叫“小言言”，好像是个有几分手段的行窃高手。据说这孩子被家里赶出来之后就居无定所、混迹街头。更有意思的是他养了好几条狼狗，这些狼狗随他一起流浪，成了名副其实的丧家狗。关于小言言和他的狼狗有很多传说，比如他和他的狗儿们每天就住在北边的山洞里，还有人说他兜里的钱如何如何多，多到不住地往外流。但那时候我很小，无从考证这些传说是否属实。我曾在西马路见过他一次，不过那一次他只带了一条大狼狗。

西马路临近宿舍区西门北侧有一个寒酸的储蓄所，它是居民们储蓄的唯一选择。在一个人均收入普遍低下的社会里，去储蓄所存钱可是一件非常引人注目的事情。而银行储蓄所更是高级罪犯觊觎窥视的目标，在我的印象里那个储蓄所隔一段时间就会被盗一次。每逢案发后，成群的便衣警察会蜂拥而至封锁现场。戴白手套的和端着相机照相取证的技术人员也进进出出，围观的人们窃窃私语并展开丰富的想象。

卫生大队的怒火

太原市的环卫工作由卫生大队负责，那个单位就在西马路最南端的东侧，是个宽敞的大院子。卫生大队拥有很多车辆，主要用于清运垃圾以及运送清洁工人。车辆基本上都是大型卡车，少部分是那种灰色带车斗的三轮蹦蹦车。卫生大队的车开得很快很野，肇事不少，我一个同学的妈妈就被这些风驰电掣的车刮倒，终身瘫痪在床。

卫生大队那个院落没什么秘密可言，所以尽管那个装腔作势的大门终年终日敞开着，我们也毫无兴趣，每次路过的时候随便一瞥已然一览无余。印象中大院里全是带灰色大铁门的车库，汽油桶七零八落地散落在各处，但不甘于寂寞的它还是因为一次火灾载入我的记忆。

那是1979年的一个中午，卫生大队大院东北角的库房燃起了大火，估计是汽油之类的燃料助燃的原因，火势还真不小，滚滚浓烟升起，笼罩在宿舍区西南角。浓烟和消防车的警报是平淡生活中的毒品，令人既紧张又兴奋。

我们跑出课堂蜂拥而至，并登上周围的房顶围观熊熊的大火，此时卫生大队周边的房顶上站满了看热闹的人。没一会儿就听到“嘭”的一声巨响，一个汽油桶炸得腾空而起，刚被消防队员压制住的火势顿时倍增。“哎呦！”我们这群看热闹的不禁发出一片赞叹声。人群中一个中年工人怒斥道：“国家财产受损，你们还高兴！”幸灾乐祸的情绪立刻被这股正气压抑下来，大家伙装模作样地发出几声叹息。

突然，我们右前方的一片屋顶不堪重负，猛地一下坍塌了，站在上面看热闹的人群如倒入锅里的饺子，瞬间全部跌落了下去。惊叫声顿时替代了消防警报的呼啸声，次生的灾难惨烈程度远远超过了火灾本身。我们这些看热闹的人又急忙跳下屋顶冲进那个坍塌的房子里，那是一个空间高大的锅炉房，此时摔下来的人一大部分已经逃离现场，现场只剩下一大片建筑残屑和躺着的几个早已昏死过去的少年，那是几位高我一年级的学生，此刻他们面如死灰，一动不动仰面躺在地上。后来听说这次共摔伤六人，其中两人昏迷了三天三夜。

诡异的废品收购站

勤俭节约一直是全社会的风尚，浪费不是罪恶而是奢望。物质生活的匮乏也体现在生活垃圾的贫瘠上，一个废品收购站守在西马路的最南端，如同肠道的末梢。它终日敞开大门等待着人们的“施舍”。

那时候的生活垃圾种类单一，主要包括废纸、旧金属、玻璃瓶、牙膏皮等。对于普通人而言，由于消费低迷，积攒垃圾也是一件艰苦的要历经漫长等待的事情。学校号召大家收集废纸，全班同学就把报纸、用过的作业本集中起来，用水泡成纸浆、捏成团，再送到废品收购站。积攒牙膏皮是每一个人都可以去做的，但需要耐心，因为一个牙膏皮二分钱，一年也攒不了多少。

但是由于背靠工厂，工业垃圾的数量就较为可观了，在这个废品收购站里，废铁烂铜都可以变现。而工厂里到处都是废铜烂铁，这也就意味着在矿机这样的重工业企业里，有价值的东西俯拾即是。废铁不值钱，一公斤也就几分钱。铜就不一样了，一斤黄铜六毛钱，一斤红铜一块两毛钱。

那个时候，矿机厂区里有一座巨大的废铁库，里边到处都是机器零件和金属边角废料。搬弄铁是一件得不偿失的事情，且目标太大出不了看守严密的厂门。铜则不同了，来源是电线和高压线，性价比高，容易携带。因此从厂里偷铜在很长时间内都是许多不法之徒的发财之道，而这个废品收购站也就睁一只眼闭一只眼，只收不问。社会主义的主人翁意识其实经常处在摇摆之中，现在仔细一想，盖因主人翁过多的缘故罢。

在我的印象中，西马路的景象犹如粗糙版的《清明上河图》，它的立面由最简陋的工业时代建筑和低矮的民房组成。工业化的食品包装和进城农民摆摊构成的自由集市，形成了它独特的商业气质，是灰色记忆中最有色彩感的地方。在理直气壮的计划经济时期，西马路如同挂在不苟言笑面孔嘴角的一丝微笑，具有几分嘲讽、狡黠的意味。它充满诱惑，从而生产了消费的快乐，同样也因此产生了危险。人们在这里用劳动和冒险来兑换生活，孩子们在装着糖果糕点的柜台前徘徊不愿离去，“牛二”和“时迁”们在这里游荡……

这里的景观在很长的时间里似乎是凝固的，像是被快速城市化掠过时地面上的一道沟回，隐藏了片断性的生活风貌。但是它终究难逃被摧毁的宿命，两年前再回矿机，发现现代化城市改造的举臂已触及此地，如摧枯拉朽，留下了一条宽阔无比的马路。

防空洞

防空洞是一个时代留给历史的巨额遗产，在它渐渐淡出记忆后，我坚信未来的考古学会重新评价这一工程壮举。这长达万余公里的人工洞穴，如肠道一般在祖国大地之下百转千回，消化了曾经弥漫在国家上空的恐怖和威胁，将它们变成一坨臭不可闻的粪便。也许几千年后的人类会推测，曾经的人类为何如此热爱地下世界，甚至倾尽所有来营建这些不见天日的孔洞。那么我的这份回忆就有了一份文献价值，它将告知未来这些神秘的工程所埋葬的恐惧和它带给一代人的快乐。

地下长城

中国有两个长城，一个在地上，一个在地下。地下长城就是连成网络的防空洞，中国的防空洞网络虽诞生于冷战时期，却并不是冷战的产物，因为“文革”期间，中国的防空洞主要是防苏修帝国的。1969 年 3 月和 8 月，苏联边防军在中苏边境制造摩擦，袭击中国边防部队，战事不断升级，苏联向中国发出了核威胁，中国方面开始全面备战。同年8月，中央成立了中共中央防空领导小组，周恩来作为领导小组组长，号召广大群众“备战、备荒、为人民”，加强防空工作。1971年8月，周恩来在第二次全国人防会议上说：“他知道我们的空军比他们弱，所以他首先轰炸……核导弹很远就飞过来了。核战争、常规战争，我们都要很好地防……”全国性的动员之下，当时中国有数亿人参加了深挖防空洞的工作，据不完全统计，修建的防空洞总长度超过一万公里，堪称地下长城。

1969年到1973年是“深挖洞”的第一阶段，当时只对人均防空洞的面积有要求。提出人均面积不能低于0.5米，并且覆土层厚度2米以上。1974年到1978年，“深挖洞”工程向永久性发展，各项标准进一步提高，覆土厚度要求达到4米以上，能够防御小型炸弹的袭击。

在我的记忆中，有相当长的一段时间，父亲都忙着参加挖洞工作。大型国企组织能力强、装备好，像矿机这样的企业修建的防空洞，其水准堪称典范。矿机厂修的防空洞相对宽敞，可以两个人并排行走，附近耐火厂的防空洞就相对狭窄些，两个人面对面错身时，必须有一方侧身方可通过。

而早在大修防空洞之前，中国已经有了“地道”文化。如果对历史上中国影视票房做个全面统计，估计最高的不是《战狼》，而是《地道战》《地雷战》。其实《地道战》只是一部故事片兼教学片，但它创造了一个以防守的方式大获全胜的神话。主人公民兵排长高传宝油灯下读《论持久战》的镜头和电影的主题曲贯穿在整整一代人的记忆之中，是地道战由战术上升到战略乃至文化的关键。这部电影除了进行爱国主义教育之外，还宣扬以弱胜强的民间智慧，强调人民战争的重要作用。《地道战》里的三首插曲都很精彩，深入人心并广为传唱，一时间响彻祖国大地。地道战是地面战争的延伸和补充，防空洞则完全是为了抵御来自空中的袭击。防空洞是地道的升级，也是战争级别提升的产物。但是老百姓依然沿袭地道战的思路，民间一直幻想着和看不见的敌人来一场地面下的厮杀。

地道战的文化是其思路的表现和传播，那一阶段，无论官方主流还是民间都继续生产着不同风格的文艺作品。官方的严谨、逻辑性强，比如：

深挖洞洞广积粮，苏修空袭要提防。
美帝也在蠢蠢动，全民急挖防空洞。
小寨工程最浩大，内箍砖石不讲价。
洞高三米宽五米，地下纵横数十里。
洞里能跑老解放，北京吉普撵不上。
西安经常拉警报，洞里挤满老与少。

民间的作品则追求口头讲起来顺畅、痛快，不顾逻辑上的荒诞。如：

我是李向阳，坚决不投降。
敌人来抓我，我就转地道。
地道有张纸，我就拉稀屎。
敌人一进门，踩了半脚屎。
气得敌人三天不拉屎！

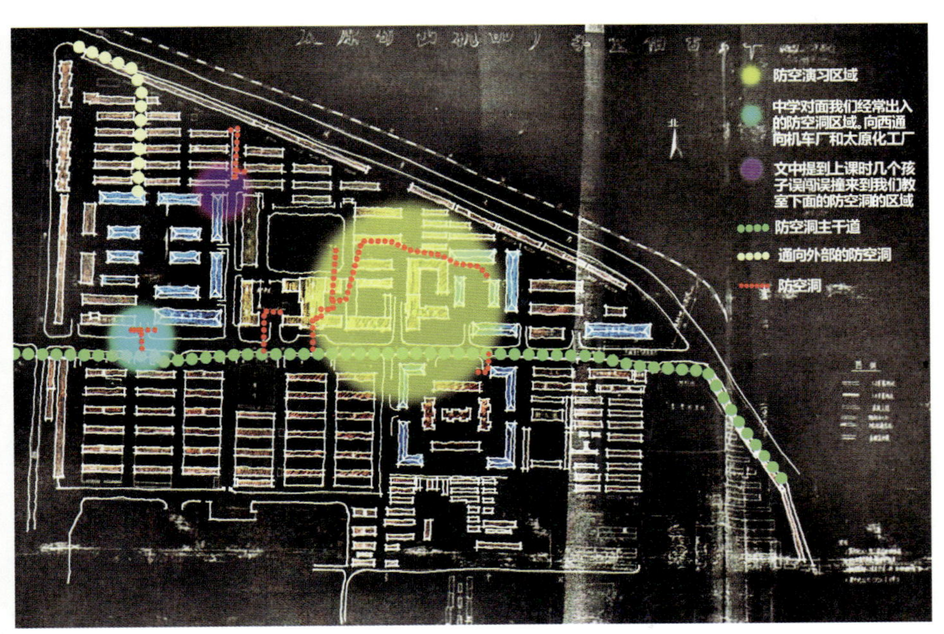

《太原矿机宿舍防空洞线路图》 原始底图提供：李柏岁

这是当年的一首脍炙人口的顺口溜，在全民皆兵构筑防空洞体系时广为流传，这种自娱自乐体现了革命的乐观主义精神。

菜窖文化

中苏友好时期所建的房子，虽然不断被人们赞美，甚至在一些地方成了文化地标，但客观评价的话，它们大都是简易的。比如，这些房子为了节约时间和建造成本都没有地下室，居民生活中储物空间就得靠各家各户自己想办法，于是户外空地上堆满了煤，布满了孔洞。所谓孔洞就是各家各户自己挖的菜窖入口，平时用一块木板或铁板盖着，再压上几块砖头以防被经常光临的北方大风掀翻。

1965 年 1 月，毛泽东在听取长远规划设想时指示：“老百姓怎么办？就是每个房子都挖个洞，自己挖。平时当仓库，藏东西，战时飞机来了当防空洞……”这么看来，在苏联人盖的房子旁挖菜窖也是非常符合政治要求的。

山西的黏土地质条件适合开挖简易地窖，基本上其空间形式是乐谱中休止符的形状。先是在七十厘米左右见方的土地上垂直下挖三四米，然后再朝一侧横向开挖，直到拓展出一定的容积。在这狭小的空间里，人们秋天时把白菜、土豆、萝卜放进去，靠它们挨过漫长的冬天。

菜窖对于孩子们来说是个有趣的去处，在这狭小的空间里点上蜡烛或油灯之后，那昏暗的环境和地道战里的场景颇为相似，再加上平时家长、老师不让孩子们随便下菜窖，菜窖就成了躲避主流空间的另一个世界。于是，生活中的空间关系以及空间心理完整对应了电影中的人物和空间，地窖成了地道的缩影，家长、老师成了想象中的鬼子和伪军。

挖菜窖也是一种社会行为，往往由一个家庭组织众多邻居参与完成，一般耗时三四天。挖菜窖的过程是孩子们快乐无比并充满期待的时候，因为孩子们早已感觉到，未来他们将主宰这个地下空间。菜窖挖好之后的初始阶段，家长们貌似控制着一切，但终究成年人块头大，出入那个狭小的空间会有诸多不便，于是权力逐渐交还到了孩子们手中。“小鬼当家”之后，菜窖或多或少产生了一些本质的变化，储物性质退居二线，孩子们把它打造成了自己的天堂。

孩子们会在菜窖里铺满干草，点亮油灯，然后或坐或卧围在一起进行自己的游戏。逐渐地，一些孩子开始把从家里“盗出”的食品也带进来进行小型的聚餐，韭菜炒肉片是自己偷偷做的，沙丁鱼罐头是用各种办法筹集来的钱买的，鸡汤是用从别的社区人家偷来的鸡炖的，最后廉价的白酒也出现了，这让聚餐水准达到了高潮。菜窖里进行的这些勾当仿佛是隐秘自主的成人仪式，令每一个在场者兴奋不已。

但是，菜窖终究是储菜的地窖，由于它空间狭小无法聚集太多的人，没有接到邀约入席者就醋意大发想办法搞破坏。一次正当我们在菜窖里推杯换盏之际,地面上一个家伙扔进来一个“胜利花”（一种烟花），顿时一片白色烟雾弥漫至整个空间，一顿美宴立时陷入灾难，我们诅咒着、哀号着，一个一个以惊人的速度逃窜到了地面上。

我参与的一个菜窖壮举就是把三个家庭的菜窖相贯通，从而大大丰富了空间的变化，许多电影中的场景在这里得到了再现。这个菜窖组合充分体现了我们这一拨儿孩子的战斗力，它渐渐成了一个可以干大事儿的场所。有一回，整个单元的孩子们参与了对宿舍区菜站的洗劫，大家趁着夜色将一大批刚刚运抵蔬菜供应社的萝卜席卷一空，然后运到了我们的菜窖里。这次参与的人数太多，动作稍大了一点，还是被敏锐的家长们识破了。接下来就是全楼家长统一行动，对各自的孩子进行隔离、调查、讯问……之后全楼鬼哭狼嚎声此起彼伏。

还有一次更大规模的事情，是为了砌水泥乒乓球台储备建材的行动，那一次的组织策划者是我的哥哥。他这个乒乓球发烧友，为了在楼前自建一个水泥球台操碎了心。这个计划需要筹集八百块红砖和若干袋水泥，这可是一个大计划，几乎全楼的孩子都参与其中。我们每天趁着夜色去周边的建造工地偷砖和水泥，再把它们运到菜窖里存着，直到数量达到我们的计划要求。行动足足持续了半个月之久，我们老鼠搬家似的终于凑齐了砖和水泥。

砌乒乓球台子的那天，天刚蒙蒙亮大家就起床了，然后从菜窖里把砖和水泥搬到现场，再进行紧张的施工。施工过程中，工厂的几位青年工人也过来指导，主要是水泥和沙子配比关系、水泥台面养护等问题。最后，水泥台面的抹灰需要技术，记得是一个叫牛宝旺的青年帮我们弄的。

后来，这个球台使我们楼前那片空地成了整个社区的中心，每日里推挡攻防、人声鼎沸。我哥哥也成了球霸，后来他一直坚持打球，本科期间获得过合肥工业大学男子单打第三名，研究生期间获得了哈尔滨工业大学男子单打的亚军。他在哈工大比赛时，我一直陪着他，看着他在球台前奋勇搏杀，我脑海中浮现的却是从菜窖里辛苦搬砖的情景。

《地下空间》 速写，作者：岳祥

防空演习

防空演习很有趣，警报拉响之后，我们跟着大人从那些平时上着锁的防空洞大门鱼贯而入，然后在里边快速穿行。我们终于有机会一睹家长们没日没夜鼓捣的、神秘兮兮的地下空间的真容。一般来说，防空洞入口是一条笔直的拱形通道，砖砌的楼梯没有休息平台，直插到底。下到底后再转几个弯就到了主道，两侧墙体在一人高的位置上有管线，每隔几米就有白炽灯提供照明。

地下长城体系复杂，不仅有通道，还有厅堂和储备室。防空演习的时候，我们只被允许在通道里穿行，在每个转折点都会安排专人看守和引导。有时候两拨儿人会突然在一个交汇点相遇，然后哈哈大笑继续交叉前进。大约一刻钟左右的时间，我们从宿舍区的另一个分会（居委会和建筑空间组团对应着）出入口走出，结束了这短暂的演习。

我想那一定是为了应对急剧恶化的中苏关系，国家进行紧急战略部署调整的时期，战争似乎近在咫尺，到处都贴着如何应对原子弹的简易说明。但对于整天接受着战争和仇恨教育的孩童来说，战争似乎又充满快乐和机遇，从电影、连环画中完全感受不到战争的恐怖气息，而是英雄辈出的峥嵘岁月，充满着浪漫情怀。防空演习让我们看到了地下隐藏着的另一个世界，像一次短暂的冒险。

勇敢男孩的游戏

矿机宿舍的地下遍布防空洞，它们不仅自成网络，还连通了地上空间系统。学校、体育场、礼堂这些公共性建筑里，大多都设有防空洞的出入口。这种隐秘的联系主要是防备在战争期间的撤退和出其不意的反攻，但在和平时期，它们也时常发挥一种反作用。比如，灯光球场门口有一个地道出入口，这条地道和俱乐部后台连通着，描写革命战争的电影热映时代，这条路成了孩子们逃票的通道。这些调皮捣蛋的家伙顺着防空洞进到后台后，就顺着梯子攀爬到悬挂面光灯的铁架上免费偷看电影。

小学二年级那年，我们班教室讲台左侧也有一个防空洞出入口，平时由两扇钢板做成的门控制着通行。有一次上课期间，铁门下传来一阵喧闹，灯火和浓烟从门缝中渗出。原来是一帮在防空洞迷失方向的孩子，误打误撞来到我们身边的洞口。正在上课的老师隔着铁板怒吼几声，喝退了他们。

那个时候，钻防空洞是勇敢男孩的游戏，有点像现在的岩洞探险。在那个黑咕隆咚、无法无天的地下世界，很容易迷失方向，所以一般需要几个人一起下去，这样方便记路和壮胆。初中的一个阶段，我酷爱在防空洞里瞎走，希望每一次都能寻找到新的路径。防空洞里的电是低压的，但平时是没电的，所以防空洞的探险就需要照明设备。虽说摸着黑穿行防空洞比洞穴探险要简单得多，但是防空洞内部空间样式雷同和缺乏照明设备是迷路的重要原因。

由于物质条件有限，防空洞只在入口附近用砖砌成砖墙和拱顶结构，其他部分都是素土夯实。手电筒是顶级的探险防空洞用照明设备，尤其是那种加长的放三节解放牌一号电池的手电筒，反光碗很大，气派！但是我很少有机会使用这种“奢侈品”。油毡是最主要的照明材料，职工宿舍里到处都是，过去每家每户的煤堆和煤糕垛子都用这种黑油毡苫着。油毡是易燃品，从上边撕下一片即可用来照明。油毡燃烧时会不断滴下黑乎乎的黏稠液体，若皮肤碰上这种滚烫的油滴就会留下永久的疤痕。油毡燃烧时还会冒出一股股黑烟，释放出刺鼻的焦煳味，所以油毡不能举着，只能远远地拎着。拎着油毡的孩子走在最前边，后边跟着一长串战战兢兢又有几分好奇的同伴，油毡滴落的液体落在潮湿的地面上会发出“哧哧”的响声，黑烟缭绕熏呛着后边的人，然后融入比它更黑的黑暗。

后来听说其他学校发生了学生钻防空洞，七人窒息而亡的惨案。所以学校和班主任三令五申禁止我们去这种危险的地方，但是我们就是按捺不住对黑暗的迷恋和对迷宫的好奇。同时，我发现点燃松木会有和油毡同样的功效，而松香的气味则好闻多了。

此外，我们脚下的防空洞还延伸到了其他区域，比如卧虎山内的人防设施，据说那里的防空洞宽敞大气，可通行卡车。最远一次，我和另外几个同学钻防空洞，最后从几公里外的另一个厂区钻了出来。还有几次我们找到了位于机车厂宿舍区集体浴池门前的垂直通风口，在那里可以顺着 U 形的钉耙钻出地面。

到了八十年代中期，这些人防设施开始用于社会服务，听说许多菜市场上的蘑菇就是在昔日的防空洞里种植的。还有很多小型旅馆开设在防空洞里，也一定程度缓解了建设的压力。1986 年，读大学二年级的我参加“星火计划”在北京转车时，住过崇文门一带的地下旅社。沿着那斜向直插地下的通道进入旅店的时候，一种熟悉的感觉油然而生。在那个不分昼夜、不见天日的小房间里，我睡得很踏实，如同回到了儿时记忆中的隐秘空间，那是我们自己的天地。

电影院

电影是文化和艺术的工业产品，在国家工业化的过程中，它始终对传统戏剧占有上风。电影是那个时期的时尚消费品，男女青年谈恋爱一起去看电影既是一个阶段的标志，也是情爱交往的标配。电影还是一种区域内的社会福利，大型国企有时候会配发电影票，如免费施舍精神食粮的义举。

电影院曾经是一个社区乃至一个城市级别最高的建筑，宛若世俗精神的殿堂。因为它拥有最宽广高大的室内空间，有最气派和最具美学特征的立面。太原市里的电影院很多，一些是市级的，如长风剧场、建筑工人俱乐部、解放电影院、五一剧场、并州剧场等，它们一般矗立在城市干道的显要位置，前面的广场很大，台阶很高，貌似威严。此外，国有大型企业也都有工人俱乐部，可以进行放电影和文艺会演活动。电影院是一个城市的文化地标，是文艺标兵和流浪打手们各领风骚之地。

一个社区拥有自己的电影院俨然就是工业化先锋的标配，是共同体引以为豪的最佳物证。其实在物质上极端匮乏、全民处于饥饿状态的时期，电影是最廉价的安慰奶嘴，所以每天无论如何糟糕的片子上映，影院里依然座无虚席。这种福利的极致体现就是露天电影，尽管影像和声效都很差，但人们都不会放过这份被空旷稀释后的福利。过去，矿机人酷爱电影，拥有引以为豪的电影院——矿机工人俱乐部，还有三四处经常变动的露天电影院。

露天电影

露天电影是电影这个现代科技产物和大自然友好结合的空间形式，它严格恪守着时间的原则，在太阳睡去之后开始扮演社区里一大片空场的主人。放映机嗡嗡作响，一束强光恶狠狠地扑向镶着黑边的白色幕布，揭开了一个美丽的空间骗局的序幕。观众立时变成它归顺的臣民，不加怀疑地接受着那个画面赐予的喜怒哀乐。

我第一次对电影的记忆是在农村奶妈那个村子里形成的。一个混沌的夜里，山野乡村中的场院聚集着众多村民，人们站立着仰视高悬在夜幕之中的那块银幕。我朦朦胧胧中记得那是个黑白的战争场面，一挺机枪枪管反射出暗淡的寒光，深深地激励着记忆的神经，并把这陌生图像深深嵌在记忆的沟回之中，它会在我头脑松弛的时刻释放出来，复活遥远的记忆。那是视觉中第一次出现这种结构组织精密的物件，它被紧紧握在一个农民的手中，周围是奔走忙碌的身影，它俨然是观看画面的视线焦点，是我对枪械产生敬畏与崇拜的开始。后来，我在亲人的怀抱中昏昏睡去，电影中虚拟的现实和我接踵而至的梦境弥合得天衣无缝。

儿童时代最为美好的记忆都和露天电影有着密切的关联，电影技术像是一个被邀请的陌生客人谦逊地出现在自然的空间里，它收敛起对人类意识具有的强大执掌和诱导的魔力，与那些观看者在没有边界的空间里松散地进行交流。露天下的观众们比电影院中的同类保持着较为清醒的意识，从他们聚合的形态到个体的坐姿都没有硬性的规范，他们的情感表现更加从容和自然。

露天电影的音效在今天听起来也颇不圆满，因为我们的听觉早已被工业技术和科学的宠爱所欺骗，变得习以为常。我们喜欢那种饱满的、厚重的、层次丰富的音效，竟然常常抱怨自然中真实的声音。事实上，所谓残缺和瑕疵才是声音自然的状态，更不用说那些来自观众的喝彩、惊叹以及交头接耳的窃窃私语。露天电影的魅力就在于观影者和电影、人工和自然所处的一种平衡状态，让生活的现实性和电影的戏剧性水乳交融。

工厂人的福利

八十年代初，六十年代拍摄的电影《摩雅傣》解禁之后在矿机宿舍区工人俱乐部前广场放映，不仅我们这个超过两万人的社区万人空巷聚集于此，大量周边社区的居民也赶来观赏。这是我一生中看到的最大场景，庞大而密集的人群将广场和周边道路挤了个水泄不通。电影中的南方少数民族风情令单调的黄土高坡之上坚韧生存的人们艳羡不已，其中“你死我活”的斗争和紧张悬疑剧情也产生了巨大的凝聚力。看着黑压压的一大片观众，那个平日里流氓习气甚重的放映员也产生了些许自豪感，双手叉腰站在高高的台阶上，像个赐福施舍的善人，接受着观众们友好而感激的目光。

矿机工人俱乐部礼堂　图片提供：郭子强

平淡无奇的电影也会吸引一些百无聊赖的观众，这时电影就退居为社交活动的背景，人们聚集的形态松散自由，组成了不均匀的肌理。年长者或社区里的无赖是不同组团的核心，这些人也是议论和评价的声音源头，他们对电影进行着全方位的评论，从演员的相貌、服饰到角色的品评无不涉猎。当一些具有流氓习气的团团伙伙出现在这个空间中的时候，调侃、打诨就接替了影片台词和剧情，往往会引起谄媚的哄笑。

“文革”之前拍摄的乡村生活片《我们村里的年轻人》每次都是在露天的场所播放，这部当时刚被解禁的故事片因充满男欢女爱的情节而吸引了大量处于青春期的观众，刺耳的口哨声和不怀好意的笑声伴随着剧情发展善始善终，在银幕投影光线的反射映照下，猥亵下流的眼光四处碰撞，滋生着无穷的想象。这种激情和臆想还会延续到年轻人的美梦之中，于是天一亮，男女主人公的现实模型就会被大量炮制或指认。对美好生活的向往披着流里流气的外衣在校园和工厂疾走、蔓延，山寨版的男女组合就是电影在现实生活中产生的巨大作用，由此我深刻理解了严格的电影审看制度的由来。

露天电影不仅在空间上没有边界，在时间方面同样不设防范。不仅观众可以任意时间里出入观看场所，播放者也经常无限期推迟电影开始的时间。在露天电影和室内电影院平分秋色的年代，胶片电影的拷贝是要被多个场所轮流使用的。下一场次播放的时间取决于上一场次播完的时间，这就为电影的准时性带来许多的不定因素。提示开演的铃声很多时候变为一种安抚无限等候产生的焦躁情绪的手段。

记得那时电影开始前的铃声要响三遍，次数是对即将到来之事物的一种强调，也显示了电影在生活单调乏味的岁月之中扮演着多么重要的角色。电影推迟是一件令人讨厌的事情，每当这样的事情发生就会引起观众的不满，通常会响起由稀稀拉拉渐变为排山倒海般阵势的掌声，在群众素质不佳的地方，谩骂和吹口哨也是另一种抗议的表达。

简陋美学

矿机露天电影的播放场所主要有三处，都紧密围绕着工人俱乐部这个核心场所分布。最常用的地方是俱乐部西翼之外的空场，荧幕悬挂在合作社的东墙上，放映机在俱乐部西翼山墙二楼的窗户后。灯光球场也是一处露天电影的放映地，但空间边界限定清晰，因此这里是收费的，只不过票价比室内电影院要低许多。所谓的灯光球场是一个下沉式带阶梯的露天篮球场，钢索和电线在上空构成一张受力的网格，一支支巨碗一样的反光灯罩从上部倒垂，把光明投在场地上。放露天电影的时候，银幕也是悬在钢索之上，下端固定于地面，荧幕把空间一分为二，人们可以在正反两个方面“审看”电影。第三个放映点是俱乐部前的广场，这是特殊情况下使用的场所，放映时宿舍区东西向的交通就完全切断了。在那个电影娱乐高于一切的时代，交通切断了也就断了……

露天电影院的空间位置是流动的，边界更是模糊的。人群的大小决定着边界，影片的内容影响着边界和观众的密度。人们自带着马扎、小板凳，甚至就是席地而坐，周边环境里的灯光、声音，尤其宿舍北边交通干线上间或一趟疾驶而过的火车都会对电影的播放产生干扰，但人们就是喜欢在这半真半假的氛围里分享工业的福祉。

如今，露天电影在城市中基本退出了娱乐生活的舞台。但对我而言，在露天环境中观看电影倒是一种奢侈行为，它让人感受到的是一种综合性的美，自然的、都市化的生活景象与现实的、虚拟的故事场景交织在一起，形成一种公共性的艺术形式，它会让人的思绪在现实和虚拟的现实中飞舞，声音、图像、故事情节都拥有着模糊的边界，如同一个生命体的轮廓随着呼吸在朦胧之中蔓延、伸缩、吞吐不息。

最近一次享受露天电影是在2009年夏天，在古老的博洛尼亚广场周围闲逛半天，然后要一扎啤酒，坐在一座沧桑斑驳的老建筑的阴影下慢慢喝着消磨时间。我等待着黑夜的降临，它除了遮挡住炽热的光，还将还给我一种遥远的感受——始自四十多年前露天观影的记忆。

那天播放的是汤姆·克鲁斯和妮可·基德曼主演的《大开眼戒》，这样一部描写人性隐秘内心世界和家庭伦理的电影居然在城市中心广场播放，每个人都像在裸泳，又都戴着面具，剧情依然牢牢抓住了人心。每一个人都入戏很深,审看电影的同时也在审视自己的内心。电影结束时已至午夜，全体观众报以雷鸣般的掌声，那种情形之下，一种电击一般的感受突现，刹那间令我浑身战栗，恍若隔世。

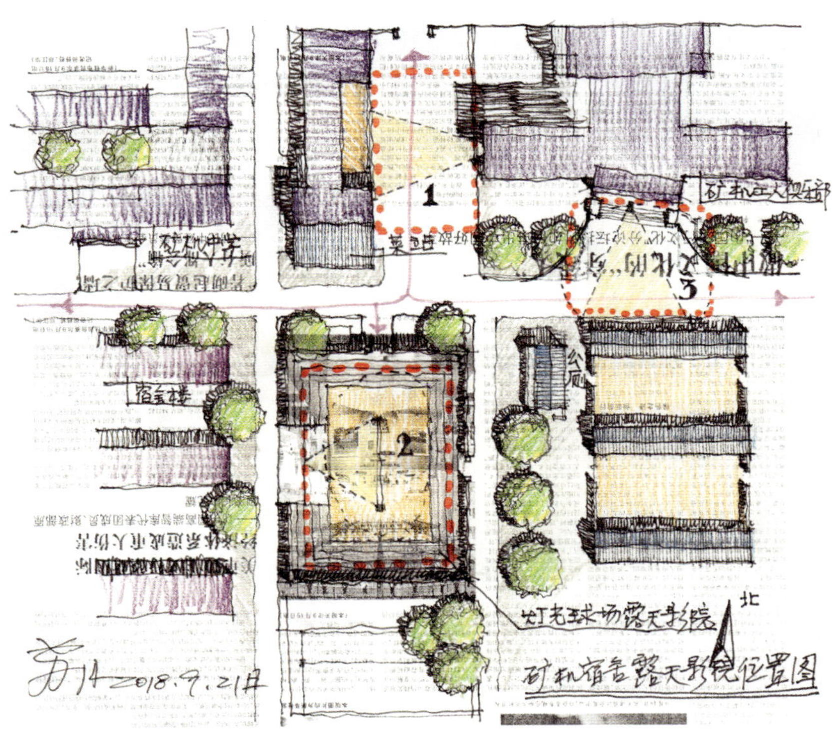

《矿机宿舍露天影院位置图》 绘制者：苏丹

权威与神圣

电影院是电影的殿堂，是这种叙事最契合的场所。它有强烈的排他性，拒绝影片之外的声音，排斥放映室投射光柱之外的光芒。矿机工人俱乐部礼堂就是大家看电影的地方，它外观是个粗犷简略的折衷主义样式，不中不西的柱式，点到为止的屋檐。内部空间地面的起坡恰到好处地形成了入口处宽大的台阶，突出了神圣和庄严感。这个“圣殿”的空间在当时是个巨无霸，带楼座，一共能容纳一千三百余人。座席椅子居然用了多层板压弯工艺，铸铁的支架用拇指粗的螺钉恶狠狠地锚固在水泥地面上。椅子靠背呈微微隆起的弧形，椅子面可以向后反转九十度，这两个变化略微体现了一点工业美学的趣味，在那些寒酸和排斥一切趣味的日子里实属不易。

七十年代的电影有一个奇怪的现象，就像当时许多紧俏商品搭售一般商品一样，故事片开演之前常常加映一部名曰“新闻简报”的新闻片，内容主要是展现建设祖国的宏大场景或外交活动热烈的欢迎场面，向人们展示了欣欣向荣的国内发展形势和门庭若市的外交氛围，令身处这块土地的我们无比自满自足。虽然这些新闻比广播和报纸来得要迟一些，但它有鲜活的形象和生动的场景，因此给人留下的记忆要更加深刻。农业学大寨中滚滚的人流、招展的红旗，热烈欢迎西哈努克亲王的一张张满面春风的少年面孔，是新闻简报在我脑海中留下的永久性记忆。

电影和现实既维持着紧密的联系，又保持着恰当的距离，现实经验是人们解读电影的辞典，熟悉感的唤醒是人认识电影的情感基础，也是电影讨好人类的工具与礼物。工业革命以后，图像技术经历了几次重要的跨越式发展，照相机的出现动摇了写实类绘画的价值基础，而电影的发明是对摄影技术创造性的应用，它开辟了一个虚拟现实的崭新时代。通过比较，人们发现电影和现实的相近性要远远优于其他捕捉图像的手段，清晰的、具体的、动态的图像把客观事物表象的视觉属性都给予了相对精确的再现，使人们误以为它就是真相的忠实记录者。

的确，除了娱乐功能之外，纪实是电影的另一项重要功用。动作和景象的连续性试图保证它对物象记录的忠实性，它的放映就像是对已经过去的事件或者另外空间中的物质的再现。如此看来，它是一种既可以超越时间也可以超越空间的图像技术。纪录片、科教片、新闻片是电影最原始的面孔，它们发挥了动态的图像捕捉技术的绝对优势，将空间内存在的诸多表现、变化细致地记录下来，去除了时间的不稳定性干扰，将流变的现象制成可以无限重复的画面，使得一件有趣的或有价值的事件可以被更多人分享。

电影拓展了生活的空间和视觉的疆界，在一个缺少飞行、交通条件困顿以及固守土地的传统观念影响下，认识生活范围以外的世界是一件可遇不可求的事情，电影改变了这种状况，清晰的画面和动态的图像证明了信息的可靠性。纪录片和新闻简报将广阔地理范围的信息汇集起来，精心处理后形成一个用心良苦的图像计划。其中科教片生动揭示了客观现象背后的科学原理，帮助人们建立起认知世界的基本常识；纪录片以真实的人物和空间、时间的巧妙组合，还原了社会运行的图景。

可以说科教片是相对客观的，它的目的是用科学知识充实人类和教育人类。记得有一部关于预防台风和地震的科教片，影像资料为我们对自然灾害的想象提供了逼真的视觉体验，使我对地震、海啸、火山、台风这些远离日常生活的事物产生了无限的敬畏。还有一部关于蛔虫的黑白电影，这部电影通过显微镜，为我们展示了一些寄生于我们肉体之中蚯蚓状生物的种群，并图解了它们传播和生长的途径。由于它的播放面对着一个庞大的卫生条件不佳的群体，因此引起了广泛共鸣。

科教片通过知识的施舍和生活的帮扶与观众建立了友善的关系，而纪录片的力量在特定时期却被强调并无限放大了。工业学大庆、农业学大寨的历史阶段，强调精神的作用。一些纪录片，比如《大寨田》，展示的图景是经过有意安排和加工的，为“人定胜天”的口号提供了真实的现实参照。它表现了有组织的人类不仅可以改变自然的形态，还可以应对突如其来的天灾人祸。纪录片中“大寨人三战狼窝掌”通过修理地球而改变自然条件的故事，曾激励着亿万中国人造梯田、修水库，屡创神话。

世界的窗口

电影院是我们看世界的窗口，尽管从这窗口望出去看到的也许是经过布设的景观。不仅那些来自友邦的幸福美满的场景令我们感动和艳羡，其描绘的罪恶黑暗也令我们愤慨，并立志去解放这些处于水深火热中的人类。最极致的一部电影就是《金姬和银姬的命运》，

人民电影院海报宣传栏（1978） 图片提供：城释®历史影像鉴藏数据库

它来自我们伟大的友邦朝鲜，电影构思巧妙，将一对孪生姐妹分别搁置三八线的两端。金姬生活的三八线北部，阳光明媚、幸福甜美；银姬挣扎在南边，暗无天日、惨绝人寰。一分为二的生命和命运戏剧性地失衡，反映出社会制度的优劣。

中苏反目后，质量上乘的苏联电影除了《列宁在1918》之外几乎全部被禁，欧洲的影片就剩下阿尔巴尼亚和罗马尼亚的了。

当时阿尔巴尼亚的电影很多，由于文化底色的差异，这个欧洲边缘国度的电影倒是没有朝鲜电影那么深刻以及用心良苦，影片叙事手法直截了当，全都是关于战争和打游击的情节，颇受孩子们喜欢。播放最多的就是《地下游击队》，该片惊险刺激，描述法西斯占领下的阿尔巴尼亚人民英勇不屈的反抗事迹，剧情曲折多变，音乐充满悬疑，许多台词最终都走进了我们的生活，其实这也是入戏太深的一种表现。

罗马尼亚电影在我们看来多少有点怪诞离奇，比如《巴布什卡历险记》《多瑙河三角洲的警报》中匪徒的残忍和复杂关系；《橡树，十万火急》上映后，观众由于缺乏必要的历史常识而陷入迷茫。此外，罗马尼亚影片中的人物关系暧昧，人物刻画生动有趣，比如《多瑙河之波》中船长和德国军官的关系，船长独特的性格等。此外它展示的生活模式也别具一格，衣着、饮食、生活道具这些细节也是看点。

七十年代末，南斯拉夫电影开始进入中国，一部《瓦尔特保卫萨拉热窝》技惊四座，这部电影的水准明显要高于之前的其他外国电影。无论是内容感染力，还是剧情的节奏控制水平和演员的表演技巧，都给我们带来耳目一新的感觉。

还有一个亮点就是它们的电影音乐，《瓦尔特保卫萨拉热窝》的主题曲雄浑激荡，令人热血沸腾，《桥》的主题曲《啊，朋友再见》轻松浪漫，一时间人们四下传唱如醉如痴。唯一的缺点就是感觉这个国家人口不足，不同的电影中总是那么几个演员窜来窜去。

当时民间有归纳各国电影特色的顺口溜曰：

朝鲜电影，哭哭笑笑；
越南电影，飞机大炮；
罗马尼亚电影，搂搂抱抱；
中国电影，新闻简报。

好人和坏蛋

故事片是人们的最爱，因为它能引发感同身受的共鸣。电影留给我的记忆是美好和快乐的，然而快乐的多数成分既来自荒诞的剧情和拙劣的表演，也源自精心的编导和巨星们出色的表演。它是我们获得知识和生活经验的重要途径，给我们快速构建了模范的人格，展示了各色与人格、身份相对应的面孔。无产阶级的果敢、高大，与之相称的是浓眉正目，如《创业》中张连文出演的周挺杉，《青松岭》中李仁堂扮演的张万山大叔，《决裂》中郭振清主演的龙国正；资产阶级的猥琐、拘谨，模式化为尖嘴猴腮、懦弱胆怯的神情，如《青春之歌》中的余永泽；反动派的阴险、恶毒，与之相对应的是阴霾的眼神和丑陋的面孔，如《地道战》中刘江扮演的汤司令，《平原游击队》中方化饰演的日寇大佐松井。

电影中的形象概括对现实的影响是广泛而深远的，人们在它的指导下按图索骥，在生活环境中寻找样本，而且多以寻找反面人物为乐趣。于是电影中的脸谱就像一个模板，在人山人海中筛选对象，许多人无端地被命名、取笑。电影就像一部巨大的哈哈镜，映照着生活又歪曲了生活，每个普通人都在流变的影像中寻找自己和他人，发出歇斯底里的狂笑。

战争片和阶级斗争片是七十年代电影事业的主角，单纯的战斗题材是保持电影青春的良药，于是《地雷战》《地道战》《奇袭》《英雄儿女》这些彻头彻尾关于战斗的电影，在中国所有的影院内持续播放几十年，没完没了地接受着歌颂和模仿。

但娱乐性终究是一种电影自诞生之日起就拥有的属性，它的观赏价值和这种属性密不可分。电影《地雷战》中最被观众津津乐道的情节并不是埋雷英雄赵虎引爆地雷炸得鬼子人仰马翻的场面，而是日寇渡边队长被游击队埋设的粪便地雷调戏后的尴尬情形；《地道战》中村长高老忠不顾个人安危跑步报警的场面和音乐，甚至被用在了现实生活里恶搞老年人的恶作剧中；《南征北战》中令大家记忆犹新的场面是摩天岭战役敌李军长向张军长哀求援兵时的语调：“张军长，请你看在党国的利益上，拉兄弟一把！”这些用来诋毁敌人的夸张性艺术处理给那个不苟言笑的时代带来了可贵的乐趣，令人永远难以忘怀。

二十世纪七十年代，电影角色的脸谱化程度相当高，基本上演员一出场，观众的判断就出来了。“这是好人！”“这家伙是坏蛋！”的评论声此起彼伏，那场景真有点像抢答节目。且不说那些明火执仗的鬼子、汉奸，就算是“衣冠禽兽”的特务和隐蔽的阶级敌人，影院里的人民群众也能很快甄别。但如果客观评价的话，那个时期电影中的坏蛋们带给了我们更多的快乐。无论是夸张的胡汉三、南霸天这些人渣，还是汤司令、胖翻译之流的民族败类，抑或殷家培、冯超这类披着羊皮的狼一样的阶级敌人。

社交空间

封闭内向的电影院空间本质上却是一个开放性的公共场所，进入现代社会，当庙会和集市退出历史舞台后，电影就迅速接管了真空的世俗娱乐世界，这里是中国式公共性表达和体现的空间。社会主义制度下的电影院是丰富人民生活的文化设施，社会性在娱乐的调剂下表现得从容、自然和多元，礼尚往来的交谊、集体接受教化的活动、尽享天伦之乐的家庭聚会等等主宰了二十世纪八十年代之前观演空间的社交格调。其中电影的包场就是一种中国特色的社会福利，也是工人阶级逃避繁重劳动冠冕堂皇的借口，以及学生们摆脱乏味的课堂最有趣的方式。由于包场的观众属于同一种类型，因此观赏时相互之间保持着密切的交流，不乏大声喧哗和追逐打闹的场景。

电影的趣味性是人们聚集于此的理由，带着好奇和期待，揣着焦急与不安分的心思步入电影院，人们所寻找和期望获得的并不仅仅局限于电影本身。电影院的空间迎合了电影技术的苛刻要求和对电影艺术崇拜的心理，它的主体是一个密不透光的巨大盒子，毫不留情地剥夺了现实世界对观众的影响，使得投向荧幕的光线执掌了空间独一无二的话语权力。座椅的布局也是这样，成百上千的座椅按照视觉要求精细地安放和排列，幅面辽阔的荧幕是地面坡度、座椅数量计算的线索，是每一个座椅必须朝向的视觉中心。空白的大幕是绝对的抽象表述形式，和万众一心的座椅形成一对不可分割的关系。

在这紧张的关系之中，带着俗世生活习惯的众生闯入其中，为这清冷对立的结构填充了诸多趣味。开演时等候的时段和结束散场的过程，这里就是一个充满对话的公共领地。相熟识的人会友好地打着招呼，不安分的青少年会左顾右盼巡视心仪的异性，有点自负的人则大声宣扬自己对剧情的看法以期引起争鸣。

电影的乏味性是电影院由限定空间滑向开放性空间的催化剂，电影的趣味性剥夺了观看者的意识自觉，使这个空间中的人群由人变为观众，乏味的影片将自由还给了观众，使被解放了的观众被还原为人。我看电影的爱好如此顽强，伴随着生命的健康延续而存在着。

准备高考的三年里，这种优雅的习惯被迫改变了，因为当时的家长们普遍坚信电影院的气质和教室的气质相互对抗，会严重分散学生的注意力。读书是个自闭性的修炼过程，需要将读书者的社会属性分裂出去。在这种错误认识的指导下，有希望考入大学的年轻人都渐渐远离了电影，留守电影院空间的就剩下了那些不爱学习的“坏孩子”。终于，电影院这个公共空间的品质急速滑落为畸形的社会角落。

亚文化的副产品

八十年代以后，电影的娱乐化倾向也改变了影院的内容，严肃的观看被轻松、诙谐、惊险、刺激所取代。上世纪末印度电影《流浪者》上演后，拉兹的身手和艳遇激起了无数青年的妄想和勇气。街头巷尾都在播放富有节奏感的《拉兹之歌》和委婉抒情的《丽达之歌》，妖娆、艳媚的南亚风格的音乐对于已经习惯刚直、生硬的左派音乐旋律的中国青年来讲具有不可抗拒的蛊惑力，他们一边模仿一边将影片中的情节和动作嫁接于文化正在开放的中国社会。《拉兹之歌》旋律和歌词中有一种流氓意识，这种亚文化一直如孤魂野鬼一般在中国主流社会荡气回肠的调性中蛰伏。《拉兹之歌》把流氓意识扶上了正史，让它找到了自信。

《流浪者》的上映成功产生出众多的社会影响，除了主流推动的价值观——“贼的儿子不一定是贼”（引申出“王侯将相宁有种乎”革命史的质疑精神）对广大下层无产阶级的鼓励之外，人们一度对偷盗、扒窃行为也历史性地刮目相看了，此外，心怀鬼胎的猎艳、死乞白赖般的追逐、争风吃醋般的打斗变成了影院空间内外的别样风景。

美国无声电影《摩登时代》更是将电影的娱乐性推向巅峰状态，卓别林木讷机械的举止在影院以外掀起了模仿的狂潮。没有人再去苦心琢磨影片深层的含义，也没有人在意说教者的大声宣讲，喜剧大师在影片中表现出的卓越的技艺征服了中国观众。

如同《南征北战》彻头彻尾的战斗情节，以革命人的智慧和勇敢反衬出反动派的愚蠢和丑陋一样，《摩登时代》则是用不间断的幽默串联来表达对现代性灰暗的看法，这种表面喜剧化的悲剧实乃悲剧中的上乘之作。卓别林在影片中有一段惊险的旱冰舞蹈，喜剧大师蒙着双眼足蹬滑轮在一块空地上溜冰，他姿势优美神情从容，滑行路线中的几处危险每每都能被他巧妙地化险为夷。卓别林的这段舞蹈不仅让人们领略了大师必备的高超技艺，还向中国的年轻人展示了一种游戏的新品种，此后不久，一些时尚青年就纷纷脚踩自己打造的铁质滑轮招摇过市了。

电影空间的通道

由于电影的娱乐性和说教性作用，在电视没有大规模登陆中国社会的时代，好的电影如同白糖和猪肉，也是紧俏商品。为了获取一张电影票往往要经历漫长的排队等待，或者激烈的近乎肉搏似的拥挤拼抢。二十世纪七十年代，从青少年到中年的中国男人都是挤拼的高手，生活中的挤拼无处不在，限量供应的生活用品是诱惑拥挤的元凶。顽强、坚韧、机智、敏捷在拥挤的阵营中都是实实在在的感受。在我的记忆里，与好电影相伴的唯有拥挤，并且那种拥挤是疯狂而残酷的。

新片上映时都会有拥挤，人们都想先睹为快。电影院入口处的一侧通常是售票的窗口，它被铁板严密地封闭着，只留下一块巴掌大的拱门形状的小孔。这小孔就是通向那个奇妙世界的第一道门，

《电影院空间》 素描，作者：苏丹

既令人向往，又令人绝望。排队者手中紧紧攥着折成一条或一团的纸币，努力向那吝啬的窗口伸去，钞票和电影票在仓促中交换着，显示出娴熟的技巧和过人的勇力。购票拥挤的程度和影片的新旧、男女主人公的美丑，以及剧情的创新性密切相关，当这几方面的指数均达到绝佳高度时，拥挤的狂潮也会发展至巅峰状态。

罗马尼亚电影《爆炸》登陆中国时，因其题材的独特、视觉语言的抽象和男女主人公生活态度的奔放而引爆了拥挤的欲望。我曾经目睹了那气势恢宏又令人心悸的场面，在城市中心一所著名影院的前广场聚集了无数拥挤者，这个庞大的抢购阵营的密度和机理随着与售票窗口的距离变化而有节奏地发生着变化，贴近窗口处是能量累积的高潮，平面式的拥挤阵势被这部充满悬疑又风情万种的影片迭代为立体的架势。密密匝匝的人群之上，还有一层密密匝匝的人。后来这部影片曾被短暂叫停，原因就是拥挤背后表现出的崇洋媚外令我方管理者醋意大生。

与热烈的拥挤场面形成鲜明对比的是封闭冷漠的铁板以及售票员的神秘面孔，在我的记忆里从未闪现过任何有关售票员的图像信息。好奇心经常促使我展开对那张脸以及忙碌的应对动作的想象——一位端坐的中年妇女烦躁地面对一堆伸进窗口的手，在机械地做着收钱、递票和找零的工作。

残酷的竞争也催生了另外几种观看电影的途径，途径之一是门票造假。七十年代的门票是不对号的，它是露天电影的升级版本，由劣质的彩色纸张印刷，并且印制技术采用粗糙的油印版本，极易伪造。拿着伪造的门票混入影院必须要做到心平气和且擅于把握时机，一般选择人多眼杂、并肩接踵鱼贯入场的时候，这时检票者无暇仔细判断票面真伪，容易蒙混过关。

还有一种更加稳妥的办法，那就是将少量假票混在真票中一起检票，此举大大提高了通过率。途径之二是逃票和走非法通道：电影院空间是个复杂的空间体系，完善的技术系统使得观演厅的四周隐藏了无数细碎的空间。表面封闭的影院拥有许多隐秘的通向外界的设施通道，通风的、排水的、电路检修的狭窄通道，还有后台演员使用的无数小空间构成了潜入和隐藏的系统，令看护者防不胜防。逃票和造假是观看电影中令人心惊肉跳的插曲，但它们为中国现代辉煌的电影史添加了丰富的花边，也在我们记忆的深处隐藏了许多惊险刺激的秘密。

八十年代之后，可恶的电视机出现了，这心怀叵测的家伙一开始低调行事，九英寸的、十二英寸的、十四英寸的黑白电视进入中国人的家庭并成为新宠。随着技术的不断提高、电视节目的推陈出新，它的狰狞面目尽显无疑。就像电影当年打败戏剧，如今它又被电视杀死，那个曾经活力无限的电影空间终于门前冷落，寿终正寝。

和所有的老派电影空间一样，矿机俱乐部也早已失去了观众，不再是社区的中心。但那些尘封的记忆却经常在梦里打开，往事依稀已成流光溢彩，就连它的喧闹和那一遍遍紧迫的铃声都变成了令人惆怅的回响。

工业乐园

工业建筑的使用主体是机器而非人，因此对人类而言，工厂的景观就是一种异相景观，并且完全没有办法用过去的美学经验去评价它。我们这一代人就更有趣了，从小基本没有接受过什么美育，加之大型制造业企业就在身边，因此工业景观倒成了我们视觉经验的一个基础。从小去工厂玩儿是每周一次的主要娱乐，对工厂这种大尺度的、生硬的、粗犷的景观早就习以为常，久而久之还会形成一种情感记忆。另一方面，工业建筑空间由于疏朗宽大，具有更多可能性，也因此被我们开发出许多荒诞离奇的娱乐方式。工业园区空间高大、交通开阔，植物繁茂、物种繁多，隐藏着无限生机。此外，龙门吊车、传送带、升降机这类移动性装置不仅是吸引人眼球的景观，更具有极强的参与性。因此，厂区除了具有工业生产职能，还是孩子们的后花园。

江南历史名城苏州最了不起的地方就是拥有众多私家园林，那一个个园林都是文人、雅士、画家合作的结晶，是富商巨贾颐养身心的天地。首都北京有一处皇家园林圆明园，其中更是包容了宛若繁星、争奇斗艳的小园子。那么太原的北城区呢？从结构形态来看，它和以上两个例子颇有相似之处，只不过都是些重工业园区。对于我们来说，倒也是其乐无穷的工业乐园聚集之地。

《无题》 素描，作者：艾旭东

工业乐园群

太原的北部城区遍布各类大大小小的工厂，这些企业多是重污染型的制造业。其中以太原钢铁公司为最，太钢每晚钢水出炉的时候，太原西北方向整个夜幕都会变成末日景象般的灰红色，非常壮观。太钢南边有个工厂，和矿机厂的北边围墙一条旱河之隔，取名为“太化”。两个工厂都是排污大户，矿机厂最靠北的车间是锻压车间，锻压车间的废水和太化厂的废水都通过巨大的水泥管道直排入河，它们隔岸相望、惺惺相惜，共同缔造这个工业废都。

太化排污的涵洞不到一米高，深度近百米，这里是我们最喜欢的去处。这个涵洞每天会源源不断地排出滚烫的污水，散发着浓烈的硝酸味。但是涵洞底部和淤泥相混合的是一团一团的火硝棉，这应该是用于制作炸药的原材料，我们每一次都为它而来。捞出的火硝棉晒干之后就变成了极易燃的危险物品，大家用它来做引火之物，我会用它来制作炸药。捞火硝棉的过程艰辛且危险，首先必须赤着脚、深度弯腰才能走进那个昏暗的涵洞。由于没有任何采光，越走就越黑，所以“摸着石头过河”这个道理我从小就懂。

玻璃厂在建设北路由矿机宿舍通往敦化坊路段的东侧，这是个不设防的工厂，厂门终年敞着。一个高大的车间正对着厂门，走进去就会看到一组自动化的设备。那是生产玻璃瓶的流水线，烧得通红的玻璃水进入模具制成装汽水的玻璃瓶，然后旋转至传送带上。一个戴着帽子的女工人坐在高高的凳子上，手里拿着一只金属夹子，把那一只一只余温尚存的浅红色瓶子依次从旋转的模具中取出，放到传送带上。这个设备最直观地告诉我什么是自动化；那位表情麻木的女工以及她不断重复的单调动作，和《摩登时代》中卓别林扮演的那个疯掉的工人简直同出一辙。

机车厂和耐火厂位于矿机厂和矿机宿舍之间，由于敌对的关系，我们很少走进机车厂的厂区。但是穿过机车宿舍或者由与矿机厂相对的耐火厂西大门，可以轻松地进入这个烧制建材的厂区。耐火砖的尺寸比普通红砖要宽一些，也厚一点，浅黄色的材质和陶化的表面使其看上去很坚硬。耐火厂的窑炉不宜进去，但物料场却也有我们喜欢玩的推车。那种运送物料的金属推车固定在铁轨上，底部结实的钢板磨得锃亮，我们可以推着它沿着铁轨狂奔，待它达到一定速度的时候再蹬踩在其上,体会那一种风驰电掣的感觉。还有的时候，一个人推着跑，另一个人不停地飞身跃上、跳下这快速移动的小车，模仿铁道游击队队员扒车的英姿。

七十年代中期，我曾跟随一位安徽来晋修理机车水箱的司机王师傅，进过一次对我来说神秘无比的太原机车车辆厂。在那片铁轨纵横交错的厂区里，很多待修的蒸汽机车垂头丧气地停在那里。在征得司机们的同意后，我居然得以爬进那些机车的驾驶室，一时间心情无比激动。

矿机厂是个大乐园

矿机厂的前身是建于 1925 年的育才机器厂，后在中华人民共和

钢铁厂 图片提供：曾力

国建立之后的第一个五年计划中得到大力扩展，以生产各种重型矿山机械为主，且配置铸铁、铸钢、焊接、锻压、机修等基础和系统的配套车间。厂房类型丰富，厂区内空间变化极为多样。此外，每个车间生产的产品以及副产品品类很多，好多副产品竟成为我们的玩具，孩子们围绕着这些副产品开发出许多游戏的方式。

正如所有的乐园都需要买票一样，进入矿机厂区，也要颇费一番周折。因为根据规定，职工家属每个星期可以进入厂区到车间澡堂洗澡。但是这个时间却有较为严格的规定，一般是在周六的下午，届时工厂的门卫一般不会阻拦。矿机厂主要有三个门供人员和物料出入，南门、中门、北门都位于解放路的西侧。我们一般会从南门和中门进入工厂，但是若在周六下午以外，想进入工厂就变成了一件非常困难的事情。因为那些时段内，工厂都戒备森严，我们要想进去，就必须由家长陪着。

更多的情况下，孩子们是拉帮结伙一起到工厂去玩儿的，这个时候就要另辟蹊径，一个主要的办法就是从厂区北部沿着旱河边的道路砌筑的围墙翻越而入。矿机厂北部的围墙高矮不一，但是绵延不断、严丝合缝，有的地方墙头上还拉上了铁丝网。我们一般寻找翻墙的地方，往往是那些低矮的、墙体斑驳残缺、易于攀爬之处。但是这些围墙也有很大的欺骗性，弄得不好就会骑虎难下进退两难。这是由于河堤和厂区的标高存在着巨大的落差，现在想起来两边标高至少相差两米左右。这就经常让我们产生误判，从貌似低矮的围墙爬上墙头才发现，跳下去的高度陡然增加了两米多，弄不好就会摔伤。

铸铁车间

位于厂区南部中段的铸铁车间有很多铁沙子，进了车间大门满地都是，人走在上面就像走在溜滑的冰面上，必须极为小心。这种小米粒般大小的小圆铁珠本是用来给金属抛光的材料，而在我们眼中那是最令人痴迷的东西。沉甸甸地装满口袋带回家后，它们可以被开发出多种用途。弹弓的弹药用铁沙替换石头之后，杀伤力大增。用这种“弹药”打树上的麻雀，效率明显提高，因为铁沙弹出去会散开，杀伤半径由一个点变成了一大片，这让麻雀们叫苦不迭。

铁沙子还有一种用途就是配合火药制成具有攻击性的凶器的弹药成分，填充在无缝钢管制成的枪管中，扣动扳机之后，火药裹挟着铁沙射出去，会造成对方巨大的恐慌和伤害。

在焊接车间，冲床会冲下成堆的铁片，围绕着这种几近梯形的邮票大的小铁片，矿机的孩子们自创出许多手上翻抄的游戏，以此来赢彼此的铁片。这种铁片在我们手中好似货币出现之前的贝币，有时候用它也可以换取其他物品。

木工车间

每一年冬天来临之际，学校会组织我们去位于厂区北门附近的木工车间，目的是捡拾用于采暖的木材边角料，但我们绝不满足于此。

矿机的木工车间主要是为工厂生产的设备打造木箱包装而设的。同时，我想这个车间一定也有制作工业产品模具的功能。我们来到木工车间之后，能够看到很多形状有趣的边角料。我们经常会选取大致有一个基本形象的木料，再用小刀把它加工成自己想象中的样子。比如一支手枪，就像电影《小兵张嘎》中老忠叔给嘎子做的那支小木枪；有的时候，男孩们也会用小刀把一支木棍加工成一把木匕首带在身上。

当然还有各种各样的可能，因为木材这个东西最便于加工成思想的形态，也就是你想到什么时，木料是最容易加工成你想到的那个形态的。因此我们来到木工车间，女生都是老老实实地找便于引火的条形木材。而我们男生总是去挑选形状有趣的木材，然后把它们带回到教室里堆一个角落，之后这个角落就成了我们课间打闹的武器库。

吸引我们的还有木工车间的乒乓球台，当时能在木质的专业球台上打球对我们来说不亚于一次饕餮大餐。平时我们在自己砌的水泥台子上打一场，都得排上半个小时的队。木质乒乓球台的弹性比水泥台子好很多，在其上打球会有完全不同的体验。记得那个球台是绿色的，白色的漆线画在台面上更显得精神。不过在那里打球先得找相关熟人打好招呼，以免遭到义正辞严的驱赶。

废铁库

矿机厂的废铁库是一个积攒了很多金属工业废弃物的地方，各

《老车间之加班》 油画，作者：白晓刚

种小型设备、零件、边角料都有。这个地方的历史应该和生产的历史同步，因为有生产就会有废弃，有制造就会有边角料。经历了漫长岁月的积淀，这里的存量就变得相当庞大，内容也极其丰富。这个地方也成了我们每一次来到厂区的必去之地，因为唯有此处会有发现的期待。它是工业乐园中的乐园，每一次我们都希望在其中能有所发现、有所斩获。

有一次，我在这个废铁库里边居然翻捡到了一只锈迹斑斑的手雷，拿在手里沉甸甸的。手雷腔体内的黄色炸药还剩一多半并早已板结，而我依然能够想象出它曾经拥有的强大威力。但是我终究没敢将这只手雷带回家里，因为之前听说过附近工厂曾经发生的惨祸。就是一群孩子捡了一颗炮弹带到了教室，然后在冬天取暖的时候炸弹被引爆了，造成了惨重的伤亡。

还有一次，我捡到了一件由方形的钢板和一根长达一米八左右的铁管焊接而成的，像鲁智深使用的禅杖一样的一个铁件，约莫十余斤重。之后我居然趁着门卫走神的工夫，把它悄悄带出了厂区，拎回了家里。之后，在很长一段时间里，这件“禅杖”竟然成了我练习臂力的一件兵器。夜深人静的时候，一个人在院子里打着赤膊把它舞动得像风车一般呼呼作响。那一刻我仿佛觉得，我变成了《水浒》中的英雄人物。

废铁库附近有个存货的场地，许多大型的木箱就搁在那里。木箱里应该是从外地或者国外运来的尚未开封的机器设备。不知是谁首先发现了一个新情况，一些木箱可以钻进去，配件中竟然有我们需要的“宝贝”。这些宝贝就是一盒盒黑色的橡胶带子，带子断面大约六毫米见方，有一定弹性。它们可以用来玩跳绳等各种游戏，于是我们就经常前往这些看管不严的木箱“丛林”中进行窥探和盗取。

但是，要获得这盒胶皮带必须冒一个危险，几个马蜂族群早已占领了此地。起初不知深浅的几个伙伴进去后不久，就失魂落魄、狼嚎鬼叫地逃了出来，一群马蜂不依不饶地围在他们头顶紧追不舍。有一次，一个名叫“小忠”的男孩头上被蜇了六个包，疼得他痛苦地在地上乱蹦乱跳。然而胶皮带的诱惑是巨大的，孩子们吃一堑长一智，最后用衣服把头包起来愣是冲过了马蜂飞舞的封锁，拿到了那些盒子。

生产与生活

矿机人常借用“靠山吃山，靠水吃水”之说，来为自己的艰苦生活指点迷津。在轻工产品严重不足、无法满足日常生活的基本需求时，工人们就会自己动手利用身边资源解决问题。比如，有段时间，为了保证工厂的生产用电，宿舍区经常停电。然而，在这个时期，蜡烛的光线显然不能满足有了电灯以后的人们对照明的需求。于是伟大的矿机工人们就创造了电石灯，所谓的电石灯就是用能产生乙炔气体的灰白色块料为发光原材料，利用一组钢管、铜管焊接而成的一种独特的灯具。

电石灯的构造基本是这样的：三段口径不一的钢管互相嵌套，最外边一个最大，是放水的；最小的一个放着电石；还有一个口径比最小的稍大一点的钢管，一段封死再穿一个小孔后套在放电石的钢管上。这样就形成了一个电石遇到水产生乙炔气体的发生器。乙炔产生后会顺着上面引一根筷子般粗细的铜管喷出，铜管的出气口被砸扁，留一个小缝以控制乙炔气体的量。这个时候，那电石灯点着后的火苗的高度就会达到十厘米左右，而且是非常亮的白光。

当时这种灯好像只有矿机有，因为只有矿机有钢管和电石。那个时候我们到工厂里边去的目的之一，就是寻找有电石的车间。记得那应该是在动能车间，电石就是像石灰石一样堆在地上，我们就会拿一个塑料袋，或者是一个纸包，包一些电石带回家。

矿机的工人中山西人还是占大多数，人们日常以吃面食为主。如果你在那个时期走访每个工人的家庭，就会发现他们做面食的工具基本上都是用工厂的材料和工厂的技术做成的。比如说，每家切菜的菜板和和面的面板都是从木工车间直接拿回家的，做刀削面时用的削面刀，都是由马口铁或镀锌铁皮制成的。智慧的工人们会把这块铁皮的一端卷起来，形成一个小抓手，另一端用车床磨锋利，这样做刀削面的时候就会非常好用。还有一个东西，就是做“剔尖儿”用的不锈钢筷子，是用长约四十厘米的钢棒稍加打磨做成的。

破碎的自然

早期的工业无一不在撕碎自然，但那些碎片依然活着，和今天都市花园中虚假的自然相比，这种碎片非常有力量感，因为它依然表现出一种野性。过去工业区有规划，但是由于尚未极端追求土地效率的缘故，那些规划还是显现出少许的松弛。自然的碎片就在这些松弛的缝隙里。

《无题》 油画，作者：艾旭东

矿机厂区的西部曾经有一个神秘的池塘（也有人说那是太钢发电厂的凉水池），但它的形态还是自然的，像一小块湿地。它荒凉杂芜，其中生长着多种不知名的水生植物和活物。水蜘蛛充满节奏地蹬着细长的后腿，在水面上划出扇形的波纹；蚂蟥在水中诡异地蠕动，像个幽灵；水草悠然舒展的叶子在浑浊的水中摇曳，投下无数深灰色的影子；钉头般大小的鱼苗睁着一对好奇的大眼睛成群结队游向岸边，忽而又在一点风吹草动下惊恐地散去。田螺从容淡定，蜻蜓行踪不定，还有一种像甲壳虫一样的虫子腿上长满了苔藓般的细毛，欢快地在水中上下穿梭。

池塘中散落着少许工业构件，那些方形或圆形的几何形状虽有些唐突，但水中的植物和菌类正在将它们蚕食，不论是木质的还是铁质的一律通吃，试图将它们打回物质的原形。天长日久，平滑的表面渐渐凸凹不平，分明的棱角变得破碎模糊，它们在光线暗淡的水底影影绰绰。这里是粗犷的厂区中唯一残存自然诗意的地方，工业的疏忽让一方生灵免遭涂炭，也许是劫后余生者做着最后的狂欢。

各种颜色的蜻蜓极低地飞着，戏弄水面，又忽而敏感地疾速离去，遗落下一片四散的涟漪；精灵一般的鱼群从水中黑暗的地方游来，又在突来的惊悚之中隐没在森林一般的水草里。这里也是在厂区疯玩半天之后的野孩子们的休闲娱乐之地。他们捞鱼虫、捉蜻蜓，还有一些孩子冒着被蚂蟥袭击的危险戏水。在此处，我有过一次落水的经历，深秋里冷静的池塘仿佛有一种魔力，让我不由自主地失足其中，见证了它依然存在的野性。

九十年厂庆

2015年，也就是矿机厂建厂九十周年的纪念日，我有幸接到了厂方的邀请，作为这个近乎百年的企业家属区走出来的一个代表重返矿机厂，参加其隆重的庆典。当时接到邀请的还有著名歌唱家阎维文，他也是从小和我在同一个居委会长大的。厂方热情地邀请我们参观了现在的矿机厂，非常遗憾的是，几十年前那个曾经给我们留下许多快乐记忆的工厂乐园早已荡然无存。

两天之间，我反复乘车路过那个片区，却根本看不到一点历史的踪迹。它已经全部被拆掉了，变成了高楼林立的住宅区。这让我在情感上很难接受，工业文明的价值居然就这样让今天的都市发展感到累赘，恨不得从根本上予以铲除。

到了晚上，厂方举行了盛大的厂庆联欢会。晚会氛围非常热烈，阎维文最后的演唱更是把气氛推向癫狂的临界点。这一幕让我依稀想起了七十年代在矿机俱乐部里反复上演的那种情形。工人阶级的风采曾经是照亮社区的明灯，时隔四十余年，我看到这座城市的版图和形象已经发生了翻天覆地的变化，这个企业更是经历了海未枯、石却烂的变革。它的属性、空间位置、技术设备、生产产值以及职工人数，早已面目全非。有一些是朝着好的方向转变的，也有一些显然是走向了衰败，甚至是没落沉沦。

但是，在这场联欢会上，我看到了这个群体的认知和精神面貌，人们的美学趣味依然如故。依然是高举着集体主义的大旗，依然是那么高昂洪亮大嗓门地表达，依然喜爱像打了鸡血一样的歌曲，欣赏浓眉大眼的五官。包括有一个小品的内容，居然和四十年前工人们在矿机俱乐部自编自演的话剧《李勇才结婚》如出一辙。我看到每一个个体沉醉在这种集体的荣耀里，因感受到温暖而无比幸福。空间消失之后，这种精神状态成了孤魂野鬼，若隐若现地浮现在那些工业革命的遗老遗少的脸上。

第五辑　老脸：八十年代群像

我的邻居

二不愣

二不愣是本地人对思维不够“正确”的人之称呼，后泛称一切做事情欠妥当的人。所以最早的“二不愣”是指有先天缺陷的人，后逐渐变成了一种临时性的称谓，因为谁都有可能暂时地或突然地成为“二不愣”。

管自己蔑视的、讨厌的人叫“二不愣”，很像今天全国尽知的称呼——“傻逼”，但明显的是“傻逼”因涉及性器官而实在显得粗鲁，“二不愣”则似乎是个悖论，意味深长，具有哲学思辨的属性。若把“二不愣”拆解开来仔细分析，会发现这个称呼概念之有趣、之精准、之生动，反映出山西人民的幽默和智慧。“二”是指人做事情欠妥当，“愣”是指做事情鲁莽并有智力方面的贬低之意。二者组合并以一个“不”字相连就变成了令人玩味的词语，大概意思是行为模式怪异但智力水平基本正常。但若一个人被稳定地冠以“二不愣”的称呼，说明他才是一个真正的二不愣。

宿舍区里有被一直唤作“二不愣”的人，其一他是一个傻子，再加上在家排行老二，所以叫二不愣。这个二不愣身体挺壮实的，血气方刚，每天在宿舍区瞎晃荡。调皮的孩子们看到二不愣出现就喜欢恶作剧戏弄他，流氓们甚至喜欢教唆他去吓唬女孩子，这过程充满了他们自己的意淫。二不愣还有个心智也不太健全的弟弟，于是“三不愣”的称呼也出现了。

但是宿舍区居然还有一家人整体被叫作“二不愣”的，这一直是一件令人匪夷所思的事情。这一家人就住在我们家楼上，他们家孩子多，生活困难。人们歧视他们的原因首先在于生活方式，事实上他们家的生活方式的确比较奇葩，已经穷到孩子们几乎没衣服穿的地步了，当父亲的还要喝酒，家里还要夜夜笙歌搞乡里乡亲、三教九流的聚会。真是人穷志不短，乐观主义思想穷开心。

二不愣家的家长非常喜欢结交，每天夜晚家里都门庭若市，像个俱乐部似的。并且不定期举办文艺堂会，每逢这个时候，民间各路神仙就聚在这里，有拉琴的、击鼓的、弹拨的，还有唱曲的，非常热闹。比较特殊的是，他们家里的堂会从来不唱主流的红色曲目，要么是传统的晋剧唱腔，要么是有些男女情歌成分的民间酸曲。有一个叫“锅子”的工人可以一个人同时唱男女声对唱两个声部的歌曲，其换气和变换声部的技艺娴熟，生动无比。尤其是刚结束男声唱段马上捏着脖子唱出女声时，是大家最开心的时候。喝彩声此起彼伏，“锅子”就士气大振，不断挑战难度更大、调子更婉转、歌词更放荡的歌曲。

二不愣一家都热爱文艺，但势利的人们就是不待见他们，我觉得这是一种世俗中的恶的表现。一家之主张某长得五大三粗，皮肤因充血过度而满面红光，从脸部到脖子每一个毛孔都张着，充满了表现的欲望。他是个戏迷，有时候还要跑一下龙套。职工剧团表演晋剧《十五贯》的时候，他死乞白赖混上了一个衙役的角色，每次演出前，他还总是故意迟到，借此在观众汹涌澎湃的人流中急匆匆赶场，一边挤，一边大喊：“哎呀，误咧，误咧！”其实他只是县官出场的时候舞台两侧执杖而立的衙役之一，其他衙役都由精悍的年轻人扮演，戏装穿在身上宽松、飘逸，唯有他身体壮硕，把戏装撑得异常饱满。

二不愣家的女主人眉目周正，就是一直阴沉着脸。她很少下楼和大家交流，每天叼着烟卷从三楼的窗户里探出半个身子观望着那不堪入目的人世间。二不愣家里最小的女儿尽管衣着邋遢但长得不错，小姑娘都喜欢表演，宿舍区搞“社会主义大院”的时候，邻居们经常组织演出。有一次，这孩子主动请缨，要表演舞蹈《小松树快长大》。当那段木琴演奏的乐曲响起，她活泼地登台开始表演，但估计是对台词理解有误，把“小松树”当成了“小松鼠”。小姑娘登台亮相是以一种机敏地晃头晃脑的模样出现的。看到她这个模样，男孩们坏笑着，应和着音乐的节奏齐唱：“二不愣，二不愣，二不愣，二不愣……”

二不愣家喜欢养鱼，家里弄得跟水族馆一样，沿着主墙面都是大玻璃鱼缸，鱼缸上安着的日光灯管彻夜亮着，浪费着社会主义有限的资源。鱼缸里面的风景非常迷人，养着“吻嘴儿”“神仙”“燕子”等各种品种，而且鱼都出奇地大。穿着海魂衫一般的燕子鱼游动缓慢，但觅食的时候凶猛而迅捷；“孔雀”如身着长裙的舞者，裙摆微微抖动着，似悬浮在空中的飞天；接吻鱼最有意思，两条鱼相向而行会把嘴噘成一个吸盘状，然后凑在一起久久不分离……据说他们家里在偷偷地做繁殖和售卖热带鱼的生意，品种稀有的鱼可以卖到五元人

《鱼缸》 素描，作者：王宁

民币一条，这是他们家主人挣酒钱的一个隐秘渠道。割资本主义尾巴的年代，贩卖热带鱼竟然没有人过问，毕竟在处罚条目里可以找到各种农产品，但找不到热带鱼。

另外，在养鱼这件事情上表现出了工人阶级独立自主、自力更生的能力。他们家的鱼缸、抄网都是自制的，最有趣的就是放鱼虫的容器是用乒乓球穿孔制成的，鱼虫们拥挤在半球状的容器中，一些不安分者会从小孔中渗出，这些漏网者就成了鱼儿们的美食。这个智慧并有趣的设计主要是控制鱼儿们没有节制地进食，因为热带鱼在进食的时候缺少控制就会撑死。有一次，二不愣们忘记喂食，热带鱼们就在鱼缸里撞击玻璃以示抗议，最终个儿大的鱼撞破了鱼缸。那天晚上，二不愣家的阳台一直在向外排水，流了整整一夜。听到这个消息，我也有一种深深的失落。

“文革”时期，工人阶级比较受重视，所以当绝大多数知识分子都处于两家合用一个套型的时候，二不愣家则享受着令人羡慕的一套独立的户型。他们家还拥有一个令人眼红的阳台，那个印制着粗放的水泥雕花的阳台携带着斯拉夫人的诗意唐突地呈现在中国社区。没有人在阳台上放置躺椅和盆花，人们用杂物和晾晒的内衣羞辱扑面而来的阳光。

我们这座宿舍楼和矿机小学的教学楼隔着一条马路相对而建，居民们经常承受顽童和恶少的挑衅。那是一个到处充满恶语和诅咒的时代，调皮捣蛋的学生们经常用镜子晃照对面住户的窗子，住户也常常推开窗扇破口大骂那些无畏少年。在众多的窗户中，二不愣家的窗户每天会经受暴风骤雨般的袭扰。无奈中回击的怒骂会招致砖头石块的攻击，迫不得已之下，二不愣的家长就带领孩子们冲进学校和师生们理论，他们对老师说：“你咋不管一管这些娃娃！”然后对着那些孩子大骂道：“就你们这个球样怎么做共产主义事业的接班人！”白天的纠纷过去之后，夜幕降临，学校也关门了。当人们都已经睡去的时候，那条没有路灯的马路上会突然闪过几个身影，这些鬼影会冲着他们家的窗户大声喊着：“二不愣！二不愣！”这种狼嚎似的喊叫一直持续了很多年，直到这家人搬离社区。

大约在我上初中二年级的时候，二不愣家走了。他们几乎没有和任何邻居打招呼，悄无声息地离开了，搬到另一个区域开始新的生活旅程。对于我们来说，这似乎是一个故事的结束，我们开始意识到生活中少了一些话题和趣味，而对于社区中一直存在的“恶”而言，他们则少了一个发泄的对象，于是“恶”也转移了。但是它永远徘徊在我们中间，它在寻找新的对象……

回忆山西往事的时候，我总会想起这一个特殊的家庭。其实这一家子都是善良老实的人，传说中那个不怎么公开露面的女主人是地主出身，有一点好吃懒做，据说连自己的头发都不会梳理，但是她也从未对周围任何人表现出恶意。男主人性情粗犷好结交，这也都是民间赞美的品行。尽管工人阶级生活困难，但平日里喝个酒怎么就不行！而对于这一家人在社区中所遭遇的不公正人情，我想这是一个深刻的社会学问题，涉及人性的复杂和社会性的科学。这是一个久久不能让我释怀的事情，也许社会永远是个丛林，什么英特纳雄耐尔、社会主义大院，都不过是政治家的理想。当抽取了博爱的教诲之后，也就失去了坚实的基础，这座所谓的明亮灯塔最终也就是一地瓦砾。

老八路

革命的战争影片看多了以后，我们对老八路都心生敬意。《平原游击队》中的李向阳是家喻户晓的人物，集刚正、勇猛、机警、智慧于一身，是孩子们整天幻想担当的偶像。其实战争结束后许多老八路都早已经转变了角色，他们刀枪入库马放南山，纷纷由你死我活的武装斗争转向了激情四射的经济建设工作，而且大多走上了行政岗位。后“文革”时期，他们就在我们身边平凡地工作着、生活着。他们的传奇故事像忽来的小旋风一般，偶尔会在街头巷尾流传一阵子，引起邻里们的窃窃私语和孩童们敬仰的目光。

我家的隔壁邻居李芝（又名李安），就是名副其实的老八路，是我奶妈的妹夫，他们一家和我家一直保持着不是亲人胜似亲人的关系。苏联人援建的住宅，隔音效果不好，每个家庭听广播、教育孩子、夫妻争吵的声音都会传到隔壁邻居的耳朵里。这是一个没有家庭隐私的时代，却也使得我对这位老八路有了更多的了解。

李芝是个老革命，1937 年入伍。曾参加延安抗日军政大学第四期培训，接受过毛泽东、朱德、林伯渠等领导人的教导，后来一直在山西北部从事敌后抗日工作，历任教导委员、敌工科科长、县委书记等职务。对孩子们来说，“敌工科科长”这个头衔最具神秘感，因为连环画《敌后武工队》是大家当时认知抗日战争的主要知识来源，魏强、刘太生、贾正这些神出鬼没的主儿最令我们崇拜。我们甚至天天梦想重返那个年代，经历一次大显身手的岁月。因为根据那些故事的描述，日伪敌寇不过是土鸡瓦犬尔，不足挂齿。

《老八路》 素描，作者：王宁

不论是谁，只要具备了武工队队员的身份和装扮，就可以无往而不胜。

电影中的八路们个个神气活现，尤其那些武工队队员更加威风八面。比如《平原游击队》中李向阳歪戴着帽子、手持驳壳枪的形象，还有《小兵张嘎》中的罗金宝，一身白衫，头戴凉帽、墨镜，风流倜傥。但是李芝这个老八路非常低调，每天身着一套深蓝色的中山装，眉头紧锁，若有所思。后来听说他在矿机厂厂办做主任的时候，因被同事（厂长秘书）的一本小说《墙头草》牵连受到撤职处理。《墙头草》是一部未出版的小说，其内容被认为影射中国共产党的部分政策，受到批判。其作者被打成右派，李芝则因为在这个事情上同情和庇护作者而被归类为“坏分子”。

在我儿时的记忆中，这个和蔼的老八路个头不高，身形单薄。或许由于烟瘾很大的缘故，他面色较为黯淡，一直低垂着头，似乎心中有着深深的郁闷。有一次，我去他家里玩儿，看到大妈（李芝的老伴儿）正在给病床上的老八路拔火罐，罐头瓶在他后背上留下了一个个碗大的褐色瘢痕。但李芝的两道浓眉和闪着光芒的眼睛依然透着一股英武之气，真是人生易老，英雄不老。

抗战时期，他曾经是忻州和原平一带的传奇，是日本人悬赏捉拿的首要人物。李芝机智勇敢、身手敏捷，一直是当地的武工队队长，在敌后给日伪政权制造麻烦。有一次，他来我家和父亲聊天，谈到自己被捕又被有偿营救的事情，我感到极为诧异，老八路口中的事实说明即使在残酷的战争时期，大酱缸一般的人情社会依然如故，这温暖的社会中一方面永恒不变地重利，另一方面也从未摆脱人情世故地如胶似漆，即使在残酷的斗争年代依然如此。那一次，老八路还讲到他穿越封锁线的时候负伤的经历，一颗子弹贯穿了下颌，牙掉了一地，那就是传说中的“三八大盖”的威力，听得我牙齿发软。李芝出生在地主家庭，土改的时候父亲被斗，家里的土地和财产被瓜分。当时担任八路军营长的他听到这个消息怒不可遏，带着枪就返回了老家，试图震慑那些农会里的混混（当时这种故事估计不少）。这件事情也让他在之后的政治生涯中付出了很大代价，不仅失去了在部队晋升的前途，在五六十年代的各次运动中亦成为被冲击的对象，最后冠名“坏分子”。

据说在“文革”的几次武斗中，老八路武工队的本色得以显现，回光返照。和当时在保定叱咤风云的贾正（成为保定造反派风云人物的武工队队员）不同的是，李芝不是兴风作浪祸害社会的人，他只是一个在场者和偶尔出手解困危局的人。我听家长说过一次堪称经典的故事，那一次缘于矿机的造反派组织“一二一六战斗队”全副武装去夜袭另一个赫赫有名的组织——“九九支队”，而“九九支队”均由复员的侦察兵组成，组织性强、战斗经验丰富，出手凶狠且精准。他们的战术是每逢作战的时候，每三人为一组组成作战单位，均手持尖锐的标枪成三角之势，既能观照各方敌情，又可以相互保护。同时由于几乎是整支部队建制，战术素养非常高，整体协调性高、攻防有序。在一个风高夜黑的晚上，矿机以二杆子为主的偷袭队伍头戴柳条帽手持棍棒偃旗息鼓偷悄悄摸入对方的领地，哪曾想老侦察兵们早有准备，待“一二一六”进入伏击圈，就开始收网。扎口袋、切断首尾、忽隐忽现的疑兵和此起彼伏的攻击信号令入侵者立刻陷入了包围圈中。“九九支队”使出了职业军队的各种招式，不断袭扰这支头戴柳条帽手持棍棒的乌合之众，先整体切割，再各个击破，令他们陷入了巨大的混乱和恐慌之中。沧海横流方显英雄本色，此时此刻最镇静的还是身经百战的老八路，最终他依靠自己丰富的战斗经验将部分战斗人员带出重围。

老八路有三儿两女，其中三个儿子秉承他性格和能力中不同的侧面，老大厚道诚实，心灵手巧；老二胆大心细，是个运动全才；老三则继承了父亲天不怕地不怕的胆魄和飞檐走壁的能力。这三个儿子在社区里都有一定的名气，号召力强，拥趸甚多。老二个头不高但短小精悍，是摔跤和拳击的高手，足球和马拉松也是他的长项，他是我少年时期的偶像。三儿子和我年龄相仿，在一起玩耍的时候更多一些。他擅长攀爬，社区中几乎没有他逾越不了的障碍。最有趣的是老三倔强的脾气令人匪夷所思，老八路揍他的时候，他从不求饶，还敢从教训他的老八路手里抢夺擀面杖。每逢老八路教训小八路的时候，惊天动地的哭闹声会穿透苏联人构筑的壁垒传到我家，父母有的时候会过去解劝和说教。对于小八路英勇不屈的表现，爸爸妈妈戏称这是电影中日本人的脾气。

七十年代中期，老八路得了癌症，这是一个身经百战者无法战胜的敌人。确诊的那一天，他依旧扛着自行车回到家里，但低着头没有回应孩子们的问候。又过了几日，家里陆续来了很多人，我才从大人嘴里得知这位传奇式的英雄得了大病。之后的时日里，我们看着他一天天消瘦下去。他开始沉默寡言、深居简出，但病痛引起的呻吟偶尔会从紧闭的门里传出。再到后来，老八路就卧床不起了。他的家人想尽了一切方法、采用了一切偏方去救治，依然无济于事，这是我第一次听说世界上有“癌症”这么一个夺命并折磨人性的东西。

老八路去世于1976年春天，他的追悼会是在宿舍区北边太平间外的空地上举行的。那是我第一次站在那块充满诡异传闻的空地上。太平间的大门敞开着，遗体盛殓在里面，黑白的挽联上写着“李芝千古”“驾鹤西去”等字样。这也是我第一次感受有关死亡的仪式，血祭的公鸡、黑白的挽联、哭号中的诉说，还有钉棺材盖板时沉重的敲击。那一次的经历让我对死亡这个事实产生了严重的怀疑，我无法相信一种意识和思想的泯灭。最后一辆卡车载着棺木和他的家人远去，据说是拉回故里下葬。追悼会后第二天，在卧虎山上，面对成片成片的野花，我似乎意识到了生命的转移……

几个月之后，“四人帮”被专政，“文革”结束，老八路终于得到平反。

老狐狸与《看不见的战线》

在儿时的各类寓言、童话故事中，狐狸名声不佳。它们多扮演环境中的危险角色，阶级斗争故事中也经常把阴险狡诈的地富反坏右和敌特分子比喻为狐狸。那时候流行一句话：“狐狸再狡猾也斗不过好猎手！”老狐狸是小时候一个玩伴的绰号，他是个孩子王，大我五岁。真正的老狐狸是朝鲜电影《看不见的战线》中的反面人物，一个隐蔽性极强的老特务。七十年代家喻户晓的特务老狐狸变成一个少年的绰号，是一件非常吊诡的事情。但也足以说明这个少年不是一个省油的灯。

老狐狸家住在和我家同一单元的一楼，家里共兄弟四个，他排行老大。大概他们家一直渴望要一个姑娘，就不断地生产，结果事与愿违，一个个都是男孩，到第四个儿子出生后只好作罢。四个儿子分别叫李宇飞、李宇强、李宇健、李宇阳，彼此间年龄差距逐渐加大。

外号老狐狸的老大李宇飞是我心目中的神，他诡计多端、无所不能；外号猪耳朵的李宇强是我画画的“启蒙老师”；外号猪八戒的老三李宇健差一点被我拐到五台山当和尚去，他也一度是我父亲的干儿子。四个男孩子共处在狭小的一居室里，本已热闹非凡，再加上家长无暇教育，他们过剩的精力就变成了令人生畏的破坏力。

在国家号召人民多生孩子的时期，我们那个居民楼里同样年龄段的孩子很多，足可以组成一个排的“兵力”，于是就成群结伙组成了松散的团队，尽干一些令成年人头疼的事情。在这一拨儿孩子中，李宇飞年龄最大且鬼点子多，加之身手不凡并颇具胆识就成了孩子王。那个时候，孩子们的拓展能力都超级强大，自组织能力也不错，在一个团队中，每个人都能找到自己的位置。而孩子们自我管理的系统中，年龄大一点的孩子往往扮演着半个家长的角色，是年龄小的孩子学习的榜样。

李宇飞在孩子中称王靠的是一身的本事，在穿越障碍方面，爬树、翻墙、上房顶、攀登高耸入云的烟囱，几乎没有什么可以阻挡他；在挑战速度方面，他可以飞身跃上正在疾速行驶的拖拉机、卡车，甚至可以像铁道游击队中的飞虎队员一样爬上飞奔的火车；此外，他还能熟练地使用弹弓，有百步穿杨的功力，同时臂力惊人，是投掷石块的能手。和相邻的“敌对势力”开仗时，他的出现总能令己方士气大振。

老狐狸生得干瘦，脸小，这身形在钻乱麻一般的铁丝网和狭小的窗洞时就变成了优势，所以那时候几乎没有他进不去的地界。而获得老狐狸的称号，则是凭着他神出鬼没的招数。老狐狸擅于偷袭，这是他令人生畏之处。那时候，砸别人家玻璃、剪别人家电线、给别人家轮胎泄气这种事情，他可没少干。他下手的时机很准，在孩子的阶段就能抓住转瞬即逝的机会。比如，他可以把一张电影票撕成两半用，每次都可以骗过那些看上去凶巴巴的检票员。而我却不行，有一次拿着老狐狸塞给我的假票入场，被那个叫王长命的检票员一眼识破，假票被撕成两半。当我拿着撕成两半的假票败阵归来后，老狐狸拍拍胸脯说："看我的！"简直太神了，他拿着那撕成两半的假票又杀了一个几进几出。

此外，他有隐蔽的天赋，能有效地利用环境天人合一麻痹对方，这一点在干坏事的时候尤为重要。我相信这是在文化上受到八路军、志愿军电影的熏染浸润，在技术上靠"躲猫猫"游戏百炼成钢之后修成的正果。一次，小伙伴们玩游戏，一拨儿人躲藏，另一拨儿人寻找。最后就差老狐狸一个人没找到，大家过筛子一般把院子里的坑坑洼洼、犄角旮旯搜了个遍，最终只能聚集在一棵大树下。我们认定了老狐狸就在树上，大家齐喊："老狐狸，下来吧，我们发现你了！"见还是没有动静，大家威胁道："你不下来就算耍赖啊，我们不和你玩儿啦！"片刻沉寂之后，老狐狸从大家脚底下站了起来，拍拍身上的土说："我在这儿哪！"我的天啊，原来他就在我们大家脚下匍匐着，像邱少云一样一动不动。时隔多年之后看电视剧《乌龙山剿匪记》，我发现剧中的匪首田大榜和老狐狸神似。或许这家伙早生一个世纪，也会是一条好汉。

老狐狸的父母也都是外来户，父亲来自山东，母亲来自湖北。

他的父亲是个不苟言笑之人，浓密的络腮胡子增加了少许的威严感。他每天戴一顶灰色的帽子，衬衫下摆别在腰带里，像个退伍军人。但这个叔叔喜欢阅读，记忆中他的常态就是斜倚在靠窗的一张床上，双手举着报纸或单手拿着杂志全神贯注地阅读。令人疑惑的是他们家里有很多杂志，有一些还是外文的，都整整齐齐地堆在床下。趁父母上班不在家的时候，我们会聚集在这里要求老狐狸从床底下拖出那些杂志让我们一饱眼福。

老狐狸的父亲还有一个让人感念的优雅习惯就是摄影，他有一台 120 照相机，并经常在周末邀约关系不错的邻居们一起去卧虎山游览拍照。我们全家有几张合影就是这位可敬的叔叔当年馈赠的，珍贵的影像记录了生命、亲情和友谊，甩掉了困顿、寒酸和苦难。

老狐狸的妈妈姓蔡，是个性格泼辣心直口快之人，邻居们送她外号“菜包子”。在家里，李叔叔负责做饭洗衣，菜包子阿姨负责训导孩子。这位大嗓门的阿姨训起人来尖酸刻薄，总能让人哑口无言。并且这泼辣的口风不止于家门，遇到邻里之间一些小的纷争时，那些妙语也会破口而出，直抵对方要害。

有一次，二楼一个孩子当着大家伙的面毫不忌讳地大声招呼：“老狐狸，老狐狸！”开始菜包子阿姨只是一脸不悦，后来发现对方完全没有闭嘴之意，于是厉声反击道：“就你们家好，我家孩子老狐狸，你们家是电线杆子、大洋马！”（那家人的确身高马大）。还有一次，老狐狸和周围一家人发生冲突，对方家长找上门来指责菜包子阿姨教子无方，这位阿姨叉着腰仰视着天空说：“你帮我教育啊，教育好的话，我拎着二斤点心感谢你去！”

那时候，孩子们聚集在一起就没好事，偷鸡摸狗、抢夺同龄人的东西是常事。这方面老狐狸也是个“惯犯”，一次，我们在他的组织下趁着夜幕席卷了社区的菜站，最后成捆的大青萝卜和成堆的大白菜塞满了老狐狸家的菜窖，这里也是我们的俱乐部。也不知道是谁走漏了风声，最终被家长们察觉，于是全楼的家长联合起来审讯各自的孩子。那一夜全楼灯火通明，循循善诱的规劝、义正辞严的训导和鬼哭狼嚎的哀求声此起彼伏。

还有一次打火机事件也很有意思。那个时候，不良青年都从抽烟开始，青少年叼着烟卷基本上就是一种反抗成功的标志，所以楼里的孩子都跃跃欲试，避着家长吸烟。那一阶段每个家庭的家长们每天必做一项工作，就是检查自己孩子是否在外吸烟，检查的方式之一是贴近孩子们嗅嗅他们身上是否有烟味，二是看看孩子们的食指指甲盖是否有烟熏的印记。

当时打火机是吸烟者的高级配置，因为相较火柴，打火机具有鲜明的工业感，燃料也是工业化的煤油或汽油。老狐狸号召大家想办法一人配置一只打火机，以显示我们这一拨儿孩子的组织性、纪律性。全楼孩子动员了起来，各找门路配置打火机。当时感觉如果到了规定的时间没有弄到打火机，就无脸见“江东父老”，就是愧对组织。所以有的孩子拿出了压岁钱，有的孩子挪用了购买学习用具的经费，还有一些铤而走险将罪恶的黑手伸向了父母的衣兜。终于在那个约定的时间，一个阳光明媚的春天上午，大家齐聚到老狐狸家，齐刷刷地亮出了打火机，然后会心地一笑。这个行动依然没有逃过明察秋毫的家长们的火眼金睛，于是又一轮地全楼协动，又一次地“扫黑除恶”。

虽然老狐狸很瘦，但饭量极大，少年时期已经超过了成年人。

《打火机》 素描，作者：王宁

而超过他惊人饭量的是他对美食的欲望和雄心。有一次春节前备年货的时候，他来我家玩儿，妈妈询问他家里备年货的情况。当时，老狐狸的表情是复杂的，兴奋中夹杂着少许的失落。问其原因，他说猪肉不够吃。妈妈问他能吃多少肉，他说可以干掉整头猪！这句话一时成为社区里的一个段子，但我从不怀疑老狐狸干掉整头猪的雄心。

当温饱成为问题的时候，胃口大野性也就大。一天傍晚，我们家楼北边平房区一个姓李的孩子端着一碗米饭和猪肉炖粉条，圪蹴在地上津津有味地吃着，身边突然出现了老狐狸。此时，老狐狸刚在卧虎山上撒野完毕，正往家走，嘴里哼着《打靶归来》，突然看到路边有人端着一碗美食慢条斯理地享用，顿时心生歹意。

他一抬身伸手就从那孩子手里夺过饭碗，嘴里说了一声："饭菜不赖，我先尝尝。"然后，三把两下一顿狼吞虎咽。这一连串动作迅捷娴熟，等蹲在地上的孩子回过神来，满满一碗饭已不足半。于是，那孩子气急败坏，大骂老狐狸吃相太差有辱斯文，再骂老狐狸夺人之爱取之无道。恼羞成怒的老狐狸"啪啪"甩给那孩子几个嘴巴，扬长而去。那孩子太冤了，抄起一块砖头赶将过来，此时老狐狸已不见踪影。但跑了和尚跑不了庙，那孩子绕到楼后，冲着他家窗户抡起砖头砸了进去。

当时，老狐狸的爸爸正一如既往地在饭后躺在床上看报纸，突闻一声巨响，一只砖头应声裹挟着碎玻璃从他头上掠过，落进房间。老李大惊失色，操着山东母语，发出一声惊呼，几乎与此同时，他的二儿子敏捷地推开窗户跃出窗外，三步两步抢上前去，摁住了扔砖头的孩子。又是一场盛大的纠纷隆重开启……

老狐狸在社区里惹出来的最大一次家庭纠纷，是在抢食后的一年。那一次，对手是附近一个成年的工人。这个工人脾气也不好，经常掺和孩子间的争斗。平时此人喜好臭美，整天戴个鸭舌帽，还有一副黑边的眼镜（估计是平镜）。自己还组装了收音机，并在家里安了伸出窗外的天线，每天饭后收听中央人民广播电台是他固定的生活内容。

那一次纠纷闹得非常大，老狐狸和那个工人大打出手，引来几百人围观。开始还是肉搏，但比试了一下之后，聪明绝顶的老狐狸就意识到自己力量不如成年人，随即采取运动战，一边跑一边打，二人你来我往，砖头石块飞舞。那个工人被老狐狸牵着鼻子满宿舍区乱跑，老狐狸不时回身反击，似乎嘴里还念念有词（估计是革命战争故事片中的台词）。他扔砖头的精准度比较高，不断把那个追击的工人惊得蹦起老高。但那工人出手也不含糊，有一回怀着无比仇恨，奋力掷出一砖，正击中老狐狸后脑。当时看着老狐狸痛苦地跺着脚挣扎，我的心都碎了。

最终，这一仗成年人惨胜，但随后不久，老狐狸就趁着夜幕展开了各种报复，拔断天线的那次活动我也参与了，再次目睹了老狐狸夜幕下矫健的身影。

老狐狸的父亲后来调任太原市机械局当局长，他们一家就搬走了。几年之后再见到他，老狐狸已经是个留着大鬓角、披肩发，穿着喇叭裤的时尚青年。这个时候，他不再愿意别人喊他老狐狸，不断提醒我说：“今后叫我小飞！”

记忆中的面孔

记忆中经常浮现许多故人的面孔，如果从识别的角度来看，没有哪两张脸是绝对相同的。但是这些千变万化的脸又具有某种共性，这是特定时代的文化投射所致，也是每一个个体在表情、神色、行为、举止、语言上对环境做出的反应。同时社会对每一个人的安放大多是双向选择的结果，社会身份也是一种模具，模具之间也存在血统关联。对这些面孔进行社会性的、文化性的识别是一件很有趣的事情，当我们对识别完毕的这些脸加以社会学分类，最终我们会看到一张“旧”社会的脸呈现出来。

工人

在一个强调工人阶级为领导的时代里，从工人们脸上的确可以看到一股主人公的正气。《咱们工人有力量》是一首荡气回肠的歌曲，几乎每天都可以在收音机里或社区的高音喇叭中听到，它明确强烈的节奏感表现出了一种主导社会的集体意志，势不可挡。

由工人组成的锣鼓队、体育团体、文艺宣传队、旗手阵列包装着这个初始状态的工业化社会，让每一个人肾上腺素激增。柳条帽、劳动布、白毛巾、大号搪瓷缸子是工人阶级的标配，汽笛声声、劳动号子、指挥的哨声，还有飘舞的红旗，尽显他们的风采。

电影《火红的年代》中的主人公赵四海，《创业》中的石油工人周挺杉是政治家、文学家、导演和演员共同塑造出的那个时代工人阶级最理想的样板。洪亮的声音、钢铁般的意志、周正的脸庞和批判性的眉宇是其人格外在的表现形式，令整个民间痴迷，让主流社会中每一个个体仰视。

大型国企的主体是工人，这个阶级是客观存在的，阳光下到处都是他们的影子，烟雾中映射着他们的身形。劳动、家务、公益、休闲是他们的担当，战斗、宣誓、创新、牺牲是他们的勇气。此外，机械生产的美学潜移默化地改变着他们的世界观，直来直去、节律分明。大声地说话，全神贯注地收听广播，极认真地搞家庭基础建设，动辄拳脚相加教训子女，也是这个群体的几大特色。

深夜里，偌大的宿舍区里鼾声四起，如同发泄对辛苦劳动的抱怨声潮，无休无止。黎明即起，大公鸡依然执掌着工业化初期报晓的权力，但上班的军号声才是真正的时间权力操控者。

八级工匠

八级工匠是工业生产中控制关键性节点的重要人物，他们智慧、手巧、意志坚定，无以替代。

八级工匠的待遇也是令人念念不忘的事情，像一个经典的传说

《老脸》系列之一　素描，作者：王宁

上：工人、八级工匠、技术员、劳模，下：司机、老师、崩爆米花的人、卖烧土的人

流传至今，也算是工人阶级杰出代表的待遇印证。除了厂领导和个别新中国成立前的高级知识分子，八级工匠享受着最好的薪酬待遇，每个月领着八十多元人民币的工资。所以家庭生活水平最高的是八级工匠，一方面是他们的工资水平高，另一方面是他们动手能力强的缘故。八级工匠大多看上去要文气一些，这是他们长时间手脑并用的结果。另外，由于待遇好，着装方面比一般工人也更讲究一些，但是他们并不追求时尚，表现出来的更多是稳重感和落落大方。

八级工匠在生活中有许多令人钦佩的地方，改革开放前，我们社区里为数不多的几家拥有黑白电视机的家庭，其主人都是八级工匠。他们自行研发出来的电视效果不比国有企业生产的产品质量差，电视机的聚集效应太过强大，这些人家到了晚间就成了整个社区里的会所，房间里从地面到窗台上都是不请自来的人，令主人苦不堪言。

即使到了不堪其扰的地步，主人不放电视也不行，人民群众不答应。于是就有人义愤填膺地公开指责，甚至砸主人家的玻璃。那个时候嘛，所有私属的物品也就是大家的。所以不可以不让大家看自家的电视！

技术员

技术员指那些具有专业技术知识的从事工程设计、工艺环节的人。

工业强国的梦想始于知识基础上的模仿和创新，因此国有大型制造业企业中，这个群体是整体的大脑，也是行动的先锋。道理虽然如此，但是不能这样明确，否则工人老大哥会生气的，那样的话，后果很严重。所以尽管这个群体人数不少，但在对社区生活的主导性上没什么存在感，如同一个灰色的群体。

但是从另一个角度来看，这个群体是最多样化的，他们是真正来自五湖四海的一群人，生活习惯南辕北辙，家庭背景赤橙黄绿青蓝紫黑。除了对制造业的进步起到了不可忽视的作用以外，他们还是这个社区文化生活中的佐料，丰富了人们的话题和生活形态。

工人主要由本地人构成，他们生活习惯较为统一，而技术员则为这个社区带来了许多变化，从烹饪到文艺爱好都极大地拓展了社区文化的边界。我家一度是技术员们的聚集点，毕竟是知识阶层共同语言比较多，另外这其中“偷听敌台”的人也不在少数，所以人少的时候会就美国之音和苏联方面的广播内容进行交流。知识分子嘛，还是有家国情怀。

人多的时候除了议论国家大事以外，还会讲一些道听途说或者手抄本里看来的故事，《叶飞下江南》《一只绣花鞋》《绿色尸体》是人们的最爱。这些非正规渠道传播的故事比银幕上和广播里的故事更加生动，没有套路，而且具有一些关于人性的情节，像没有施过化肥和杀虫剂长出的瓜果，鲜香可口。那种点着油灯讲故事的场景，延续了农耕文明文化交流的习惯，让人心生温暖。

劳模

大型国企出劳模，许多还都是国内响当当的人物。“劳动模范”绝对是靠苦干得来的荣誉，非常不容易，用山西土话说就是“受得硬了”。当劳模不仅得有远大的志向、对劳动特殊的志趣，还考验着个体的能力，只有非凡的个体才有可能获得此殊荣。总之，在我前半生经历的世事中，感觉唯有过去的劳模才是一个真正货真价实的荣誉。

八十年代初期，我们搬家之后就和一个赫赫有名的劳模为邻，和睦相处了五六年时间，这让我对当时劳模的真实存在状态有了切身的认知。那真是一个完全不顾小家，为集体和国家埋头苦干的人，每天早出晚归，周末也从来都是加班。闲暇时间里很难看到他，只有早晨极早、晚上很晚的时候才会看到他黑着脸扛着自行车上下楼，看上去虽然步履沉重但意志坚定。

那位劳模年轻时还是个忠心耿耿的球迷，经常自掏腰包跟随矿机厂的男子篮球队出征外地比赛，为钟爱的球队摇旗呐喊、擂鼓助威。可见他是那种做事情非常专注并且投入感情的人，所以容易成功。

另一个我熟悉的劳模是我的舅舅，不过他是在其他单位负责财务工作，做事情一板一眼、兢兢业业、公正负责，几十年如一日，着实令人敬佩。

八十年代末，我又接触过几位获得过“五一劳动勋章”的全国劳模，这个阶段的劳模，其形象和气质已经开始颠覆我过去对劳模建立的认知。商业意识觉醒之后的劳模，大都已经变成社会能量巨大的“能人”。

司机

在大众眼中，司机是个了不起的职业，这多少有点爱屋及乌的意思在里面，汽车是工业化生产中的极品，开车的人一定程度上沾染了工业产品光晕的余晖。

开车也显示了早期工业化的特权，工业社会运行是建立在新型交通方式基础上的。其中轿车司机和货车司机分别执掌了社会发展至关重要的两个路径，第一个路径是社会人脉，轿车司机由于贴近领导，因而在传递话语方面有着特殊的妙用。另一方面，在没有私家车概念的情况下，轿车是普通人家在娶亲嫁女这个仪式上非常出彩的道具，这个环节假公济私一下会令对方终生感激。第二个路径是物质流通渠道，供需失衡才出现了各种票证，但是物质运输环节却有很多漏洞无法完全控制。货车司机在这个环节中具备强大的控制力，因此也受人追捧。由于职能不同，这两类司机的外在表现在细节上也有诸多差异。比如，轿车司机为了获得领导的信任，往往察言观色的能力强，出言谨慎，衣着得体。货车司机由于本身即掌握着一定权力，因而骄傲自负，骂骂咧咧，显得更任性一些。

由于我的父母都在“臭老九”之列，我们家的生活圈子和这两类“最吃香”的劳动人民几乎没有什么交集，看上去那是一个令人望而却步的人群。后来，妈妈的一个学生在自来水公司当了司机，这个学生和我们家关系又特别好，因此我得以了解了这个群体的工作情况和圈子文化。无论是轿车司机，还是货车司机，由于他们移动的空间范围比普通人的要大许多，接触的文化圈也更多样，因而在当时，他们都算见多识广之人。

老师

“文革”后期子弟中学里的老师们基本上已经斯文扫地，外表上看完全和革命群众合为一体了。男教师基本上清一色的蓝色中山装，注意仪表的可能会内衬一件白衬衣，这样让颈部看上去略显隆重一点。中山装的上衣会别着钢笔或圆珠笔，当然也有同时别两支的。女教师的上衣多为蓝色的小褂，款式介于中山装、夹克衫和工作服之间，西服和布拉吉已经被驱离生活样式的货架，鲜艳的色彩和浪漫的图案也消失了，女性的身体特征尽在抹杀之列，服装成了一块含混的遮羞布。

但人们向往美好生活的愿景依然会通过一些细节表现出来，裤线就是这种动念的迹象。裤线是生活态度的最明显的标示，像两个直线构成的警示符号让人眼前一亮。老师中戴眼镜的比例稍大一些，这也成为调皮捣蛋学生们嘲弄的对象。没有阅读和文盲大行其道的时代，眼镜就是一个令人匪夷所思的物品，它在革命群众和他们茁壮的后代眼中完全代表着迂腐和脆弱。于是戴眼镜的老师就经常被学生们叫作“四眼狗”。

子弟中学由于教学环境的粗粝，不得已教师中的许多也练就了泼辣的口风，并颇具战斗力，因为唯有这样才配得上这里的气场。最极端的是体育老师，几乎都和一些言行出格的学生交过手，结果互有胜负。语文、数学、物理、化学方面的老师稍微轻松一些，但是嘴上的功夫也得能够在非常局势中具备“一鸣惊人”的威慑力，至少要么话糙理不糙，要么斩钉截铁讲歪理。比如某学生不交作业的借口是“老师、我忘了”，老师马上扯大嗓门回击道：“吃饭你咋忘不了！”

有几个语文老师还是很有水平的，其中一个笔名叫伊克昭的男教师，很有水平，但为了在子弟中学立威也得练一些摔跤的本领，只要把那些最捣蛋的学生“放展”了，威信马上就建立起来了，文学方面的那些事情也有人听了；还有一个教物理的男教师，他女儿在体校专攻长拳，他本人也会三拳两脚，于是物理课中经常穿插擒拿术。

混蛋的年代不仅使做教师的斯文扫地，还让他们多少沾染了一些江湖和市井习气。

崩爆米花的人

崩爆米花的人像个魔术师，只是穿着不够体面。每逢星期日，我们都会望眼欲穿地盼望那个推着一辆加重自行车，托着炉子、风箱、转炉和像渔网一样的口袋的人，他的出现能让家中仅有的一点余粮瞬间变幻出丰衣足食的物质场景。农民亩产翻番的梦想依靠这样的设备，在这个灰头土脸的魔术师手上，立马就能实现。

爆米花是童年时期最美好的记忆，这种方式通过膨化作用成功地解决了粮食不足和粗粮难以下咽的问题。那个黑乎乎的像个炸弹似的铁家伙，宛如一只具有魔力的罐子。少许的一瓷缸玉米倒进去，在火炉上转悠一袋烟的工夫，就会喷发出白花花的一脸盆玉米花。转炉的手柄上有一个压力计，旁边还附带一个木制风箱，崩爆米花的人需要左右手配合才能独立完成右手旋转左手抽拉的动作。当转炉炙烤的火候差不多时，他就会把炉子的一端扭转到那个黑乎乎的口袋处，然后最精彩的镜头出现了，只见那汉子一只手控制住转炉的摇把，一脚隔着口袋踩住炉膛，另一只手伸入口袋开口附近的一个破洞里开启炉盖。只听“砰”的一声，一大团白雾喷吐而出，地上那个黑色的长口袋剧烈抖动了一下，然后里面就满是香喷喷的爆米花了。

那时候爆一炉爆米花要花一毛五，这是半工业半手工的生产方式,非常符合当时社会的生活形态。因此崩爆米花的人很受人们欢迎，每逢此时，人们总是端着搪瓷脸盆排长队等候。孩子们欢呼雀跃地围在口袋附近，争抢残留在口袋里的爆米花，一遍一遍观赏那惊心动魄的“爆破”场景。

我觉得崩爆米花的人是那个时代最富有的人，他用简易工业化的设备走街串巷地解决了人们对物质的幻想，添加了少量糖精的膨化后的粮食居然带来了甜蜜充实的幻觉，令人如醉如痴。几乎每家每户都需要通过这种膨化的方式抚慰肠胃和味觉，而且只需要一毛五分钱。而如此大量的需求导致的质变也是可观的，崩爆米花的人让人们盆满钵满的同时，自己也是如此，黄昏时分，他们打点行囊满载而归。

卖烧土的人

除了在山西，我再也未曾见过哪里的人把黄土当作燃料，所谓烧土就是黄土高坡上厚土层中用来和煤粉搅拌在一起的那一部分。说起它，我就想起大饥荒时候的观音土，正如观音土不是粮食但可以充饥一样,烧土本身也并不能燃烧。烧土的作用是让煤粉具有塑性，可以成型制成煤糕，黄土的成分影响会阻滞煤燃烧的速度，这是保存火种的一个创意。

曾几何时，太原市内、市郊的大街小巷里，常看到拖着板车，身穿红色二股筋儿，脖子上搭一条脏兮兮的毛巾，头戴一顶草帽的脚夫，嘴里高喊着：“烧——土！”那个“烧”字拉得特别长，然后以一个短促的“土”字结束。这声音在密集的楼群中穿越，如一条蚯蚓在密实的土层中艰涩地洞进，它身体的长度就是持续力量的形式。此外，我想这是出于节约体力的一种发声方式，因为卖烧土并不是一件容易的事情。

卖烧土的是社会最底层的人，只要有力气即可，因为山西到处都是黄土，取之不尽用之不竭。他们是贱卖力气的人，生产资料就是一辆破车、两张铁皮和一把铁锹。那时候，烧土一车八毛钱，一个壮汉一天最多卖三车，去掉成本后的收入也就能解决自己的口粮。其生活状况远不如白居易笔下的“卖炭翁”，卖炭翁起码还拥有一头拉车的老牛，卖烧土的拉车全靠自己。所以，在民间，卖烧土被看作是一件不太光彩的事，一般这些人都会远离家门叫卖。我家楼上一个邻居的大儿子就卖过烧土，而且主要在宿舍区一带转悠。大家都很同情他，总是照顾他的生意。

有句老话叫“二十五，卖烧土”，其中“二十五”也许是指年龄，也许是指考试成绩。因为我小学的时候有一次算数考了二十五分，楼下一个伙伴在嘲笑我时，就说过这句话。

游商

即使在计划经济最彻底的时代，依然有游离于计划之外的商贩。他们多是市郊的农民，为生计所迫，携带自留地里的农产品进城走街串巷，兑换生活资料。

换大米的、割豆腐的、吹糖人的、卖水果和花生的，甚至还有卖鱼虾的，以他们微薄的力量，填补着因物质匮乏形成的社会生活的巨大亏空。

这些看似微不足道的交易象征着自由经济不灭的火种，在以专政手段割资本主义尾巴的严酷时代显得诡异、飘忽和弥足珍贵。人性被这些走私一样带入生活环境中的物质食粮温暖着，人们在美好的物质面前吞吞吐吐，木讷的脸上流露着一丝残忍的笑意。

自行车是他们的载物工具，钢梁上搭着米袋，后座上绑上罩着笼布的屉。他们的叫卖声变化多端，性格迥异。“换——大米！”声音泼辣，带有几分嘶吼的腔调；“割豆胡（腐）！”叫声突然，如草莽中闯出来的响马。“崩爆米花，高粱、小米、玉茭子啊！”崩爆米花的叫卖声最复杂，囊括了很多细节，带有几分山东吕剧的声调，不乏喜感。

这些农民不甘于土地的生产力被白白浪费，以自己的行动无声地对抗着苛政。风声最紧的时候，他们曾是追缴、罚没、拘禁的对象，我们小学一楼西侧的几间教室都是关押进城贩卖农产品的农民的地方。我有时候会去扒窗户窥视这些反对社会主义建设的“坏分子”，看到这些被没收全部货品的、老实巴交的农民蹲在地上，一筹莫展。我的心中顿时升起一丝怜悯，此时任何政治说教都显得苍白无力。

售货员

售货员地位蛮高的，因为货品总是短缺，购物总要排长队，见他们一面不容易。烟酒糖茶这些商品工业化程度较高，定量、均质；但肉类和蔬菜的销售则有很大的发挥余地，由手执利刃的售货员全权定夺。这点权力在那个时候非常了得，游刃有余之间决定着一个家庭难得的一次物质享乐的幸福指数。

也许是由于以上缘故，售货员们的态度大都比较冷漠，说话的时候阴不阴阳不阳的，动作也过于从容淡定。售货员的服务态度和商品的紧俏程度成反比效应，即越热销的东西，销售者的表情越冷漠。在肉类生鲜这些有血有肉的领域，这一点尤其突出，称得上登峰造极。售货员们统一身穿白色上衣和松松垮垮的蓝裤子，还大多戴着两头有松紧口的灰蓝色套袖。

商店虽然设施简陋，但防范措施严格，货单会通过一根根铁丝上挂着的夹子往返穿梭于柜台和收费小隔间之间。那时候，商店设施之简陋也值得简单描述一番，墙身漆着绿色的油漆作为墙裙，地面多为水泥铺就，好一些的会是水磨石。照明本来就不足，还经常遭遇停电。遇到停电的时候，售货员会大声疾呼：“大家注意小偷啊！”

采购员

计划经济的统购统销性和物质紧俏的现实情况塑造出了另一种类型的人——采购员。在制度和市场潜在规则的双重作用下，所有的采购人员必须是那种非常活泛的人，用本地话来描述就叫“活套”。只有这样才能在计划经济严肃的供给环境中，为族群父老争得一杯羹。

所谓的“活套”，主要是指人在做事情的时候态度上要亲和，话语上要机智，见人说人话，见鬼说鬼话。另外更重要的一点就是不要把话说死，不要太强调原则，这样方可进退自如。还有一点可能存在的原因，就是尽管计划经济管控措施严格，但是所有规则都存在着一定的缝隙。人类社会永远也是人情社会，人情是行事过程中永远都绕不过的一道坎。这方面的尺度把握有的时候就是和，谦恭的不一定是合理的，合理的有时候斗不过合情的。

社区中心商店合作社里的采购员叫“二路子”，是个满脸堆笑的胖乎乎的男子，长年累月的笑容早已把一张国字脸拧成了菱形，皱纹像白描中的线，把态度写在了脸上。

供应紧张的时候，采购员的确不易，到处求爷爷告奶奶地为社区人民置办生活必需品。脑子灵活、不较真、态度友好、死缠烂打是一位好采购员的必备素质。

放映员

放映员是个窥视者，众生的喜怒哀乐尽在眼皮之下，他们的情

《老脸》系列之二 素描，作者：王宁

上：游商、售货员、采购员、放映员，下：文艺工作者、武术大师、运动员、民兵

绪被那些压得扁扁的图像所诱惑和控制，相由心生，悲从中来。

长长的胶片像一串串念珠，不断往返轮回地播映，这重复渐渐地由接受变成了默念，最终默念变成了信念。放映员就是那个转动珠环的操控者，他又是个旁观者，是比较接近真相的人。我经常想象当时放映朝鲜电影《卖花姑娘》，满场观众心酸落泪的时刻，这些放映员是什么表情。而平日里放映员的表情极其冷漠，或许也是麻木，因为他是个洞见者。

群众和放映员的关系很微妙，基本上相互不照面，隔着银幕交流。片子一直未能送到时，观众们就开始鼓掌起哄，放映员就用铃声安抚；放映过程中还经常发生胶片烧坏了的情况，这时观众席上也会发出恶意满满的哄笑；影片结束的时候，观众们会把帽子高高抛起让它在银幕上留下黑色的影子。

放映员的神秘感有时候也会因胶片迟迟未到而被打破，当时间超出人民群众忍耐的极限时，“革命”的本色就开始显现。有一次看露天电影时，就是由于这个原因，观众用砖头砸碎了放映室的窗户玻璃，最后那个放映员探出半个身子没好气地说：“你们的革命觉悟哪里去了！你们把玻璃都打破了，没法演啦，散场！”

文艺工作者

矿机是文艺工作者的摇篮，甚至还出过两位国家级的文艺明星。因为大企业的文艺宣传工作被提升到了“抓革命，促生产”的政治高度，所以组织文艺表演本身就是一种能量生产方式，它通过改变革命工作者的精神状态来提升革命工作的能力。那个时代的文艺工作既是有计划的，也是非常有质量的，只是表演内容和形式的丰富性差一些。

工厂、中学、小学都有各自的文艺团体，不仅表演样板戏、舞蹈、合唱、诗朗诵，还有民乐合奏、独奏、独唱、相声、山东快书等，最厉害的是还有晋剧团，可以表演完整的《十五贯》《打金枝》等传统剧目。

大规模的文艺会演既是一种政治安排，也是人民群众文化生活重要的组成部分。这是一个由下而上的严格的文艺系统，逐一升级。文艺工作者的文艺天赋通过这种层层晋级的方式不断显露，每到此时，他们风采的绽放总会招致潮水般的掌声。

由于矿机文艺组织的活跃度较高，文艺人才不断被发现，水准也不断提升。每一次文艺会演的高潮都是那些文艺骨干带动的，他们都是群众念念不忘的社区名人。其中拉二胡的王健宝是当时太原市中学生乐手中的佼佼者，他的二胡独奏《赛马》因难度高、技艺高超而深受观众期待。王健宝也是表演型人才，观众越多他越表现自如。尤其在《赛马》一曲达到高潮的时候，他会使用扣弦来制造特殊的音效，仿佛马蹄声声。这种具象的表现形式无疑是人民群众的最爱，每个人的脸上刹那间都会掠过一丝惊喜的神色，然后就不间歇地热烈鼓掌。

男声独唱《从草原来到天安门广场》是一位享有盛名的职工歌手的拿手好戏，这首歌难度大，对嗓音和底气要求高，歌手的炫技也便充分体现于此。最终，一鼓作气的讴歌和不间断的掌声形成了竞赛，一个人在挑战自己的极限，一群人在为他高声喝彩。

武术大师

借着历史上地处边陲和战略要地的缘故，山西习武之人众多。许多拳种也出自山西，比如最具攻击力的形意拳，而外柔内刚的杨氏太极发祥地也在太原。

矿机宿舍区就有许多武术高手，有些隐匿在人群中，另有一些则声势浩荡，每日里在街头巷尾大显身手。早晨是习武者练功的高峰时段，这些人有在犄角旮旯单练的，有在大庭广众之下花拳绣腿显摆的；有赤手空拳做空翻的，还有要枪弄棒对练的。此外，灯笼裤的裤腿，红缨枪头的穗儿，大刀手柄上系着的红绸尽是一些强调视觉的元素，非常惹眼。还有发力时的断喝，刀枪棍棒相击发出的轻薄之声，此起彼伏。

李祁贵的名气应该是远远超出了宿舍区的空间范畴，他是一名资深武师，徒弟众多。每天跟随他练习武术的徒子徒孙从三四岁的孩童到二三十岁的青年都有，小孩童以蹲马步、打旋风腿、空翻等身体基本功为主，青年以套路表演和对练为主。其实那种点到为止、相互默契的对练和表演也差不多，中看不中用。

李祁贵身体微胖，戴着厚厚的眼镜，红脸膛，屁股因长期站桩和蹲马步后撅明显，走路略有些外八字。关于他的传说也很多，最神的是关于他隐秘的换气能力，可以凭此技能装死。

还有一位回民大爷武功更是了得，他平时不是总住在我们宿舍区，但有时会在在矿机上班的女儿家住一段。这位大爷短住期间，每天早上会在矿机中学前边的空地上习武，他的拳术、刀法和飞镖技艺都非常纯熟，加之他身着白衫、头戴白帽，看上去就更加精神。围观的人多的时候，会有好事者撺掇人群中隐藏的武林高手和大爷过招，这是最精彩的时候。我看过一次两人对练穿膛掌法，虽然只是点到为止，但是二人你来我往、攻防有序，且出手迅猛、步伐稳健。那是我看到武术爱好者晨练过程中最出彩的一次，不久电影《少林寺》上映，剪辑过的武打片段对现实中的习武动作来说太具杀伤力了，由此我不再围观矿机宿舍区里的武术大师，遁入形式主义的空门。

运动员

国有大型企业的运动员虽然表面上看来自各个车间或者机关部门，但这些人多为退役的专业运动员，甚至就是正在服役中的省代表队成员。企业需要他们争夺荣誉，社区中需要它们的形象和故事成为话题，他们也是这个族群的骄傲。

其中成绩最出色的是矿机男子篮球队，据说最辉煌的时候用替补球员就可以击败省队。篮球运动群众参与度高，所以这项运动也深入人心，每次在灯光球场比赛的时候都是人山人海座无虚席。男篮队员绝大多数有着超常的身体条件，个个人高马大鹤立鸡群，在这些奔跑跳跃的巨人们身影的填充下球场显得小了许多。此外由于训练刻苦，队员们每个人都有自己的绝活，比赛的时候经常展示几个令人眼花缭乱的动作，每每赢得满堂喝彩。

矿机男子足球队成绩也不错，而且有更多的拥趸者。但足球运动员在气质上和篮球运动员差异很大，由于更接地气，所以大多数足球运动员都有几分痞气，不太听从教练的管理，球场上不干净的动作也比较多，经常引发球场上的斗殴。

矿机的运动员中有两个人给我留下的印象较为深刻，一个是足球、篮球双料明星王某，外号“二老坏”。此人长相有点像科比，他球艺精湛、体能出色，百米速度十秒多（曾经是太原市百米纪录保持者）。而且在球场上他是个诡计多端的人，经常使坏招戏弄对手。八十年代初期的比赛中，我曾偷听过他中场休息时给队员们布置战术的讲话，几乎全是损人利己的坏招。另一个人是外号“武麻子”的武某，天津人，花式足球技术非常出色，能做各种高难度动作，我想高俅在世也不过如此吧。武麻子最出彩的一次表现是点球决赛，他作为一方守门员竟然接连扑出三记点球，其中还抱住两个，由此名声大振。

那个时候，人们对于体育抱着一种比较本能的热爱，锻炼身体就是为了在民间社会的竞争中获胜，从而赢得尊重。事实上也是如此，有体育特长的人都能成为民间的英雄。我家邻居有一位大哥就是民间的体育英雄，他虽然个子矮小，但一身腱子肉，且继承了他武工队长父亲的天赋，精明、机智、敏捷。他是摔跤场上的高手，我亲眼看到过他把高过自己一头的对手高高扛起，转了几圈扔了出去。此外，在足球场上，他也是马拉多纳式的人物，自发组织过一支少年足球队，还得了太原市中学生足球比赛第二名。到了八十年代初期，他又迷上了马拉松，每天早上沿着太原市主干道单手推着自行车赤膊奔袭几十公里，即使在数九寒天也从不停息。他曾经是我的偶像。

全民热爱体育的社会里，民间的运动员是大家喜爱并尊重的人。他们是清汤寡水的社会生活中值得回味的底料，具有一种较为原始的文化意义。

民兵

民兵是半军事化组织，政治斗争激烈的时候就变成了一股准军事化的军事力量。“文革”后期是这支队伍最风光的时候，现实中和银幕上到处都是他们的影子。

且不说《地雷战》《地道战》这些老的战争片中所渲染的形象，后来更是有《海霞》《磐石湾》这样既文艺又硬朗的故事片，生动地刻画出了中国女性的飒爽英姿。于是这种非正规化的军事组织战斗力，在人民群众的印象中陡增百倍。民兵的身影一度在城市中到处闪现，他们身背上着刺刀的步枪，扎着武装带，戴着红袖章，耀武扬威招摇过市。由于是一股极速膨胀出来的法外编制，民兵自身的问题也是非常多的，以致和本地警察发生过一次大规模的冲突。

矿机的民兵小分队一度很活跃，他们在宿舍区的据点有两个，一个在灯光球场南边围墙外的一排平房里，一处设在小学教学楼一楼入口门厅左边的房子里。这种地方我没有机会进去，但是听说过一些场景描述。沿着窗户的一排大通铺上或躺或坐着一群身穿杂色衣服的壮汉，屋子中间一张桌子上放着垂头丧气的电话机和喝空的白酒瓶子。居民们生炉子取暖的时候，他们则使用最大功率的电炉在取暖。此外，墙上挂着大幅的太原市地图，地图上方贴着语气凛冽的标语。他们白天操练队列和刺杀动作，晚上在偏僻的地方设伏，但好像没什么太大效果。

一次，哥哥的帽子被隔壁机车厂的赖小子抢走了，他回来大哭大闹，爸爸就带他去找民兵小分队讨要公平。在半路上正好遇到那个长得胖胖的小队长，父亲这个“臭知识分子”就赶紧向人民的主心骨陈述事实，但是那个喝得两眼惺忪的汉子心不在焉，敷衍了一下就把我们支开了。

但是，有的时候他们也管得挺宽的。一次邻里间发生冲突，哥哥和别人家的两兄弟与旁边一个楼里的一家人大打出手，那一家兄弟姐妹很多，一遇到纠纷就全家出动。但那一次他们家吃了亏，有一个孩子被打得眼睛充血，于是把状告到了民兵小分队。结果，晚上一队民兵如临大敌荷枪实弹地来到我们楼，抓走了这三个孩子。记得我当时正在厨房烙饼，突然，一个身背刺刀步枪、满脸正气的青年民兵闯将进来，“啪”一个立正，左手一挥，冲着哥哥说：“请跟我们走一趟！”少顷，三个孩子大义凛然地走出了楼门，在众人的簇拥和围观下走向这个非法组织的巢穴。

公安人员

太原矿山机器厂这样的大型国有企业，其本身就是一个独立的完整的社会系统。治安方面也自成一体，有自己的保卫科（后来改为公安处），以便应对宿舍区和厂区空间范围里的治安情况。因为这样大型的社区本身就是产生治安问题的重要根源，同时自己的保卫

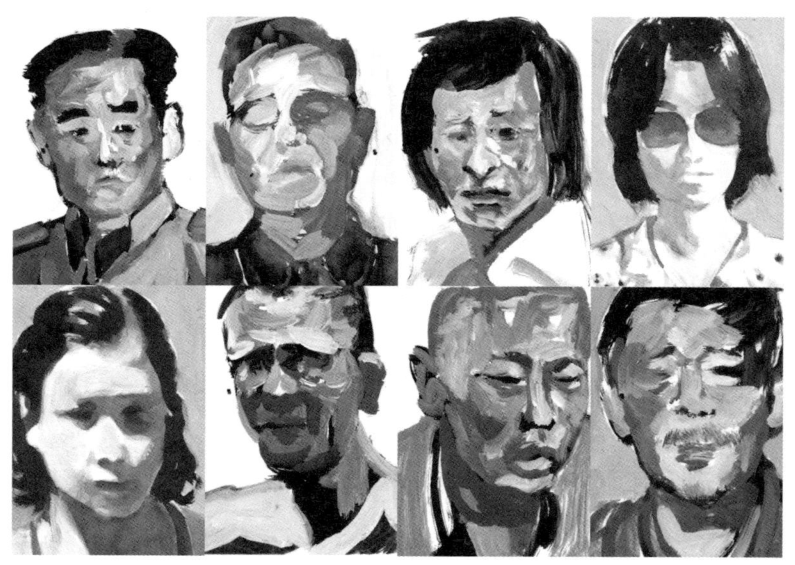

《老脸》系列之三 素描，作者：王宁

上：公安人员、干部、流氓、女流氓，下：泼妇、扒手、赌徒、木匠

部门对地面上盘根错节的状况比较熟悉。

保卫科的同志们一般不会穿完全正规的警服，但是从着装也能看出他们的身份来。在那个年代，警服是蓝色的，到了夏天会换成白色的制服。矿机长保卫科干部们一般不戴大檐的帽子，但是会穿一身制服，制服上也没有领章。这是公安系统人员另外一种显性的特征。穿警服一度成为一种时尚，社会青年们，甚至普通的中学生和高中生也喜欢穿，于是这种情况下就更加难以判断谁是好人，谁是坏人，谁是警察，谁是流氓。

但是警务人员不仅仅要从衣着上去判断，还要从肤色和举止上去判断。在我的印象中，矿机厂保卫科几个经常和当地的流氓无业青年打交道的警务人员有一个特点，那就是肤色特别黑，黑得发紫。为了炫耀身份、增加威慑力，他们有的时候还故意把随身携带的警用器械露出一截，比如闪着寒光的手铐中的一环晃晃荡荡地系在腰间。那个时候的警务人员会随身带一支加长手电筒，明晃晃的手电筒的局部也会从裤兜里面露出半截，这些装备都能增强他们在流氓面前的威慑力。此外，警用皮带也是他们动粗的武器，经常解下来抽打不良少年。

另外一种情况就是市里面的公安来到我们宿舍区现场勘查或抓人的时候，会有大量的身着制服的警察和便衣出现。宿舍的百货商店和银行储蓄所时常被盗，这时还会采用专业的侦察手段，比如拍摄脚印、取指纹，他们在现场进进出出，我们在外围紧张围观。便衣警察来抓人最有意思，一两位身着中山装的便衣押着人犯步行穿过人口稠密的区域不亚于游街示众，绑人的方式五花八门，罪行不严重的就用一根鞋带绑成一种叫“二郎担山”的样子，严重一点的要戴手铐，危险要犯则会用麻绳绑起来押走，但这种情况必须至少有两位警察相互协作，才能处理妥当。

我亲眼看见过的最大规模的一次抓捕，发生在我家楼下。当时我正在院子里玩，突然之间，旁边一个单元楼门里熙熙攘攘地冲出一群人，中间被五花大绑的年轻人是一位邻居大哥。他的妈妈和姐姐在后面呼天抢地，试图冲进去抢人，几位便衣警察一边阻拦，一边呵斥。远处，一辆军用吉普车停在那里，三四个公安把这位大哥押上吉普车，一溜烟开走了。其余十余位便衣随后也骑着自行车散去，现场留下一群惊愕不已的人。

太原当时把资深公安人员称为“老公匠”，后来，我在报纸上看到相关介绍，才知道那其实是“老公家”，就是公家人的意思。老公家是令犯罪分子心生畏惧的一种人物类型，在那个混沌的岁月里星星点点地闪着寒光。

父亲有一个姓卫的同乡在隔壁的二四七厂做保卫干部，此人就是典型的“老公家”。这位前辈参加过新四军，久经沙场，一眼看上去就气质非凡，身体消瘦但神采奕奕，两只眼睛透着机敏。他对环境中的细节观察得非常精微，且喜欢归纳总结。有一次，他来我家串门，聊起了自己的识别技能，谈到对各色人等行为举止细节的观察判断。比如拿烟的姿势，仅从这一项就能判断出知识分子、工人、干部等不同身份的人的习惯。后来我才知道，父亲这位同乡曾经是一级侦察员，因为犯了错误受到处分，才离开了市里的公安队伍，来到企业的公安处。

干部

干部服有四个兜，下边两个兜中，一个装着皱皱巴巴的手帕，一个装着语录本或者笔记本。上边两个兜一个插着钢笔，一个揣着对折的人民币。这四种内容完整地解释了干部的四种能力，也规定了他们的表现。

级别高一些的干部，干部服会选用灰色，且面料稍微讲究一点。布鞋也是一种文化的传承，暗喻着他们高贵的红色血统。干部穿着干部服的时候，一般会把所有的扣子都系上，如此这般才会显得周正和庄重。高级干部会披一件大衣在外边，因为这样会令人想起披风的气派，那可是一种威严且浪漫的经典造型。有一次，省委书记到我家嘘寒问暖，我记得高大的书记当时就是披着一件军大衣出现在我的面前，那形象真是高大，立马把狭小的空间反衬得更加憋屈。但是我们在画报、报纸或电影"新闻简报"中所看到的国家级领导人，他们出现的时候会穿那种过膝的灰色呢子大衣。

和小领导干部们的咋咋呼呼不同，级别高一点的领导就比较内敛，态度也和蔼可亲。隔壁单元门里有一位厂领导，每天有一辆上海牌小轿车接送上下班。这个领导长得慈眉善目，每天身着一套灰色的干部服，深居简出。这种距离感导致我居然一直不知道这位邻居的姓名。

流氓

任何社会制度下都有流氓的存在，即使在整个社会正气凛然的时代里。

流氓本质上是特殊的人类，他们乖戾、暴虐；流氓还是人类社会的反叛者，一群试图逍遥法外的狂徒。

后“文革”时期的流氓多是“文革”期间的打手，在武斗和大批判过程中通过施暴，在恶意满满的社会中建立了威望，随着社会秩序逐步恢复，他们暂时收敛起肆意施暴的恶习，而是随时准备假以正义的借口对弱者大打出手。这批流氓从外表上看去与普通人无异，但下手狠毒。他们的快意就是从施虐的欢畅淋漓和受虐者的惨叫中获取的。

这些家伙喜欢谈论和把玩的就是枪支、棍棒和狼狗这类具有攻击性和伤害能力的东西。《新儿女英雄传》中的地痞张金龙就是这种类型的流氓，而我儿时的记忆中有许多这样的人物。一个会卸胳膊卸腿的家伙名气很大，在单位很吃得开。不仅吃香的喝辣的，住的房子也是远远超出同样条件者的。“文革”快结束的时候，民兵闹得很欢，他好像在其中也有个什么职务，经常背着小口径步枪四处乱转，实在找不到可以猎杀的活物，就打老百姓家里养的鸽子。不过他的枪法的确出色，弹无虚发，的确和小说中描写的张金龙一样。

另一个“文革”时期有名的打手姓袁，擅长拳脚棍棒。两只牛眼一样的眼睛鼓着，总在寻找争斗的目标，一看就不是善茬。他喜欢养狗，据说还曾一直窝藏武斗时用的枪支，但我估计他的枪法不怎么样。“文革”结束好几年后，我居然亲眼看到了他殴打武斗时候的一个仇家的场面。那个可怜的人被他像拎小鸡一样来了一个过顶背摔，紧接着又挨了一顿疾风暴雨似的拳脚。这是武斗的余音，依然血腥味十足。

“文革”时期的流氓是真正的流氓，是一种野蛮血统的满血复活，他们是任何一个社会的祸端。这一批人在时势不再的时候虽然偃旗息鼓，但是余威仍在。“文革”结束到 1983 年“严打”之前，子弟学校的秩序依旧混乱，各种顽劣少年兴风作浪，无法无天。有一段时间，为了压制新兴流氓的崛起，子弟学校校长祭出一“毒招”，即聘用“文革”时期的大流氓来管束学校里的小混混。而那位受聘者恰好是我的一位邻居，于是校长经常让我去矿机工人俱乐部找他来帮忙，学生们笑称此招为“以毒攻毒”。

流氓身上一如既往的反叛性，在一个糟糕的时代偶然也会显示为积极的正能量。“文革”后期成长起来的一代新生流氓和他们的前辈相比，在气质上文艺了许多。这是由于历史背景的变化，血雨腥风的武斗转向了样板戏为主导的文艺革命，同时，一向逆反成性的他们总是主流旁逸斜出的变体，禁欲主义的政治气候扼杀什么，他们就会尝试什么。他们的气质也渐渐转变，开始具有一定的美学意识。

“文革”后期到改革开放初期，是流氓们带动了社会的时尚。“文革”后期的手抄本、黄色歌曲、军帽和飞鸽、凤凰、永久牌自行车，改革开放后的披肩发、喇叭裤、太阳镜、手提录音机，他们的大胆示爱、敢为人先和兴风作浪带动了人性的启蒙，拉动了社会消费。

七十年代末的一段时期，我突然感觉周围平日里飞扬跋扈的流氓团伙有点鬼鬼祟祟，然后就陆陆续续消失了一阵。后来听说是在一个叫“马狗子”的“资深人士”带领下去北京闯荡去了，显然他们已经不满足待在一个群山环绕的地理区域，他们要到祖国的心脏去听世界的心跳！但初出茅庐的这一票人马一出北京火车站就被首都的便衣盯上了，最后在天坛公园一带被全歼。过了一阵，他们低调回到并州，但看得出增长了见识之后，他们的气质还是发生了一些变化。一个家伙甚至到处吹嘘，说自己此次有幸被关押在曾经关过叶挺的牢房里，离革命先驱很近很近……

女流氓

“文革”后期堪称一个盛产流氓的时代，不学无术的孩子们以顽劣的天性抵抗着无聊的生活和乏味的教诲。社会在不遗余力地塑造着工农兵的主人翁形象，但我看到的现实却是不同年龄段的流氓们主宰着社会。

读《林海雪原》的时候，其中一个土匪群体就有女匪首蝴蝶迷的存在，故事因她的存在而更加精彩，又比如许大马棒和郑三炮之间出现的微妙关系。以座山雕为首的威虎山就很可疑，整个一座山寨里全是公的，怎么可能！

所以性别的多元性也是任何一个社会族群稳定、保持活力的重要因素。七八十年代的流氓群体也是如此，尽管阴阳严重失衡，但的确还是有女流氓的存在。女流氓是恶之花园里的奇葩，她们的缺席是一个时代不可能，也令人无法容忍的事实。

事实上，女流氓的存在不仅极大地改善了这个群体的“姿色”，还让那些飞扬跋扈的“赖小子”表现出几分柔情和礼貌。在我周围的环境里，最强大的团伙中的确有几个闪烁迷离的“倩影”，她们俨然是“赖小子”群体共同的情人，当然也会催生竞争和嫉妒。一些团体的分崩离析也和彼此之间争风吃醋有关。

一般来说，女流氓都颇有几分姿色，是一个社区里最为娇艳出彩的花朵。早熟也是这些人的特点，荷尔蒙和人际关系是自然界的一个隐晦的秘密，是科学。风华正茂的岁月里，一定会有风花雪月的人文景观。而禁欲主义横行的时代，只有流氓群体敢于挑战这些偏见和规则。

虽说大多数女流氓容貌如花，但在气质上却近乎中性，她们和男流氓们是对偶，更是战友，共同挑战社会正统和传统观念的清规戒律。她们虽然擅施粉黛，但难掩面容下的戾气，性格泼辣、豪爽并口无遮拦，无论在什么样的场合都格外扎眼。

女流氓是一个时代的叛逆，她们的出走往往需要更大的勇气和果敢之精神。因为她们除了对抗着法制的压力，还要经受伦理的、文化的鞭挞。因此，那个时候，女孩子出走似乎是会令整个家族蒙羞的事情。

在我的认识里，“女流氓”这个词汇并非贬义，而是被科学和野性背书的一个社会存在。

泼妇

泼妇身上有一种文化的反向力量，即她们的发力极擅借用积习的反弹，最终会造成环境礼崩乐坏、玉石俱焚的危局。泼妇所有的手段都对应着文化的敏感之处，随手就来且如此精准，让人感觉怕什么来什么。她们大言不惭地骂街、不识时务地搅闹、假戏真做地自虐，不断创造出汪洋恣肆的场景和惊天动地的警句。

旧时生活环境中泼妇似乎很多，她们理直气壮的骂街声响彻社区的天空，她们的胡搅蛮缠犹如恶的调羹，与清贫寡淡的生活紧紧纠结在一起，成为人们日常生活中必须面对的一道主食；她们的泼洒爆脆如紧密社会关系中的辣椒，在闲得蛋疼的岁月里让人感到疼并快乐着，在平淡的生活中异彩纷呈。

泼妇的类型分为语言和行动两种派别，言语派占据主流，这需要智慧和思维的敏捷，仰仗口舌的伶俐和腔调的激昂。在她们咄咄逼人的气势下，对手的气势一点点败落下去，自己的威风一丈一丈生发出来。她们的嗓门似乎就是合法性的证明，往往一开腔就占有三分道义上的优势。此外，泼妇嘴里俏皮话也多，具有哲理的谚语和昏天黑地的歇后语交替使用，这是理论过程中通杀一切的手段，易于获得环境的回应，令她们信心爆棚，战斗力陡增。这种吵闹几乎天天上演，发生在邻里间、家庭中、大街上……

而行动派的一切能量都是在沉默中爆发的，来得突然、迅猛，让对手猝不及防。肢体语言和深思熟虑的行动如同对垒时的绝杀，志在必得，让人没有回旋余地。哭闹、抢夺、摔砸是身体性的直接行动；回娘家一去不返，横眉冷眼虐待公婆，拿走户口本不让孩子登记，去领导家静坐深夜赖着不走，则是行动中的非暴力手段的极致，牵动的是更大空间范围内的痛感。

泼妇还可以分为偶发型和恒定型两种。如果恒定型泼妇是骨刺，整日里让左邻右舍心神不宁，那偶发型的就是定时炸弹，爆发的时候破坏力更强，悬念十足。

泼妇是社会性的产物，只是工业时代早期的泼妇身上具有一种混合的气质，一半来自远古，一半来自机器轰鸣的车间。

赌徒

日子穷的时候竟然有那么多嗜赌成性的人，真是让人疑惑。直到我在小学二年级读《铁道游击队》的时候，看到枣庄那些穷困潦倒的工人的生活状态，才了解这也是工人社群的一种稳态的生活方式。到后来，这些赌徒和酒鬼一个个变成传奇式的民族英雄人物。这个华丽的转身让我百思不得其解，这也从另一个方面多多少少改变了我个人对赌徒不佳的印象。

高尔基写的《童年》《在人间》《我的大学》三部曲连环画中，他的继父也是一个嗜赌成性的赌徒。赌输了钱回到家里就殴打他的妈妈以泄愤，终于有一次，勇猛的高尔基挥刀猛刺，他的继父大惊失色，夺门而逃。在我们宿舍区里也不乏这样的人物，有一个知名的赌徒一输光了就回家打老婆撒气，闹得鸡飞狗跳。后来，这个人终因赌额巨大而被公安机关处理，并游街示众。

我家隔壁有三个儿子，老大老二都比我们兄弟俩大不少，在太钢当工人。老人出门后，房子就在儿子们手中管理，于是经常聚集一批年轻人赌博。我第一次听说麻将这种事物就是在那一阶段，他们洗牌时发出的声音让我总以为是油锅里在炸什么东西，在饥肠辘辘的夜里会勾起我美好的想象。

少年中喜欢赌博活动的人也不在少数，我住的楼群里有许多这样的孩子，他们经常聚集在隐蔽阴暗的角落里打扑克耍钱。有一个叫王艺的孩子是个“赌王”，少年们的赌局经常以他手捧满满一军帽的零钱而告终。还有一次，我亲眼见到公安来抓赌，楼下一个外号叫“猪耳朵”的少年撒腿飞奔，疾风一般掠过深灰色的楼群，令一干警察望尘莫及。那个“追风少年”矫健的身影，在我灰色的记忆中惊起一片感应神经元，并留下了永久的记忆。

这些少年有的在青年时期已经成为职业赌徒了，赌博数额也越来越大。一个熟识的家伙在上山下乡之前的一次赌局中表现卓越，一次赢了另一个混混六块手表（“文革”后期的一块手表相当于一个青年工人四个月的工资），最后那个输红了眼的混混丢掉了全部的“信念”，跳起来动了手，逼着我认识的那个赌徒交出了所有战利品。我估计这种情况在地下的赌局中经常上演，尽管规则清楚，但道无常道，最终决定胜负的还是拳头。

赌博是一条不归之路，但也有在这一条道路上一直走下去的人。我的小学同班同学张某即是如此。八十年代末某年春节期间我去他家拜年，一进门就看到一屋子赌徒在打麻将，乌烟瘴气。这位平时甜言蜜语的主儿当时赌性正浓，见了多年不见的我也就敷衍了两句，屁股都没挪动地方。两年前，同学们在微信里谈到他正在筹备结婚的事情，我才知道他一直以赌博为“职业”，生活状态极不稳定。

进入面孔图像识别的时代，我更加忘不了那些老脸。因为我怀疑人类彼此间的相互记忆能力会迅速退化，把这种权利交给冷漠的机器。老脸们侥幸躲过了被图像简单概括并扫描确认的年代，他们湿漉漉地藏在我面对人工智能一败涂地的大脑之中，若隐若现，做着最后的挣扎。

究竟是老脸忠于记忆，还是记忆忠于老脸？这取决于大脑的容量和思维的习惯。我的记忆忠于老脸，因此即使现在重回那个场所，我依然能辨认出那一张张老得一塌糊涂的脸。他们是许多不安分灵魂的皮相，像蛇一样无声息地从逝去的时间中转过头来，和我遥遥相对。

小木匠

“文革”期间，中国的家具市场几乎消失了，民间生活中品相好一些的东西无论中式西式，基本都砸烂了。人们能够从对人民生活细节负责任的单位领到的，都是一些傻大憨粗的家伙。这些没有任何情趣以及技术含量的家具构成了家居生活的道具和景观，养育着庞大的人口。改革开放之前的家居生活中，家具的概念是以家具腿的数量来界定的，比如，六十年代的理想家庭标配是三十六条腿，七十年代是七十二条腿。用家具腿的数量概括生活面貌，反映了寒酸的现实，蕴含着无尽的痛楚、无穷的向往和无比的坚韧。

然而人们向往美好生活的愿景顽固而又疯狂，难以阻挡、不可完全被意识形态所控制。此时资产阶级被打倒了，他们灰头土脸、低声下气，刻意地违心拉低自己的品位，在引领生活风尚方面偃旗息鼓忍气吞声。但工人阶级站了起来，他们反倒理直气壮地成为社会生活的主导者和家居时尚的弄潮儿。此时东欧国家的生活样式成了我们生活的样板，不仅政治上可靠，美学上更是令人怦然心动。一度，捷克式家具突然闪现，它略带收分处理的形体和几根优雅的线条就令如饥似渴的中国人民如醉如痴。

美学是根生于人类基因之中的潜意识，政治狂热冷却之后，人性的这一面就开始悄然复活。人们很快忘记了斩钉截铁的誓言，为人性松绑，让美学顺着指缝溢出，在满目疮痍的生活方式中流淌。

总之，粗鄙的在精致的面前不堪一击，不论借用怎样冠冕堂皇的说辞。

中国社会大张旗鼓搞工业建设几十年后，轻工业却极为落后，同时美学趣味依然停留在农耕文化的阶段。城里人的日常生活领域单调而乏味，但农村则不同，尚相对完整地保留着传统的生活样貌，丰富多彩，有系统性。

城里的工业驱逐了手工，但农村依然保留着完整的手工艺文化。许多农村不安分的木匠仰仗着一招半式的手艺进入城市，他们逃脱了土地的束缚，开始为骄傲的城里人打造生活。衣柜、沙发、五斗橱是当时最紧俏的生活物件，是享乐主义萌芽的开始。东欧社会主义国家中，罗马尼亚、捷克代表着遥远的未来，它们被荒唐地和一些说不清风格的样式瞎扯到一起，反映出想象力出轨的结果，无厘头但是非常有效，填补了生活中巨大的亏空。木匠在城市中的流动渠道是熟人社会相互的举荐，价格是生活中的期许和剩余价值为分母之间的权衡，两厢情愿、互利共赢。

第一拨儿聘请木匠打造家具的是工人阶级，之后才是知识分子的随波逐流。一些年轻人要么为了筹办婚礼，要么为了改变生活，费尽周折从天南海北弄来木料，再花费重金请来木匠为他们打造新的生活用具。

打一次家具对每一个家庭来说都是一次巨大的挑战，不仅在于物料和资金的积蓄，还有空间和时间方面的准备和消耗。一般来说，打制一套家具的工期需要半个月到二十天之久，主家要付工钱，还要包吃包住，这对居住空间本来就局促的人们来说实属不易。但人们向往美好生活的信念是如此坚定，为了这点美学追求不断挑战生活的极限。当每一家完成这项“浩大”工程之后，会主动邀约左邻右舍来观摩，并传授经验。这些成功者会陶醉在一片赞誉声中，这种认同感是人的社会价值重要的一部分。

传授经验的内容中包括和来自农村的木匠们斗智斗勇，因为两种文化、两种立场在打制家具这个问题上既需要彼此妥协，又难免发生对抗和冲突。记得有一次，父亲所在研究所里的一个颇有名气的“能人”王昌福，受邀来家里协助父亲督查木匠们的工作。头戴鸭舌帽、身着夹克衫的王某冷峻地扫视了一下工作环境之后就大发雷霆，他大声质疑说：“这活儿怎么做的？”“你说该怎么做？”木匠们不甘示弱地回了一句。王某被冒犯之后显得极为冲动，大声吼道：“别以为你们的活儿别人干不了！”

平日里习惯和气待人的父亲见到双方剑拔弩张，赶紧过来解劝，他也担心木匠们情绪波动后产生的不良美学后果。趾高气扬的城里人经历了波澜壮阔的革命洗礼之后，居然在美学方面掉了队，不得已求助于平时不怎么看得上的农民兄弟时，内心充满矛盾。而此时打制家具的领域，显然是个卖方市场，尤其对于那些手艺好的木匠们来讲。城里人精心盘算着工钱和工时，木匠们怎么想的我真无法猜测，但有一点是肯定的，就是在这个造物的过程中，我们无法感受到人和人之间的爱意，它以最原始的一种交易方式跨越了两种文明。

知识分子谦逊地跟在工人阶级后边也步入了改造生活的队列，我家里第一次打家具的任务是一对沙发和一个茶几，当时聘请的是两位江苏木匠，模模糊糊记得是启东一带的人。这是师徒二人，师傅老黄、徒弟小方。老黄年龄不过四十岁左右，中等身材，小刀削脸，笑容可掬。小黄则是个稚气未脱的青少年，一脸的木讷。家具的样式由老黄提出，再经双方协商决定的。

那对沙发的样子我至今记忆犹新，虽然技术上称不上多么专业，美学上也不够系统，但结构倒是合理清晰，造型还算简洁，已经初具现代意识。支撑结构的外露使得沙发节约了空间，这一点在居住条件极困难的时候是非常重要的。沙发的坐垫部分有一个倾斜，支撑的前腿略向前探出，显出几分轻巧。那个轻薄的扶手在收头之处还做了一点曲面的处理，后来招致一些邻里的非议，认为不够庄重大气，但我认为这种观念出自两个农民之手在当时还真有点不可思议，着实厉害！

其实两个木匠干这点活并不复杂，但声势搞得很大，从家里干到户外，从楼上干到楼下。每天磨刀霍霍、粉尘飞扬，惹得周围邻居纷纷围观。这恐怕也是当时条件下的一种营销手段，因为他们希望一直不停地在城里干下去。在院子里的大树下，他们汗流浃背地用大锯破料；在楼道的过厅里，挥着斧子猛力劈斫，然后是刮腻子、砂纸打磨和油漆。沙发的核心是软包部分，固定弹簧，铺设麻布和海绵，最后是外套。所有物料均由主家提供，木匠们只是施展手艺去制作。在他们的指使下，妈妈带着我满太原市采购物料，从各种规格的钉子到弹簧、各种标号的砂纸到漆片，还有各类面料和衬布。

打制家具期间，家里的生活品质降到了极限，乱得跟木工房似的。到处摆满了工具和物料，到处是锯末和粉尘，空气中弥漫着熬胶的臭味和刺鼻的油漆、香蕉水的味道。每天两个木匠还要和我们一起吃饭，而且要保证基本的水准，于是妈妈的工作量陡增。饭桌上爸爸妈妈有时候会和两个木匠聊天，就会谈到一些农村生活的事情。每到此时，老黄就半遮半掩吞吞吐吐，似乎有难言之隐。辍学出门务工的小木匠饭量很大，话语更少，背井离乡对这个年纪的孩子来说更是不易。

经历了一地鸡毛般的乱局后，那一对沙发和茶几终于完工，摆在了房间最醒目的位置。弹簧、海绵带来的体感唤醒了人性中最初的记忆，细腻的平绒、平滑的漆面产生了生动的视觉效果。妈妈亲手针织了绣片，精心呵护靠背的端头。每日里，疲惫的父亲总是瘫坐在沙发上寻求身心的恢复。工业生活中最有品质的物品竟然是两个农民带给我们的，尽管它的美学含混不清。

八十年代初期落实知识分子政策之后，我们搬到了一处稍大一些的房子里。为了填补房间的空虚和应对生活的变化，家里再一次请来木匠大兴工事。这一阶段，农村进城务工人员技术更加熟练了，态度也更加坦然，出具的家具样式在美学方面也更加专业。然而由于改革开放的春风通过电视这种新型媒体，把文明的生活风尚推送到了城里人眼前，令人们茅塞顿开。所以这一时期城里人的美学视界迅速扩展，已不再甘心被农村木匠摆布。我记得家里这一轮打制家具规模大了，但是木匠们没有给我留下什么记忆。倒是最终农村来的木匠们把油漆做砸了之后，还是楼下的八级油工李师傅施以援手，方扭转了乾坤。人们惊喜地看到，神气活现的工人阶级又回来了！

到了九十年代末，我因工作原因接触到许多家具企业的老板，发现中国第一代民营家具企业的开创者中，许多人都曾有过进城打制家具的经历。他们是中国社会早期商品经济的先知先觉者，更是勇于实践者。他们还是中国社会日常生活美学的推动者和鼓舞者。他们中的一些在后来的事业上获得了巨大的成功，不少人做成了国际化的大企业，拥有了自己的品牌，甚至把企业做上了市。如今走在光怪陆离的家具城中，我偶尔会想起曾经在我们家里做过活儿的那两位木匠。他们如今在何方？也不知这两位“先驱”是否也有了自己的企业和辉煌。

后记

我相信自己一生都会回忆，在回忆中展开对历史和人性的批判。但书写却是个大工程，需要完整的时间和缜密的逻辑，这一直令我望而生畏。

可是一次看似偶然的冲动竟然令我勇敢地开始了书写，一鼓作气写了近三十篇长文，猛回头，发现这场长征已接近尾声。

这场旷日持久的书写全部是在微信上进行的，几年前通过《1001页》的尝试，我已经和这种书写方式建立了感情，那种用手指轻轻触屏输出文字的感觉很美妙，我担心我回不去在纸面书写的方式了，因为那种传统的形式会在思考和输出之间产生间隔。而这样的间隔若在口语表达中就是结巴，会严重影响表达的质量。

这一次说写就写的行动是在一种错乱的伦理情感鞭挞的驱动下开启的，第一篇文章《奶妈》写于2017年5月，那是一场厚积薄发的情感爆发。当我得知有哺育之恩的奶妈刚刚过世的消息之后，那追悔莫及的感情涌上心头并漫过了理性的堤坝。唯有书写才能倾泻这种积压许久的情感，于是在自责、悔恨、怀念、伤感混杂的情绪之中，一篇文章完成了。我朦朦胧胧意识到这篇文章表达的痛绝不只是我个人的，我需要找一个公共平台抒发这来自情感深处的隐痛和失落，用海豚音一般的高频穿越潜意识的阴霾，唤起更多沉睡中的共鸣。

“太原道”是一个以地方文史、社科研究和文献收集为目标的微信公众号，背后是一群有良心的当代知识分子。那是一个盛满乡情的高台，人们通过点点滴滴积累登临其上，然后怀古惜今、畅想未来。我通过发小王亚新找到了该公众号的创办人张珉，请求在其上发表。估计人家也是碍着荐头的面子答应了。但既在意料之中又在意料之外的是，《奶妈》引起的社会反响非常强烈，阅读、点赞者甚众，文章后的留言区更是挤入许多感同身受者。

写作需要孤独，而我是一个耐不住寂寞的人，好在幸运的我赶上了一个“好”的时代。网络时代思想的输出频道细密如丝，比比皆是。在这个倡导自由的时代里，所有平台都不设边界，看得见和看不见的观众在不停地流动，这是一个比拼内容的时代。被阅读、被点赞尽管只是一个数字的变化与可爱符号的出现，但它是一种关注度的表现，透过这种扁平的信息，我可以感受到写作带来的人与人之间的交流。有时候，激增的数字会携带一种情感的温度，它扑面而来的时候一样带有一股融化心房的力量。

微信公众号的留言区是一个可以适度交流的虚拟空间，人们在此有克制地留言，一些留言对写作者具有启发性，还有一些给我的继续写作提供了线索。留言区也是一个寻人启事栏和会面区，一些失散几十年的朋友会在这里相逢，因此每一次浏览这个区域都有一种期待，希望能有新的发现。

留言区还会发生更感动人的故事。海童是我的一位老朋友，我们在北京已经很多年没见了，但却在山西的一个公众号里重逢。每一次在“太原道”发表叙事散文之后，我们都会在留言区相遇，这种感觉很像舞台谢幕之后在后台和亲友寒暄。海童每一次的留言都很长，对我书写的内容赞誉有加，相信这是出于友善和鼓励的初衷。但是逐渐地，我发现她的留言也成为一个独立的内容，拥趸甚众。每一次针对她的留言点赞人数很多，远远超过了其他留言的点赞数量，这种一枝独秀的景象令我欣喜，也令我疑惑。之后我了解到此时的她正在和晚期的癌症进行着殊死抗争，估计那些坚持不懈给她频频点赞的人们多出于关爱和鼓励。在这个生死搏斗的胶着状态下，每一次带着认同感的点赞都是一次力量的传递，如握手，带着温度，留有余香。我深切地知道这每一份友爱对海童意味着什么！

更令我感动的是病痛中的海童让我分享了这份力量，“关注”对于她而言就是“同在”的告知,是激励她“战斗”的呐喊,是给她“鸡汤”，是给她在搏杀中传递兵刃。而“关注”对于我而言，则代表着认同和肯定。长篇累牍地书写中的我的确需要认同，但是我知道病痛中的海童更需要“同在”的表达。于是我告诫自己一定要坚持写下去，或许自己的每一次书写也会带给海童一份愉悦，同时会给那些支持她的朋友提供一次摇旗呐喊传达爱意的机会。就这样，我在忙碌的夹缝中捡拾时间的碎片，一篇接一篇地写了下去。

海童在留言区的表现应该是她病症的映照，语言活力绽放、话锋犀利的时候一定是抗癌取得阶段性成果的阶段，少言寡语必定是心力交瘁的时候。有的时候，一连几次文章的留言区中都不见她的踪影，我心里就一沉，产生一些不祥的预感。就这样，她的留言断断续续，身体状态几起几落。最终和癌症抗争两年之久，已经被主治医生看作奇迹的一直乐观向上的海童，还是没能渡过这次劫难，在我书写接近尾声的时候离开了一直关心她、为她摇旗呐喊的朋友们。如今文章后的那些文字余温尚在，但现实中这位可爱的朋友已经远走高飞，一去不返。

网络世界是人类在现实中挖掘出的另一个平行世界，书写者在网络上写作就像站在两个世界的中间左顾右盼。有的时候身体在现实中疾走，文字却丢弃在网络的空间里。有的时候网络中的文字还活着，身体已在现实的奔波中风干。我还发现网络中文字的流动太快了，瞬息万变，网络生产的海量文字最终会相互淹埋。所以人还是需要在相对缓慢的现实中喘息、停留、思索、回味，只有这样才能产生当下的意识。

在网络中书写期间，我不断回到那个“现场”寻找残存的信息。有一次，三楼的一个窗口探出半个身子来，那张脸冷冷地向下瞥了我一眼，然后收回目光骄傲地望向远处。我认出了他是我小时候的一个玩伴，一个从未离开此处的原住民，紧接着又一张麻木的脸出现了，蜡像一般的面孔依然保持着几十年前的色泽，但最坚硬耐久的牙已经掉光了。隔着很远我就可以从这些遗世独立的活体身上嗅到陈腐的气息。社区里，一代最能折腾的顽童老去之后，那些树木得到了救赎，它们枝繁叶茂，遮天蔽日。突然在那团隐约迷蒙的绿色中，我看到一只猫头鹰的剪影穿插在枝叶中，像一片诡异的书签，提示着那些悲催的岁月。

苏丹完稿于尼斯至米兰的火车上

2019 年 10 月 9 日